陈武文集·北京追梦故事

街拍者的镜头

陈武 著

中国文史出版社

图书在版编目（CIP）数据

街拍者的镜头 / 陈武著 . -- 北京 : 中国文史出版社 , 2021.10

（陈武文集 . 北京追梦故事）

ISBN 978-7-5205-3253-2

Ⅰ . ①街… Ⅱ . ①陈… Ⅲ . ①中篇小说—小说集—中国—当代②短篇小说—小说集—中国—当代 Ⅳ . ① I247.7

中国版本图书馆 CIP 数据核字 (2021) 第 203879 号

责任编辑：金　硕　胡福星

出版发行	中国文史出版社
社　　址	北京市海淀区西八里庄路 69 号院　邮编 :100142
电　　话	010–81136606 81136602　81136603 81136605（发行部）
传　　真	010–81136655
印　　装	阳谷毕升印务有限公司
经　　销	全国新华书店
开　　本	880 × 1230　1/32
印　　张	8.75
字　　数	185 千字
版　　次	2022 年 3 月北京第 1 版
印　　次	2022 年 3 月第 1 次印刷
定　　价	58.00 元

目录

CONTENTS

像素老庞

1

“我是老庞！”老庞在电话接通的时候，大声告诉对方：“听不懂啊？像素老庞……我是像素老庞！”

作为一个小区的名字，“像素”二字总给人以莫名其妙的感觉，明明是摄影艺术中的普通术语，却要担当起如此重要的责任。但这也没有办法，就像每个人都有名字一样，每个小区也有自己的名字。不管这名字好不好听，什么寓意，入住之后都得承认自己就是住在这样的一个小地方。“北京中弘·像素”，就是六号线草房地铁站 B 口边上这个小区的全名，简称“北京像素”，又简称“像素”，“中弘”二字反而被忽略掉了。老庞在自己的名字前冠以“像素”，并不是在乎所住小区的名头，而是强调自己，强调的是老庞。但有时候也会造成误解，有人会把“像素”当成他公司的简称了。

老庞有一批书急着要印——不是一本，是一批。他正在物色印厂。所以他打电话的口气就底气很足，很有点牛哄哄的意思，甚至很霸道——毕竟是给别人送业务的。送业务，就是送钱。送钱的人都没有底气，那谁还有底气？

这一次接到他电话的是优多印务公司的胡总。胡总听对方的口气这么横，就知道不是来讨债的。讨债要账的人，一般都低声下气和颜悦色。这么耀武扬威的、霸凌的口气，通常都是送钱来的大单子。但胡总一时没有听明白对方是谁，也没听明白对方的自我介绍——像素老庞？他脑子里迅速搜索着，毫无印象，只好把像素当成一家公司了，赔着小心问：“请问老板您有什么业务？”

“给印厂打电话还能有什么业务？不会不知道我吧？再告诉你一遍，我是像素老庞，像素老庞，是做出版的，从牛老二那里要到你的电话号码，明白了吧？我有一单活，十本书，单本起印一万册，后期还要加印——有可能印到两万或者更多吧。小全开，硬壳精装，75 克双胶，你给我报个价，要快。这回听明白了吧？”

“好啊好啊好啊……听明白啦——我们没和像素合作过。像素？公司在哪？”胡总有点懵了，脑子里放大了搜寻的范围，也没有搜索到“像素”和“老庞”这两个关键词，但对方所说的那一单活，他一听就明白了，还是有很大诱惑力的，就支支吾吾着说，“好的……下午报价可以吧？现在都十一点多、快十二点了。”

老庞说：“好，下午等你电话。我什么都现成的，封面、书号、CIP、委印单，文件发给你就能晒图了，就等你报个价，别不当回事啊。对了，像素不是公司。像素是我住的小区，也是公司的驻地。我的公司叫文华国际传媒，这么有影响的文化公司你居然不知道？不知道我老庞？你是怎么混到现在的？”

胡总赔着小心说：“知道知道……哪能不知道呢？下午哈，快的，吃过午饭就是下午了。”

挂断电话，老庞心里忐忑着，觉得这个胡总不一定靠谱。胡总一定是忘记他了。五年前还是六年前（老庞也记不得了），他和胡总有过一次合作，那当然是一次不成功的合作了。当时老庞在优多印务公司印一本画册，是《元四家画艺鉴赏》，文字不少，图片量巨大，又是古画翻拍，被印坏掉了。也不是完全坏掉，就是有十几页不知哪道工序出错了，整页都有点糊（重影），和原版色差也较大。这算是一次印刷事故了，印务公司也承认印坏了。在协商解决的过程中，老庞坚持要求重印。但印这本画册的纸是特规纸，印厂没有库存这种纸型，又恰逢纸张涨价，而且涨了几乎一番，如果重新调纸，按原来价格印，根本不能承受。经过几番协商，老庞只付了之前的定金，余下的印费不付了，印厂亏了一大笔（如果重印，亏更多）。此后，老庞的公司也出了事，加上家里的事，公司几乎停止运行了（只是要要旧账而已）。相隔这么久，胡总不记得老庞也正常。但老庞担心对方是装糊涂。要是装糊涂那就坏了——老庞的底子并不干净，胡总就是拒印也是有可能的。老庞的脸色就有些灰暗，眼皮也耷拉了下来。老庞的脸色本来就灰暗，像加了一层滤镜，像烟熏过一样，也像一直洗不干净，灰秃秃毛茸茸的。小静就一直说他不好好洗脸。小静到现在还这样认为。他这样的脸色，用小静的家乡话说，叫烟熏火燎。

小静是他爱人，比他小十六岁，是个“90后”，原来是他公司的排版兼校对，现在成了夫人。他们共同育有一个儿子，今年三岁多了，刚上幼儿园，皮得很，将来是个不少花钱的料。老庞能重新出山，重拾出版业，也是实属无奈，老婆是全职太太（在家兼点事），儿子上规格很高的私立幼儿园要花钱，而他租住的这个小套，还欠了两万块的房租。思来想去，又没有别的特长，就想重拾老本行了。好在原来出版方面的人脉还在，图书出版的公司啊，发行的公司啊，出版社啊，印厂啊，纸厂啊，都能接得上关系，而最为巧合的是，他在清理电脑时，偶然发现了他在十年前组的一套书稿——“古代文化笔谭”，已经组了十多种，想十本十本向市场推，书目都列到五十多种了。后来也是因出事而没有进行下去，现在正好可以利用了。他立即把这些书稿认真梳理了一遍，从中选出了十本他认为比较成熟的，有《先秦杂学概要》《古代金石学讲义》《元代散曲初探》《古代宴席史略》《中国碑刻书目》《明清藏书楼简史》《海错及蟹类小考》等，他做了个丛书策划方案，拿着这些书目找了家擅长出版这方面书籍的出版社。这家出版社的分管负责人承认他的这些书都是好书。但是形势变了，没有赞助经费，仅靠正常的销售收入和漫长的回款周期，这套书根本无法出版。老庞试探着问每本赞助经费是多少，对方报了个数字，吓了他一大跳，这明显就是拒绝了。十个书号，要花小几十万，搞笑啊？这要发多少书才能赚回来啊！他又去找一些文化公司，又和过去的一些出版人联系，都是困难重重。最后他想了一个全新的合作模式，让出版社出本版书，他来包销。他相信凭他在发行方面的人脉，能在收回成本后有可观的盈余。他又找了一家比较熟悉的出版社，谈了自己的想法，居然一拍即合。出版社提供十个书号，负责三审三校，再以一八折，回购两千册（每种）。其他费用，包括稿费、排版、印制、仓储、发行等都由他解决。他掂量掂量自己的能力，特别是仓储和发行，他觉得拉几个人入伙一起干还是有可能的，至于稿费，是没有的，书稿都是他原来手下的编辑拼凑的，排版都是他夫人小静排的，不需要另外请人，就立即签了合同，进入了工作状态。前期的排版、初校工作，他谁都没找，就是夫妻档，连天带夜的，很快就把十本书稿送出版社了。出版社看书稿排得漂亮，初校工作也不错，立即组织力量进行审稿，也以最快的速度签了付印。更让他开心的是，出版社承诺（单独签了合同），只要书一入社里的仓库，即把回购的两千套的费用打给他。他迅速算了一下，单本定价就算六十块钱，一八折，就是十块八，两千本就是两万一千六，再乘十，就是二十一万六。二十一万六当然不够整个印刷费用的了，但有了这二十一万多，他就能把生意盘活了。所以，他很有把握地把第一个电话打给了铁杆朋友牛老二，请牛老板介绍一家靠谱的印厂。牛老板就介绍了优多印务公司的胡总。

2

老庞在等胡总报价的过程中，也没有闲着，他又给另外一家印厂打了电话。这家印厂比较啰唆，问这问那的，像审查犯人一样。都是熟人，何苦呢？老庞已经从心里烦了。当对方问老庞提不提供纸张时。老庞说不提供。对方更干脆，直接说干不了。挂了电话，老庞骂骂叽叽地说了几句。正在电脑上核对版权页上各种信息的小静就提醒他：“咱们从纸厂调纸不是会便宜点嘛。”

“你懂个啥，从纸厂调纸，十本书，要多少纸？可不是三吨五吨就能解决的。纸厂的账期都很短，咱拿不出那么多钱的。再说……”再说后边的话，老庞没有说——凭他的信用，纸厂肯定要他拿现款支付的，连半个月的账期都不给他。老庞翻着手机抖音里笨拙又可笑的短视频，看一眼小静，用引蛇出洞的口气说，“再说，我不想动你手里那点钱。我自己想办法——总会有办法的，活人还能被尿憋死？”

小静对出版流程都很懂。但她也知道，老庞的资金确实遇到大问题了。她不是傻瓜。她早就看出来了。她看出来也不能说。她从来不问老庞手里有多少钱。老庞出狱后，手里一直就没有多少钱。老庞也好久没给她钱了。好久是多久？三个月？四个月？五个月？反正有几个月了。这几个月的花销，都是小静自己的钱。小静挣不了多少钱，她平时要接送儿子，都是抽时间帮几家文化公司排排版、核核红，计件拿钱的。有时会多点，有时会少点。以前儿子没上幼儿园时，每月只能有个两三千块钱的收入。现在好点了，儿子上幼儿园了，她可以安心干活了，收入也翻番了。但是老庞的话，她听出其中的潜台词来了。她听出来而不接他的话茬儿，无非是她也有自己的小九九——老庞所说的“那点钱”，可能是指几年前他分两次赠送给她的“礼金”。

那时候，小静大学刚毕业，进公司也是老庞亲自招来的，工作上和生活中，她都还很生涩。老庞就是喜欢她的生涩，喜欢她的初涉社会、不谙世事。在老庞看来，这样从练手开始的新员工可塑性极强，最容易调教。调教好了，无非有两种结果，一种是死心塌地地为公司、也就是为他工作；另一种是展翅高飞，另谋高就。对于后者，老庞遇到的不少，那也是没有办法的事，人各有志嘛。对于前者，更是要看运气，碰到一个就是他的造化了。老庞就是在工作中，发现小静的许多优点的，不多话，就像她名字一样安静，默默地学，默默地做，不懂的地方就悄悄地问他——不是问主任或老员工，而是直接问他。一来二往中，老庞就感觉到小静是想往他身边靠的，是可以培养的。内秀的小静确实也给老庞带来了惊喜，没过多久，小静就熟练掌握了一本图书从初校到成书的全部流程，而且各个环节都很出色，和出版社的沟通也细致入微，深得对方的好评和赞扬。老庞迅速给小静涨了工资，在参加全国各地的书展会时也会带上她，还在年底给她一个过万的大红包。小静也不傻，两个人就这样在互动中，产生了感情。老庞的家庭生活本来就有很多矛盾，有了小静的体贴入微并得到小静的默许后，就和老婆提出了离婚。离婚后的老庞也没有伤多大元气，只是位于北四环亚运村一带的一套两居室的房子全部给了前妻，公司运转并未受到影响，特别是北京南城一个大杂院里两间半老宅子还有他一半的继承权（另一半是他姐姐的），是他的后盾，他只要安心做几年图书就可以再买一套房子了，就能和小静过上夫唱妇随、琴瑟和鸣的生活了。所以他也挺大方地在婚前赠送了小静两次钱。第一次是和小静一起回她宁夏的老家，赠送了三十万元订婚礼金；第二次是婚前又给了她二十万元，让她购买结婚用品。小静不是那种大手大脚的姑娘，这两笔钱她连五分之一都没有花，余下的买了理财产品。不久后，他们就结婚了，又不久后，小静怀孕了。谁知道天有不测风云，老庞在涉及一起违法出版大宗盗版书案件后（负责连带责任），被罚款并判刑入狱一年半，出狱时，儿子都满地跑了。为此老庞非常感谢小静，能在他最困难的时候没有抛弃他，还为他抚养儿子，他想要好好回报小静，合法经营，改变现状。又谁知，出版业管控更加严格起来，图书审查很严，许多出版社限号。接踵而至的又是新冠肺炎疫情，他的事业彻底陷入了低谷。如前所述，好不容易和出版社谈妥了十本书的合作，资金短缺问题又绑住了他的手脚。

小静听懂了老庞的话。老庞也知道小静听懂了他的话。小静也知道老庞知道她听懂了他的话。但她还是静静地默不作声，投入地干活。其实，她的静静的外表下，思想是矛盾的，也在激烈地斗争着。老庞现在急需用钱，可以说已经到了山穷水尽的地步了，可她知道老庞更加山穷水尽的时候还没有到来——她有这个预感。为什么会有这个预感，她也不知道。她不知道就不能多说。所以她现在唯一的办法就是装糊涂，既不能说那笔钱还在，也不能说被她花了。她要把这笔钱保住，把口袋按紧了，那可是她和儿子、也是老庞最后的退路了。

老庞见小静没有往钱上扯，就焦急地看时间。其实不用看，午饭还没吃呢。正如胡总所说，要吃了午饭，下午才到来。换句话说，就算是下午到来了，只要没吃午饭，都不算正经的下午。

“我做饭啦。”老庞想让下午早点到来，强行压住心头的急躁和焦虑，故作平静地问小静，“你想吃什么？”

小静本想说随便的。马上想到“随便”是最敷衍了事的应付了，也是对方最不能接受的回答了，比没回答还让人烦，她就最烦别人这种无心的回答——在这个时候，可千万不能惹毛老庞了，便小心而温柔地说：“我呀，想吃你做的醋熘青椒土豆丝，还有铁锅炖豆腐。”

“要求不高嘛，这还不是便便的？这是对我的厨艺不信任啊，等着，一会儿就好。”老庞最喜欢小静半娇半嗔的语气了，又看她一身正装的样子，不像个居家的女人，倒像个十足的职业女性，兴之所至地调戏道，“就喜欢你一本正经又爱吃豆腐的样子，和我的爱好怎么这么像呢。不是一家人不进一家门就是说我们的吧？”

“别闹啊，好好做你的饭，我干活呢，核版权页，出错算你的。”小静知道老庞急吼吼的脾气，不识逗，顺杆爬，赶紧用严肃的语言设置了一道防火墙。小静确实有个习惯，只要是工作时间，就跟以前在公司一样，一身职业套装。只有这样子，她才觉得是在上班，才觉得是在工作，才觉得是上班工作的样子。老庞开始还不习惯地问过她，她也说不出理由。但到了下班时间，她又自然换一身居家服了。她看老庞嬉皮笑脸的样子，迅速转入上班模式地正色道，“还有三本，就全搞定了，等你下午把印厂落实好，我也完工了。”

“好，我就爱听吉利话。”老庞一头钻进厨房，不多一会儿，厨房就传出煎煎炒炒的动静和弥漫出来的油炸葱花香了。

但是，老庞的厨艺还是没有发挥好，他把醋熘土豆丝里放了三次醋，第一次放醋是放对了，第二次本想放酱油的，结果还放了醋。他在临出锅前尝了尝，感觉酱油味薄了点，可第三次还是放的醋，根本就没放酱油，而大小相当、模样相近的醋瓶和酱油瓶就放在一起。即便这样，小静还是夸赞了许多。只有老庞知道，他心里还是有点乱了。

“是不是没放酱油啊？”老庞想掩饰自己的心事。

“好吃就行。”小静的话也是恰如其分。

3

还好，老庞热烈期盼的那个电话打来了。打电话的不是胡总，是胡总厂里的印制总管。

这个印制总管是个女的，声音既干脆、响亮又硬橛橛的，她要求老庞把要印的产品规格和印数重新复述一遍。老庞一边复述的时候，一边感觉有点悬，胡总没有向印制总管说清楚？老庞重新复述一遍后，重点部分又强调一次，说不是单本，单本多没意思，随便找家印厂就可以了，是十本。意思是，这是一个大单子，要格外重视。优多印务公司的女印制业务确实很精，老庞的话音一落，她那边的报价就来了。老庞一听，和他心理价位差不多。看来，四五年没干，印制价格的涨幅并没有多少。老庞也爽快，说：“这个价还合适。”

“那就这样吧。文件和纸张到了来签合同。”

老庞一听对方的话，脑子就“嗡”地炸了，还余音袅袅——对方果然不提供纸。老庞赶紧说：“你们厂不提供纸？”

“不提供。”

“让老胡接个电话。”

“胡总？我不知道啊，可能要账去了。”

“你们厂以前不是提供纸的吗？”

“那是以前，早就不供纸了，都是客户自己调纸。我们提供免费存放。”

挂断电话。老庞的心里凉了半截。上午他从好朋友牛老二那里已经了解到，现在的印制公司都聪明了，只挣印刷费。以前客户自己带纸，是为了省钱，印制公司老板还不乐意，因为印制公司会在纸张上赚点差价。他业务鼎盛时期就这么办过。现在不是这样了，可能是囤纸会带来资金积压吧，也可能是纸价浮动太快，印制公司早就不囤纸了。本来，老庞有一套完整的空手套白狼的计划，只要能把书印出来，哪怕只有一周的账期，他把每种两千本的书交到出版社，就能从社里拿到二十多万元，再把这个钱交到印刷公司。这个钱肯定是顶不了印制费的，但印制公司见到回款，会再给他一周甚至两周的账期，他就能找到从前做图书发行公司的朋友们，把图书以最低价位（一八折）卖三千套给他们，因为价格低，他能拿到现金。如果能有两家图书发行公司吃进，就是六千套，回笼的现金就够付印制费用了。简单说，就是用八千套书的代价抵去全部成本，余下的书，就是他的利润了。如前所述，一本书定价六十块钱，他还是有得赚的，粗粗估算，整个一套十本，能赚个三十万元左右，这个项目就大功告成了。可现在卡在了纸张上，无法向前推进了。怎么办？还能怎么办？遇到什么坎就攻克什么坎呗，找钱，调纸。上哪儿去找钱？老庞还是想到了好朋友牛老二。

牛老二的文化公司做得比较大，在业界小有名气，仅库房就有近一万个平方米，库存量常年在一点五亿码洋以上。老庞思来想去，只能求助于他了。老庞和小静交代几句，主要是三点半去幼儿园接儿子的事别忘了——以前都是他去接的。小静眼睛盯在电脑上，让他放心工作去，家里有她呢。老庞当然放心了，自己服刑了一年半，儿子不是照样出生、照样健康成长嘛？小静就是他的后盾，他不放心小静还能放心谁？

老庞打了一辆出租车，直奔位于管庄的牛二文化公司了。

牛老二大名叫牛常，容易叫成牛肠，怎么听都是牛下水，太不好听了。因排行老二，他的朋友们都干脆叫他牛老二了，有时也直接简称牛二。牛二或牛老二总比“牛肠”要好听些。但通常情况下，比如在公开场合（酒席除外），大家还是习惯上叫他牛总。老庞本想给牛二打电话的，一想到事关重大，还是跑一趟合适，直接把自己的计划向牛二摊牌。牛二是聪明人，他会算清楚这笔账的，说不定直接投资也是有可能的——他预想的入库三千套书的朋友里就有牛二。

牛二确实感兴趣——老庞还没有讲完，牛二就全懂了。牛二又把老庞十本书的书目和内容提要认真看了看，想了想。凭他多年在图书市场打拼的经验，老庞这十本书能发，很适合馆配——牛二就是以馆配为主的图书公司，常年有人在外跑业务。就说：“就照你说的，一八折，到时候给我的库房入个三千套，现款。”

“太好啦，牛总，我给别人都是二〇折的，咱们都是多年的兄弟，就听你的，你能不能先把款预付给我？一半也行。”

在整洁而宽敞的办公室里，牛二的气场很大。牛二听说要预付一半的款，就把眼睛望着天花板了。天花板上当然什么都没有了，他只是在思考（其实是在算账）。老庞看到牛二的眼睛里全是白眼珠子，心里没底。要是搁以前，老庞一定会调侃他几句，煞煞他的风头，打击他几句也是有可能的——他太目中无人了。但现在不能。现在老庞有求于他。老庞期待他早做决定。从牛二眼望天花板折射出来的眼神中，老庞看出来了，即使他的计划再完美，即使他的图书选题再优秀，他已经不是从前那个老庞了，就连好朋友牛二都不信任他了，都要对他的话进行深入思考了。要知道，他可是帮过牛二的。他所犯的事，就是牛二的主意，牛二虽然没有参与一线操作，但主意是他出的，他还吃了回扣。他没有供出牛二，让他躲过了一劫。牛二去监狱看他时，还说过许多感激的话，说出来后一定要帮他重整旗鼓。可时过境迁，牛二早忘记了承诺，现在连眼睛都不看他了。牛二望了阵天花板，对着天花板说："现在哪还有预付款这回事啊，干什么都是现金为王。再说，我手头也紧啊，刚在一家出版社租型了五百个品种的图书，都是现款。出版社要做利润，所以必须现款。现在是一分钱难倒英雄汉，我也吃紧了。不过你也不用急，咱们是朋友，我会帮你想办法的，走，我和你去找老胡！"

牛二还算仗义，开着车，载着老庞，直奔燕郊的优多印务公司。

管庄离燕郊不远，直接上了通燕高速，二十几分钟就到了燕郊。在燕郊的南外环上又跑了十来分钟，就看到优多印务公司了。这是一个很大的院子，厂房更是一大片。每个厂房里都是机器隆隆。而院子里的帆布下，垛着山一样的纸，一辆巨型卡车也在卸纸。另一辆卡车卸完了，正准备出门。一卷卷纸就是真金白银，看着真是喜人啊！老庞都两眼放光了。看来印厂的生意不错啊！老庞走到正在卸纸的那辆卡车前，摸摸纸，真是好纸啊，他问司机："谁的纸？"

“谁的？我看下单子啊。”司机说，“你有纸？”

“我倒是想有纸啊。”老庞说。

“管他谁的纸了，走，找胡总去。”牛二拉着老庞走了。

老庞和牛二直接到胡总的办公室了。胡总的办公室敞开着，人不在。牛二就拿出手机给胡总打了过去。胡总真的出去办事了。牛二问他多会儿回来。胡总说快则一个小时，慢就不好说了。牛二就说：“就是我上午跟你说的那个事，我朋友庞总——不是有一批书要在你家印嘛，你给他个账期，就用你们家的纸。我看到一院子的纸了。”

“我家哪有纸？那些纸都是客户带来的，你牛总又不是不知道。再说了，你看到的纸马上就要上机了，过几天就成书了。”胡总换了个口气，亲切道，“你们在哪？”

“在你办公室。”

“哈，这样子啊……坐会儿呗，我让人给你们沏茶。”

“哪有时间喝茶，我也忙死了。你看这样行不行，我先去办事，庞总留在这儿等你，你快点回来，合计合计，把这事解决了。”

“也好，我早点回。”胡总热情地说，“慌什么嘛，等我回来，晚上请你们喝酒。”

“不喝。真有急事。对了，你可以请庞总喝。”牛二望着老庞，故意把声音放大，“回见啊胡总，庞总的事交给你了啊，费费心，庞总的事就是我的事，你帮庞总就等于帮我。”

牛二说走就走，临上车时，使劲握了握老庞的手，很有把握地说：“目前就这样了，你等等胡总吧，应该没问题。”

4

老庞的心情既悬浮，又焦虑，甚至还在酝酿着暴怒，可表面上还得装作若无其事的样子，还得把酝酿的暴怒的情绪强行消解。

来给他沏茶的正是那个女印制，从她说话的声音上，老庞就听出来了。但是当看到她的真面目后，老庞的心里还是略微舒服了点，女印制虽然口气生硬，面相还是清爽柔和的，举手投足也很得体，给他沏杯茶后，对老庞说："胡总要等一会儿来，他让你喝茶等等他，也可以去各个车间看看。"

"胡总真是大忙人啊，可我也忙啊。"老庞心里就是有一百个不高兴，也不能在脸上露出来，便压着心里的不快，说，"胡总大约什么时候回来？"

"不好说，款太难要了，胡总带着业务员和会计天天在外催款。昨天天黑才回来，前天更晚。"女印制又说了句"请用茶"后，就离开了。

女印制婀娜、摇曳的背影丝毫引不起老庞的兴趣，老庞脑子里飞速运转着，他怀疑胡总是不是故意要躲他。又觉得胡总不像是要故意躲他，没必要，话都说明白了，能办就办不能办就不办，为什么要躲？如果用正常思维去判断，很可能有继续合作的可能，否则胡总不会让他等的，也不会让女印制招待他喝茶的，甚至晚上有可能还有酒局。老庞的心情稍稍平静了些，既等之，则安之；既等之，则有希望之。可在别人的办公室枯坐、等待实在也没劲，茶也喝不出味来。而从车间里传来的机器声，对于老庞来说，既新奇又很有吸引力，在他听来，比什么好听的声音都好听，比他听过的所有好听的声音都好听，轮转机、胶印机、装订机、叉车发动机等声响互相交汇，互相缠绕，互相碰撞，像一首多声部交响乐，这哪里是印书啊，就是印钞票啊。老庞就晃出了办公室，在“音乐”的伴奏下，晃到了一个车间。偌大的车间里，分几个区域，一个区域有五台轮转机在不停地工作，另一个区域是两条装订流水线。老庞走过去，看了看，一本本精装书，从精装龙里淌了出来，由一叠叠纸变成一本本精美的书，实在是太神奇了。老庞随手拿一本书，一看，正是牛二公司做的。这是一本许多作家精短美文的汇编，书名叫《恋爱的水罐——现代名家谈爱情》，作者有周作人，有徐志摩，有朱自清，有郁达夫，还有萧红的，都是过了版权期的现代名家。老庞知道这类书的运作方法，有专门的图书公司专门组织这样的书稿，很便宜，两千块钱就能买一本。老庞的心又被触动了一下，幻想着自己的书也是这样印出来的，心里的焦躁就变成了愉悦。可愉悦的时间还没来得及享受，又更加的焦躁了。老庞在焦躁中一抬头，看到女印制向他摇曳着走来了。女印制脸上的笑容让老庞心里又一动——胡总回来啦?

老庞迎着女印制，急切地大声说：“胡总回来啦？”

老庞的声音被机器声淹没了。

女印制没有听到老庞的话，但她显然看到老庞在说话了，她向前跑了几步，大声说：“胡总来电话了，他说不定多会儿能回，胡总让我来陪你去吃个饭。”

老庞心里刚刚萌生的希望之火，就忽地熄灭了。吃饭？难道他来优多印务公司就是为了混一顿饭吃？老庞心底里的希望之火，瞬间变成了愤怒的火苗，“噌”地燃烧了起来，他没有回答她的话，跟着她走出了嘈杂的车间，来到了院子里。在从车间走到院子里的这段百来步的距离里，老庞又强迫自己冷静了。强迫的冷静虽然也是冷静，但一开口，话风还是不一样的，老庞说：“这个胡总……就这点破事，一句话的事……犯得着使这点小伎俩？把我老庞当成什么啦？”

“胡总确实忙。”

“谁不忙？难道我的事不是事？”

“当然也是事，大事。”

“你有没有办法？”老庞说出来就后悔了，这是病急乱投医的节奏了，但话既出口，也懒得收回了。

没想到女印制想都没想就说：“庞总，不是我乱出主意啊，你不一定非要一口吃个大胖子，为啥要十本书一起印？那要占用多大的资金啊？可以细水长流，一本一本印嘛，印一本，发行一本，钱收回了，再印第二本，压力不就小多啦？胡总算是不差钱的大老板了吧？他都是这么办的。”

老庞受到启发，恍然大悟了，觉得一年多的牢狱之灾，让他的智商退化了不少，怎么这点事都想不到呢？而连带的比恍然更恍然的脑洞突然大开了，一个新的计划在他脑海里呈现了出来——立即想到仓库设在廊坊大厂的几个图书发行商，那都是一张张熟悉而亲切的面孔，对，找他们。老庞回到了胡总的办公室，喝了口茶，突然觉得茶香浓得化不开似的，提神醒志，那些呈现的发行商的面孔也次第地跟他微笑着，其中有一个特别亲和，脸大，唇厚，牙多，他叫汤红兵，一个傻里傻气不会做生意却总能发财的家伙，老庞便给汤红兵发了个问好的微信，顺带把他十本书的立体书影也发了过去——摆脸啊。

汤红兵毕竟是汤红兵，真架势，他立即回复，表示非常赞赏这套书。仅从这套书的书影看，确实漂亮、高雅、贵气，是图书馆喜欢的那种书。

“一八折给你入库两千套？”老庞立即抓住机遇，趁热打铁。

“两千套多了吧？先入一千套吧，账期九个月哦。”汤红兵回复道，他仿佛一下就猜到了老庞的用心。

“一千套可以，折扣得加两个点，账期半年。”老庞也采取策略了，不认死理了。

“弄不了。”汤红兵更精，“那天我们几个做发行的在一起吃饭时还说起你，都说你从前的书好，现在不做书可惜了。我还和他们抬杠，说你不会不做的，怎么样？果然东山再起就出手不凡。别那么抠了，就一千套，账期九个月。现在太难做了，回款比吃屎还难，有的公司我都放一年。”

“不行不行……看在多年老朋友的份上，要不这样吧，两千套，你给我打一半现款，余款账期一年，怎么样？”

“老庞，你是不是中午喝酒还没醒啊？一八折，让我付一半现款？”汤红兵惊讶道，“两千套书的总码洋是多少？”

“一百多万。”老庞对数字十分敏感，早就滚瓜烂熟了，“实洋就是二十来万，一半才是十万块钱，你这么大的家业也跟我抠？有出息没有？”

“不是我抠，生意不是这么做的。”汤红兵叹了口气，“我给你打一半也行，不过只入一千套，折扣得降，一五折。”

“你这是杀我啊？一八折都亏，你又不是不懂。”

“我懂，你从别的地方再赚回来。”

“不行，实话跟你说吧，我是急用钱才这个折扣的。”老庞心里暗喜，汤红兵已经上钩了，“一五折必须全款。”

“全款是多少？十五六万？我靠，算你狠。你给我送几本样书来。我今天正好在库里。”

“样书啊？好的好的。不过今天哪有时间？明天可以吧，明天我正好去燕郊，顺便去大厂。”老庞觉得汤红兵真是大救星，好哄，样书还不是便便的？上街上打几本数码样书也就个把小时的时间。

“什么时候能入库？”

“快的，下周吧。”

一通操作后，老庞还是不放心，担心汤红兵会见到新书入库时才付款，又担心汤红兵会开承兑汇票。但运作到这一步已经非常满意了。拿到十几万之后，就能先印一本书了。老庞立即给胡总打电话，先问胡总什么时候回来。胡总的回复和女印制一样，要很晚，让老庞不要等。老庞就要借胡总停在院子里的一辆小面包车。

“我得回京啊。”老庞说。老庞心里一爽，话也就多了，“等你请我脸都等黄了。”

“我不是安排人请你了嘛。”胡总说，“那辆小面进不了京的。”

“进得了，我住在草房像素，东五环外，河北牌可以进到那一带。”老庞又说，“牛总事多，不来接我了，不借你小面我怎么回？反正明天还要来的。对了，我的书一本一本印，过两天我来交款给你，你给我调纸，先调一本书的纸，采取蛇蜕皮的办法。”

5

老庞没有回家。他开着优多印务公司的一辆小面包车，来到了燕郊街上。

燕郊这个河北廊坊的飞地，飞到北京大都市的边上了，其脉跳和表象，与繁华的北京却大相径庭，虽然号称百万人口，实际上只是一个睡觉的地方，别号“睡城”，即不过是北京扔在那儿的一张床而已，除了一夜鼾声，别的什么也产生不了。因为大部分社区高楼里所住的人，都是在北京上班的“白领”“蓝领”们，他们白天在北京的公司里上班，消费，只有到了夜间，才飞奔到国贸东边的大望路一带，疯狂地追赶“8”字开头的各路公交车，带着一身的疲倦拥挤到车上，回到燕郊睡一夜。所以，燕郊的地盘并不大，街道依旧是灰头土脸的，破烂不堪的，既乡气、土气又闷气，主街道也是借用国道才粗具了规模。老庞就在这条街道上慢慢地开着优多印务公司的小面包车。

这辆小面包车的车况看起来并不旧，可跑起来像是浑身都有毛病，挡位不灵，离合和刹车也老化，方向间隙大，得处处小心。好在车子证照齐全，也好在老庞也是证照齐全，又好在他是老驾驶员，以前也开过比这还破的小面。那是他自己的小货车，送货、代步都是它。老庞就是开着这辆小面找到了一家打印社，他要打印几本数码样书，明天送给汤红兵看。老庞和打印店老板谈好价格后，看一眼时间，还不到三点半，这个点，小静应该走在接儿子的路上了，他就打通了小静的手机。

小静知道老庞关心的是什么，电话一接通就说："还没接到儿子——到门口了，还有五分钟才放学。你到家啦？"

"没那么快。"老庞说，"我还在燕郊呢。你不要急，好好接儿子，到家后，帮我办个事，把那本《元代散曲初探》的印刷文件发我，还有封面，我要做几本数码样书。不贵，精装才二十块钱一本，我做两本，三本也行——就三本吧，明天急用。听明白了吧？"

"明白。"小静犹疑着，说，"做数码样书干吗？"

"发行公司的老板要看样书。"

"印厂谈好啦？"

"就算谈好了吧——有眉目了。"老庞的口气并不肯定。

"那还是没谈好。"小静比犹疑更犹疑了，小心而谨慎地嗫嚅道，"其实，家里……还有点钱，你知道的……我怕拿出来也不够，就……就没敢冒充大尾巴狼，实在不行，我就取出来，理财产品也没有多少利息的，就是不知道能不能提前取，得去银行问问。"

"不用，"老庞的口气突然变得牛哄哄的了，"这点事还算个事啊，这点事我要是解决不了，这些年不是白混啦？你那几个小钱由你掌控好了，什么时候都别打它主意。明白啦？理财产品不可能让你提前支取的。就算能提前支取，也不能支取，那要损失不少利息的，明白啦？你怎么能打那笔钱的主意呢？脑袋昏了吧？接上儿子，到稻香村买点卤货，我打好数码样就回家，晚上要庆祝一下，喝一杯！”

小静心里释然了，悄悄长吁一口气，愉快地说：“好呀好呀。是应该喝一杯，嘻——还有个事，回来再跟你说。”

“还有事？”老庞听小静的口气不像是有事的口气，调调虽然是欲言又止，却藏着掩饰不住的喜悦，就也想分享地追问道，“有事说话！”

“还真要喝杯小酒了——我可能怀上小二子了。”

“啊？”老庞吃惊了，随即又惊喜了，“一个儿子都要养不起了哈哈哈，这又来一个啊？这……确定吗？我想要个女儿。”

“应该确定了。昨天就想跟你说的，看你那么忙……想晚上再说，后来又忘了。你刚才说喝酒，才想起来这也是个喜事。你不是说过好几次想要个闺女吗？”

“真是女儿啊？别蒙我了，是儿子是闺女由不得你啊，当然也由不得我，哈哈管他呢，都行，儿子女儿都行，一头牛要放，两头牛还是放，别人家养猫养狗养宠物玩，咱们养几个娃玩！”

“那可不是好玩的，要花钱。”

“花呗！”老庞脸上放光，声音越来越响，“我听到声音了，放学了吧？挂了挂了，好好带儿子！到家别忘了给我发文件。”

老庞挂断电话，看打印社的女老板也一脸喜庆的样子，就得意地说：“你笑什么？又不是你怀二胎。”

女老板更加哈哈大笑了，都发出了鹅叫声，说：“你这老板真幽默，不过我家也是两个娃，再要就是三胎了，真是养不起了。”

“三胎也好，越多越好，有本事生一个班。”

“哪有那本事？不像你们大老板。”女老板好奇地看看他，更加好奇地说，“你老婆多大啦？还能生二胎？”

“看我老了是不是？我老婆年轻，是个‘90后’！”老庞得意地说，“碰一下就怀孕了，生一个排都能生！”

老庞的话再次逗得女老板心花怒放了。

在等小静发邮件的过程当中，老庞又打了几个电话，对方都是做图书发行的大户。老庞所谈内容也都是关于图书发行的，具体说，就是他那套“古代文化笔谭”的发行，和汤红兵是一个模式。但是他们并不像汤红兵那么好说话，开始都是答应，但最后再谈到具体付款方式时，都是图书入库才付款，即不见兔子不撒鹰。老庞的书是兔子，他们手中的人民币就是鹰。兔子再肥，那是你描述出来的，耳听为虚，眼见为实。而鹰就架在他们的胳膊上，看得见摸得着。这就不是老庞要的结果了。庞老板也突然觉得，他高兴是不是太早啦？和汤红兵只是说到折扣和账期，听话听音，也是要入库才付一半的。问题就是出在入库上。没有钱就印不了书，没有书入库就拿不到钱。老庞本想拿汤红兵的钱去优多印务公司印书的，这个计划现在又是存疑了，这让乐观的老庞心里再次凝重起来——汤红兵不是不知道老庞的套路，他是内秀，你老庞的话没有说到那一步，我老汤当然也不点破，给你个希望和面子了，这是在生意之外，又加了点情感因素。老庞想，要是这样，汤红兵还不如另外那几个大户来得干脆了。这个样书，做不做也就意义不大了。但汤红兵既然要样书了，明天拿不出来，不是更没有话语权吗？死马也当活马医吧，明天拿着样书去找汤红兵，让他预付款，大不了再往下降价。

做好了数码样书，已经是晚上六点多钟了。老庞开着小面的，行驶在通燕高速上，想着晚上要喝一杯，庆祝小静怀上了二胎，心里还是美滋滋的。又油然觉得，上午的话，对不住小静了——正是他上午不应该的暗示，才让小静要把那点私房钱拿出来的。哪个女人没有一点私房钱呢？没有私房钱的女人还叫女人？小静那么年轻，那么漂亮，跟你一个“70后”的油腻中年老男人，图个什么？再说了，没有那点私房钱，小静敢怀二胎？老庞越想越内疚，真想抽自己一个大嘴巴子了。

6

第二天，老庞带着五本（多做了两本）漂亮的数码样书，来到了位于大厂城郊的一座图书仓库。这是汤红兵的仓库。不巧的是，汤红兵不在。这家伙，昨天还在的，怎么又不在啦？不知为什么，昨天没见到优多印务公司的胡总，他就想到人家是不是故意躲着他。今天没见到汤红兵，他立马又这样想了。是不是过于敏感啦？图书公司的库管告诉老庞，汤总昨天一天都在，今天去西安出差了，参加一个图书馆采购的投标了。人家这是大事，不是要躲着他，对于图书公司来说，还有什么比参与投标的事大呢？老庞想。老庞看汤红兵的仓库很气派，一垛垛书堆满了仓库，样书摆放得也整齐，在台案上的，插在书架上的，一片片，一排排，品种有数千个，觉得这个汤总几年不见，也是越做越好了。

“我是像素的老庞，等汤总回来你告诉他，就说我来过了。”老庞对库管挥动着手里的样书，那样书就是老庞的身份。而库管对老庞的样书视而不见。现在看来，这几本样书也是白做了。

老庞知道，他的话等于没说。老庞回到车上，给汤红兵打电话。老庞有点迫不及待，希望尽快和汤红兵联系上。老庞估计汤红兵的手机会关机。要是关机就是在飞机上了，等这家伙下了飞机，说不定又会发生什么变化了。没想到汤红兵没关机，老庞心中的那丝已经熄灭的希望之火，又重燃了起来。

“汤总，我是像素老庞……”

“知道知道。”

“我在你大厂的书库里，你让我送样书来我送来了。”

“哎呀，昨天忘了说了，我在首都机场候机，要去趟西安。”汤红兵的口气很急促，“就那套书吗？‘古代文化笔谭’，十种，好书啊，不用看样书了，你给我入 千套，照你昨天说的，我后天就回来了，一五折，现款付你一半。”

果然是先入库，后付款。老庞心里一下就凉了半截，说话也没了底气了：“书还没印出来。就差点印费，你先把款打我……打我一部分也行。”

“什么？是这样的庞总……库管要验货，会计要看入库清单，这是公司硬规定。”

“汤总，还欠点印费，印厂不允许出厂，你先支付……再说，还不是你一句话的事。”

“庞总，飞机滑行了，我关机了。”汤红兵急慌慌地说，“你找别家看看。再见老庞。”

老庞知道没戏了。生意也是这么现实，有钱了什么都好办，没钱了什么都办不成。有钱能使鬼推磨，没钱就是个推磨鬼，不，连推磨鬼都不是。老庞没有钱，什么都办不成也是活该。老庞在离开汤红兵的仓库时，看都没有回头看一眼。他知道，别人的仓库再好，书再多，都跟他没有半毛钱关系。老庞开着小面包车，心情悲观地行驶在这一截乡村公路上。这截路上有不少像汤红兵这样的仓库。他知道在大厂城南这片区域，已经形成了一个图书仓储小气候，北京图书公司不少仓库都在这一带。像这样的小气候，永清那边也有，燕郊那边也有，但他都走不通了。现在的形势非常清晰，就是差钱，有钱就能印书，就能印出好书，有好书就能卖到好钱。问题是，钱从哪里来?

老庞还有一招，就是动他老宅子的主意。拿上位于北京东四一带的老宅子的房产证，去银行办抵押贷款。

老庞没有犹豫，有路就得走走。别的路走不通了，这一条路还没有走，走得通走不通都得走走。万一走通了呢?时间不等人，老庞开着小面，一路吼吼着（他自己的心理作用，其实他很谨慎地驾驶着），来到了像素，把车子停在地下车库，又乘上地铁六号线，转二号线，直奔他小时候长大的老街胡同了。

东四的这片区域，他很熟悉，现在也没有多大变化，窄的胡同，凌乱、灰暗而破旧的房舍，在许多丁字胡同口或十字胡同口处，会有几个围着棋摊的老头或望呆的老太，也会碰到一两个身穿干净衣服的外地俊男靓女左看看右瞧瞧。老庞真不明白他们，这么破旧的地方有什么好看的？老庞在七拐八拐进入一条更窄的胡同之后，在胡同深处，他拐进了一个大杂院的门。这个院子真是杂啊，也真是乱啊，几十年前搭建的低矮的歪歪扭扭的破房子，又让院子里形成了几条更小的胡同，他穿过只容一人经过的小胡同之后，看到一个洞开的门，门空里轮椅上坐着一个老太太。老庞的脸上露出了笑容，朝老太太点头，大声说："妈，我是谁啊？"

老太太望望老庞，傻傻地笑笑。老太太不认识他。

老庞的话，引出来另一个老太太。她比坐在轮椅里的老太太要年轻很多，叫大妈也许更合适。她看到老庞时，也露出了笑容。她就是老庞的姐姐，退休三年多了，专门来照顾老太太的生活。

老庞说："妈还是不认识我。这辈子恐怕再也认不出我了。"

姐姐说："连我都不认识还认识你？这半晌不夜的，你回来干啥？对你说，你别打这个房子的主意啊，你让咱妈好好死在这里，别让她临了了，还没处安身。这破房子看是两间半，房产证上只有一间半，这后搭的一间不算。那半间又伸在别人家的尾巴上，没人爱买咱这种房子的，我估计银行也看不上这种房子，抵不了几个钱。就算能抵几个钱，我也不同意，万一你又玩砸了呢？咱妈在哪里死？咱妈一辈子住在这里，到时候连死都没地死，爸在阴间也会找你算账的。再说了，我的房子叫女儿女婿占了，我也得住在这里，死在这里。"

其实，老庞在地铁六号线上就已经后悔了，走进胡同时，就下决心不提抵押的事了，银行确实看不上这几间破房子，有价无市。去年，老庞在电话里对姐说过卖房子的事，也说过抵押贷款的事，被姐骂得狗血淋头，所以姐才有了那套话。老庞说："姐，怎么我一来你就说这话？我看看妈，也来看看你，你受累了，把妈照顾得这么好。姐，我现在不差钱了，生意正常运转了。等手头宽裕了，我给你拿点。"

姐姐说："你就鬼话吧。梅西呢？梅西上幼儿园了吧？看到你我就烦死了，看到梅西我就开心……"

老庞打断她说："人家不上幼儿园啊？"

梅西就是老庞的儿子。

"我还有好消息要告诉你，小静又怀上了。"老庞说，"趁着有钱，生个小二子，咱也算替国家做贡献了。"

"真的呀？这是好消息。小静给咱老庞家长脸了。"姐姐脸上终于露出了笑容，说，"你在不在这儿吃午饭？我买点菜去啊。"

"不，我有事——忙死了，哪有时间吃饭？妈，我走啦！"

出了胡同口，老庞后悔来这一趟了，至少来得不是时候。母亲能有现在这个样子，他既欣慰又难受，欣慰的是，母亲在姐姐的照顾下，精神状态还不错；难过的是，自己连一分钱都没有掏给姐姐，不能为姐姐分担一点负担，他就越发地觉得，一定要把这笔生意做好，一定要把钱赚回自己的腰包。

7

老庞没有回家。老庞转地铁一号线，又转八通线，来到了管庄。在管庄找了家小馆子吃了一碗臊子面，在街上晃了晃，看了看不远处的那幢写字楼，面对着写字楼定了定神，打了个嗝。

这幢楼叫管庄大厦，牛二的公司就在管庄大厦里。

牛二原来也和汤总一样，专做图书发行，近几年才涉足出版业。每年也就出版三五种图书，量不大，主要就是表现出存在感来，算是业务扩展的一部分。牛二的公司没有专职组稿人员，编辑也只是一个校对而已，所出版的新书，书稿也是在别的图书公司购买的。老庞在优多印务公司的车间里看到流水线上正在装订那本《恋爱的水罐——现代名家谈爱情》时，就瞬间产生了想法，牛二能买别家图书公司的书稿，也能买他的书稿呀。又一想，牛二买的书稿都不值钱，两千块钱一本，比白菜价还便宜，烂大街的那种。老庞这个念头刚一冒头，就暗骂自己没出息了，太可笑了，怎么会有这样的想法？难道会投奔他牛二不成？可现在，老庞改变想法了，不觉得可笑了，事情都会发生变化的嘛，什么都可以谈嘛。牛二的书稿都是过了版权期的，他能汇编成集，别人也能，换个书名又是一本新书，所以不值钱。可老庞这十本都是原创啊，是他花钱组织编创人员整理出来的，是别的书不能替代的，那价格也应该不一样嘛。牛二对出版行业门儿清，他应该知道这十本书的价值，跟他谈谈也是一个很好的退路，价格合适就出手。老庞想了想，保守价格两万块钱一本，连同版权，全给牛二了，这个家伙，就算他交了个好运吧。

老庞一进入牛二公司的会客室，心里就有一种亢奋。四五年前，牛二还不如他，还屁颠屁颠地跟着他偷业务。现在的牛二和四五年前的牛二已经不可同日而语了，连专用的会客室都有了。会客室洁白的墙壁上，还分别挂了几个精致的相框，相框里是牛二这几年做的图书的封面，真是要脸有脸、要面有面的显摆啊！和牛二形成鲜明对比的老庞，和四五年前也不可同日而语了，混得连一块钱都借不到了，混得简直不能跟牛二平起平坐地对话了，混得连给牛二拎包都没有资格了，混得只能打地铁来谈工作了，混得只能偷偷地吃一碗臊子面了。然而，这没有给老庞带来自卑，更没有让他灰心，反而燃起了他东山再起的强烈的欲望。老庞就是带着熊熊燃烧的欲望之火来见牛二的。牛二甫一见到老庞，也表现出不一样的惊喜，一边给老庞沏茶，一边关心地问他书的印制联系得怎么样了。老庞没有叹苦经，也没有抱怨牛二介绍的优多印务公司有多么的不仗义，更没有怪胡总不帮他。现在的形势下，他最现实了，既然印书的计划无法进行下去，也别逼自己了，再逼下去，就是折磨了，会把自己逼疯的，正如刚刚改变的计划，卖吧。

“牛总，家里出了点事——我没有精力和时间去操持那十本书了，那都是好书啊——小静真能作，怀上二胎了，天天呕啊吐的，身边离不开人——这就是坑害我啊！”老庞一脸无奈又幸福的表情，口气也是无奈和幸福的。这回轮到他仰望天花板了——虽然行为上没有望，心理上已经是在望了，而且比牛二还傲慢还猖狂，带着浓郁的“凡尔赛”风格。实际上，老庞是故意说给牛二听的。牛二虽然年近四十了，至今还是未婚。他当然不是找不到老婆才未结婚的，凭他的条件，找个条件不错的不成问题，可不知为什么，就是喜欢单着。老庞话里的意思，是在充分展示自己优势的一面，你有钱，是个成功的生意人，但你没有子女。我老庞没钱，但我有老婆孩子，还是俩孩子。

牛二当然听懂老庞的话了，他不动声色地笑道：“二胎还反应这么大？”

“娇的呗。”老庞故意停顿五分之一秒。这五分之一秒的停顿，他试图观察牛二的反应。牛二没有反应。牛二没有反应就是反应。老庞就知道凶多吉少了。但这是最后的招数了。十本书，他心理价位是二十万元，凭良心说，不贵的。但他不能说二十万元，他是生意人，大家都是生意人，要留下砍价的虚头，“牛总，我在印厂看到你的书了。你的书不错啊。我这十本书你知道的，都是好书，割肉了，给谁我都不放心，你拿去印吧，咱们是朋友，让他们羡慕妒忌恨去吧——也不跟你多要，要多了也不是我的风格，够本就行了——三十万，你彻底买断，署名权都是你的，卖完就印，卖完就印，这可是咱们当年最大的理想了。”

牛二听后，下巴渐渐上扬，眼睛又扫到天花板上了。

但老庞看出来了，牛二的眼里流过一丝亮色。在亮色瞬间消失的时候，脸色也跟着凝重了。老庞还是了解牛二的，亮色，说明牛二对这十本书有兴趣了；凝重，说明牛二对这个价格不满意。

牛二为了配合脸色的凝重，也用凝重的口气说：“我一年也就印个三本五本的书，应应场子，表示存在。这么大的量我也不敢干啊，现在这形势，这纸价，这市场和回款，不得不谨慎啊。”

老庞就听明白了，这是在砍价啊。他这一招也够绝的，不说要，也不拒绝，先把话撂这儿，等着你进一步说，说多了，不就露出底线了吗？老庞看出牛二这一套把戏来，决定也点到为止，静观变化——既然自己不准备印了，要转出去了，也不在乎这一天两天了，还可以在别的文化公司处碰碰运气呢。老庞正想换一个话题说话时，手机响了。一看，是优多印务公司的胡总。老庞心里一激灵，第一感觉，是不是来好消息啦？印厂同意垫付纸张先印一本书？要是这样，就太好啦。幸亏刚才的话题打了个嗝。手机接通了，没想到是胡总来跟他要车子的。胡总说："庞总，你把我车子开走也不拿来啦？我那小破车送你你都嫌弃，但是放我这儿就闲不住啦，几个厂房之间的联络全靠它了，你辛苦下，派人给我送来，你亲自送来更好，一会儿正好有几个出版公司的老总在我这儿谈事情，你都认识的。晚上我请你和他们一起喝一杯。"

这倒是个好机会，老庞想，一来可以留下时间让牛二考虑一下他已经放出的话；二来也可以向其他朋友进一步推销——现在是两条腿走路了，一是找钱垫付印刷费，按自己最先的计划推进；二是直接卖断，就像和牛二讲过的形式一样。所以他立即应承道："好啊好啊胡总，我这就过去。"

"你看你看，这就走啊。我还想晚上请你喝个小酒呢。"牛二的话明显是在弥补前面的怠慢，"也好，你先忙，咱们改天再约。"

老庞告别了牛二，打一辆滴滴专车，来到像素，连家都没回，开上小面就往燕郊方向急驶而去了。老庞心里想着的是即将到来的晚宴上那几个出版公司的老总都是谁，他采取什么形式推销那十本书。

行驶在通燕高速上时，老庞还是想不明白，对付汤红兵那一招肯定是不行了，对付牛二那一招，看来要价三十万元太猛了，直接说二十万元得了。还有没有别的招数呢？老庞看一眼时间，刚好三点半，小静该在幼儿园门口接到儿子了，老庞就让自己的思维暂停一下，腾手打通了小静的手机：“喂，接到儿子啦？”

“刚接到，得了三朵小红花，儿子可开心了。”小静的口气也是开心的。

“好，你回家自己做好吃的吃，我晚上有应酬。路上小心啊，你手上搀一个，肚里怀一个，你就是咱家的大宝贝！”

“放心吧你，酒要少喝。”

“当然。”

老庞的心里也就像灌了蜜一样的甜，一时居然接不上暂停了的思维。

到了燕郊，下了高速，在向位于南外环的优多印务公司行驶时，看到路边的一个指示牌上写着“巴各庄”三个蓝字，突然想到书圈里一个姓丁的朋友的图书仓库就在巴各庄，丁老板当年的规模比牛二还大，四五年没联系了，不知道他的仓库搬没搬，何不去看看呢？反正时间还早，便方向盘一打，拐进了通往巴各庄的路。这条路虽然也是水泥路，多年未修，已经被车辆跑烂了。老庞知道这段路并不长，也就一公里左右的样子，就是巴各庄了。路边全是培植的各种苗木，有黄杨、有垂槐，也有银杏，还有海棠、仙桃、月季等观赏花卉。前边拐弯处有一条河。那河也不宽，可能是从潮白河流来的，主要功能是引水浇灌这些花卉苗木。河上是一座水泥桥。老庞在拐弯过桥准备驶向河堤时，意外发生了，小面包车的左前轮突然飞出去了，车头也随即一头扎向了桥下。老庞试图别过方向。或许是用力过猛，也或许是反向作用，总之，小面包车直接翻进了河里。不知是枯水期，还是一直水量不大，也不知道为什么要在桥下边修建一道拦水的水泥坝，小面包在摔下的过程中，老庞也被甩了出来，直接摔到了拦水坝上，又被落下的小面包车砸中了脑袋，他眼前一黑，失去了知觉。

8

老庞像是睡了一觉，或者就是打了个盹儿，醒来已经躺在医院的病床上了。

老庞的脑子还是闷的，混沌着，意识还没有完全清醒，好像有个蜂子在四周“嗡嗡”地飞，飞远了，又飞近了，又飞远了，并且，是从他这个耳朵里飞进去，又从他另一个耳朵里飞出来，飞到陌生的地方，飞到他熟悉的地方，飞到空旷无垠的广袤空间，流连一通后，又飞进了他的脑子里。如此反复折腾几次之后，他看到屋里到处都是白的，头顶是白的，左右两边也是白的，能看到的地方都是白煞煞的白。然后，他看到了小静。小静的脸只离他的脸有一寸远，鼻子差不多都要碰到他的鼻子了。小静的脸上挂着笑容说：“认识我吧？”

“你以为我是我妈呀？”

“认识我吧？”小静又说。

“小静。”老庞想动手去拉小静的手。可他的胳膊被固定住了。

小静的手已经握住了他的手。小静的手软软的，只握住他几根手指。他的手指当然是全的，没少一个，没伤一个。但是他的胳膊骨折了，被固定住了，所以小静不能用力地握他的手，只能象征性地握住他四个手指头，实际上，说是“握”，还不如用“轻抚”更为准确。小静其实只是想通过肢体和皮肤的接触，来感受他的脉跳，或者说，让他感觉小静的存在。小静的信号传递过去了，他在紧急救治四个多小时后，又经过三个多小时的昏睡，终于醒来了。他终于认出了小静，这让他自己都感到欣慰。病床前的几个护士也呈现出了笑脸。

“你现在不能动，也别大声说话。”小静说，“躺两天，就好了，医生说，都是外伤。”

小静的话，老庞听得清清楚楚。老庞不仅醒了，记忆也没有忘却。他记得他是从桥上摔下去的，然后被小面包砸中了。再然后，就是小静的脸贴在他面前了。中间有多长时间是空白的？是一天还是两天？他不记得了。如果他能继续活下去，在他的一生当中，这段消失的时间，算不算他的人生？如果算，又不是正常的睡觉，那就相当于死了一段时间，要不要从他的岁数当中扣除？老庞有点脑洞大开地想着。老庞费力地看了看自己，裹得像蚕蛹一样密实。然后，蚕蛹里的肉体就隐隐地感觉到疼了，是到处都在疼。不，也不是到处，他感觉哪里，哪里就疼，他感觉左边的胳膊，左边的胳膊就疼，他感觉左边的肋骨，左边的肋骨就疼，他感觉左边的小腿，左边的小腿就疼，另外还有头，头也在疼，也是在左边。他知道了，他伤在了左边。他脑子里的蜂子飞翔的声音，可能都和脑子受伤有关。他又尝试着想想这几天经历的事。还好还好还好，他全都记得。也就是说，他还没有摔傻。

“现在是什么时间？我受伤多久啦？”老庞声音微弱地问小静。

“你是下午四点受伤的。现在是夜里十一点十分，距离你受伤七个小时十分钟了。”

“明白。”老庞看了看小静，“你回家吧，儿子一个人在家我不放心啊。”

“放心吧，儿子被姑姑接走了。”

“我姐来啦……别告诉她啊。”老庞闭闭眼睛，“好吧，我想睡觉，身上太疼了。”

“你睡试试，医生说了，要是睡不着，让你吃一粒这个药。”小静望一眼床头的小纸包。

老庞还是睡着了。是吃了那一粒药片后睡着的。这一觉他睡得不错，醒来时，天亮了。早饭居然还喝了一碗粥。十点多钟时，有人来看他了，正是他特别想见到的牛二，他在病床上正想着怎么跟牛二联系时，牛二就来了，真是神奇。牛二还带来了一束花，还有许多营养品和一叠厚厚的装在信封里的钞票。

“牛总，谢谢啊，花和好吃的我留下了，钱你拿走。”老庞说，“真是不好意思，遇着个这个事，你开车时也要小心啊。轮子怎么会掉了呢？你来了正好，我想了一夜，我那十本书，还是你来印我放心，我刚刚还和出版社通了电话，告诉他们近期就下厂了。”

牛二说：“你行啊，思维这么清晰——这钱也不多，是我一点心意，你就别客气了。关于那十本书，我也考虑过了。你找我也是对的。我有发行，这几年做书虽然不多，也算有点经验。你这个样子一时半会也出不了院，伤筋动骨一百天，等你伤好了，这市场又不知变化成什么样子了。但是呢，咱们是十几年的朋友了，书圈的事我们都知道，十本书三十万要是搁在五年前，真不是问题，今年就不行了，这新冠肺炎疫情一闹，市场这么疲软，不能不小心啊。我说个数，十万，买断，我有署名权，你和出版社的合同也不用变更了。你考虑下，要是没什么问题，我就接过来了，协议我们俩再签一下。我也就这么大能力了。”

老庞听得明明白白，牛二说得也有道理，只是十万块钱，和他心理价位距离太远了。但是，他这个样子也无能为力了，只能说牛二又交上好运气了。他正准备答应时，牛二转脸人就没了。老庞焦急地喊了声牛总，急醒了。身旁并没有牛二，只有小静。小静正看着她，小静温情的眼光里透着疲惫，也透着善良。小静问他：“做梦啦？”

做梦了。老庞回味着梦，觉得是个好兆头。老庞看了看窗户，阳光正打在淡蓝色的窗帘上。老庞问：“几点啦？”

“十点了。”

“我手机还能用吧？”

“能用。”小静要把手机递给老庞，又说，“你要打给谁？我给你打。”

“打下牛二牛总。”老庞自嘲道，“手机真经摔，比我经摔！”

牛二的手机打通了。小静把手机放在老庞的耳朵边。老庞说：“牛总，我是像素老庞。”

“老庞，你好，知道是你。”牛二的声音还是那么平静，“我说吧，书圈里谣言横飞，都说你那个了，你哪能就那个啦？声音蛮亮的嘛，怎么样啊庞总？”

“哈哈，也不算谣言，差点那个了。不过还好，都是皮伤肉伤骨头伤，主要零件都还完好无损。牛总，我也不绕弯子了，昨天和你谈的事，你考虑得怎么样啊？”

“庞总，不是兄弟我不帮忙啊，你的报价绝对是良心价，可我接不了，这块投资虽然不大，可现阶段就是大数了。我还是那句话，书出来，给我入一千套没问题。”

话说到这儿，老庞也不想再和牛二继续说下去了。牛二是他最信得过的朋友。牛二可能真的也遇到资金困难了。图书是微利，整个产业链都不景气，纸张又疯狂涨价。如果牛二都不行了，那也就没有可求的人了。从这十本书开始运作以来，大半年了，这是老庞头一次产生悲观的情绪。

小静把他手机挂断了，又问：“还要打给谁？”

老庞没有说话。

“要不先吃饭吧，吃了饭再打。”

“怎么又要吃？”

“少吃多餐，医生说的。”

在小静帮助下，老庞又喝了半碗白粥。在吃白粥时，老庞才觉得真的饿了。老庞还想再吃半碗，又怕吃多了上厕所不方便，就说：“中午再吃吧。想儿子了。”

小静扑哧笑了：“有点出息吧，还想儿子，儿子早上拿大姑的手机和我视频，可乖了。”

“怎么不和我视频？”

“你这样子，怕吓着他。”

“也是，别吓着宝宝了。”老庞看着小静的肚子，“咱二宝没吓着吧？”

“二宝这会儿还小呢。”小静有点羞怯地一笑，朝老庞的身边靠靠，说，“老庞，别再给你朋友们打电话了，我是旁观者清，说了你也别不开心，大家还是有点怕你的，就算你有再优质的项目，别人也不会投钱的。别再想空手套白狼的事了，你好好养伤，这事你不用操心了，我来办——唉，我是太自私了，早点办，你也不受这个罪了。你看看，这是我和山东蔡伦纸业集团北京办事处王主任的聊天记录。”

小静把老庞的手机拿在他眼前。

老庞看到，小静第一句话就是“我是像素老庞”，然后就是和王主任谈纸的采购，从价格到克度，再到数量，既紧凑又专业，20吨75克纯质纸已经下单了，现款。

9

六个月后，老庞正在公司里整理“古代文化笔谭”第二辑书稿时，手机响了。老庞看都没看来电显示就接通了：“喂，我是像素老庞……牛总啊，神神鬼鬼的，什么事？嗨，这么点事……对，又加印了一次，对，三刷了……托你吉言，还没破一万套，不过也快了……好啊，给你库房入一千套？没问题……你是大客户，就照你说的，账期再延期一个月。”

从卫生间出来的小静，挺着大肚子，走到新招的排版员工的办公桌上，拿过一张账单，走到老庞跟前，说："牛总第一次进的一千套书，还差咱两万没付清，三刷的给他入吗？"

"给他入吧，上次他没帮咱们已经后悔了……咱既要树立信用，又要对别人放心，谁手里都缺资金，现在咱们还能运转得开，日子比他好过，帮帮他吧。"老庞摸摸小静的大肚子，还拿耳朵去贴贴，"下午新招的编辑过来面试，你来定吧，我去一趟燕郊，看看优多印务公司三刷的书——你不用担心，胡总亲自开车来接我。"

"他是想给咱注资的吧？"小静提醒道，"咱还是控制点，别盲目扩大规模了。"

"没有扩大，'古代文化笔谭（第二辑）'他想给咱调纸。"

"纸上他能赚点吧——那就让他赚点呗，咱不能什么钱都挣，留点余地给他也好。"

"胡总不赚咱纸线，我现在是他的大客户了，他给咱们垫资购纸，主要是想把印制这一块拢住。正好，我能腾出一笔钱来，把你的小金库还上。"

"一家子做生意，谈什么小金库啊。滚一边去！"

2021年4月3日上午八时初稿于北京像素荷边小筑

仙草

1

园子里飘散着新鲜、好闻的草香味。有点辛辣、苦甜的草香味，像是一直存留在段文舟的记忆深处，久远而清晰，飘浮又切近，从未中断，偶尔还会泛滥。但是，近段时间，或者说近几天，他特别期待这样的草香气会产生一点变异——就一点点，别人察觉不了，而他又明显感知的变异。这种怪怪的心情，一直悬浮着，游移着，徘徊不定，既悬浮、游移在他心里，也悬浮、游移在园子里。而事实上，他已经感觉到了那种变异的草香了，说不清道不明的，就在某一个隐秘的角落，探头探脑，左顾右盼，无所适从，像是有一双眼睛在暗处窥视他，等待他。

段文舟家的园子不大，却很有内容。

别人家的后院里都种上草坪、绿植或名贵花卉，最不济也是栽几棵果树，石榴树、山楂树、柿子树、无花果什么的。只有他家的园子（后院），种着各种野草，菟丝、益母草、车前子、狗奶子、小旋花、老婆脚指盖，有的稀松平常，路边、坡岭、山岗随处可见，有的稀奇古怪，闻所未闻，总共有几十个品种，一格一格像国际象棋的棋盘，整齐地排列着，面积最大的不过半平方米，小的只有四分之一平方米。他称这些高高矮矮、青青绿绿的野草叫仙草，把后院起名叫“仙草园”。仙草园三面都是栅栏，栅栏上爬着密不透风的金银花的藤蔓；另一面，就临着他家的后门了，方便他进出园子——推开后门，一步就是仙草园。现在是七月中旬，金银花还在持续不断地开放着。面容清癯的段文舟就躲在金银花的阴凉里，正在用一把特制的、祖传的切刀，一刀一刀地切着收割来的辣蓼。在他身边的一只竹匾里，是已经切好的苍耳和青蒿了。

辛辣而苦甜的香味，就是辣蓼发出的。

段文舟五十三岁了，上个月领导找他谈了话，退二线。他们中药厂是国企，人事管理参照公职人员，退休制度又参照企业，他是车间副主任，享受“副处”待遇，所以就先二线再退休。现在的人真是成妖作怪了，快退休也没有要退休的样子。就比方说段文舟，从外表看，根本不像是个要退休的人，略略偏瘦的笔直的身板显得很精神，刀条脸上的线条和棱角既分明又坚硬，走路脚下还带风，干这么多年苦力（中药车间副主任同时也是打药工），耳朵不聋、牙齿没掉也就罢了，眼睛还没有花，你说气不气人。所以他早就胸有成竹地计划好了，退居二线后，要干点事，干点好玩的事。干什么好玩的事呢？搞草。没错，就是搞草。他要把金海湖周边一带大山上的野草搞搞清楚，编一本图录，名字都想好了，直来直去就叫《金海湖百草图谱》。但是，“百草图”里，他最惦念的草，是濒临灭绝的海子拳参。他在很小的时候，随着父亲上山采药，看到过，在大金山上一个人迹罕至的险峰的背阴处，有五株分散呈五角星状。本以为别处还有，本以为这五株能继续发育，窜出一片来。未承想，此后再也没有发现过。所以，他退居二线一个月来，每周至少有三天在山上，寻找各种常见或稀有的野草、野蔬，拍成照片，存在电脑里，再配上文字说明。而寻找海子拳参，重新发现海子拳参，就成了他心里的一个结，一块痂，膈应他不舒服，非找到不可了。

但是，这几天，他稍微消停了一下——受古月轩老板的请托，搞点六神曲。

把新鲜的辣蓼、青蒿和苍耳草切碎、打成汁液，加入赤豆粉、杏仁粉和带皮小麦粉，和匀，压成饼，切块，发酵，晒干，就是消食名药六神曲了。这套制作手艺是他从父亲那里学来的，虽然不复杂，但如果他不做，也将要失传的。

辣蓼、青蒿和苍耳草是他昨天采割来的。他知道哪里有辣蓼和青蒿，辣蓼就在平谷万亩桃园的南部一个池塘的边上，那里有几丛辣蓼。辣蓼是水蓼的统称，金海湖水边有水蓼、酸模叶蓼和变种绵毛酸模叶蓼三种，都可作为全草入药。青蒿的品种更多，有十来个长相各异的品种，统称青蒿，分布在各个山脚。他采割的是金海湖一带最常见的秆粗、枝密、汁多的“海英菜”——青蒿的一种。苍耳是从倒裕沟南坡东垒石滩上采割来的，是他打电话问一个老药农得到的信息。他开车足足转了一天，后备厢和后排座位上都塞满了打成捆的野草。到家后，摘去枯茎和黄叶，又是淘洗，又是晾晒，直到现在，才快要把三种草切完。

段文舟不紧不慢、有条不紊地忙着手上的活，在满园飘荡的辛辣、苦甜的香气中，在悬浮而游移不定的心情中，记忆的闸门间歇性地时开时合，或而回到童年、少年，独自一人在旷野里奔跑；或而随着父亲在各种地形中采药，那起伏的山峦、谷涧，那形态各异、个性鲜明的仙草、野花，都在他眼前次第呈现着，凌乱着。他在光滑的石板上晒着初冬的太阳，父亲在山溪边取来一根经霜的辣蓼，把辣蓼的种子收下来，装在一个两寸长的绣花小布袋子里。父亲有好多这样的小布袋子，收集了不同中药材的种子，宝贝一样地珍藏着。在切苍耳时，他想起读小学时，把苍耳的果子带到学校，调皮地粘在活泼好动的女同学的头发上，被女同学满操场追打。在切青蒿时，想到母亲会把青蒿梢头的嫩叶烫熟，晒成菜干子，也不叫青蒿头了，而叫“海英菜”。母亲会把一包海英菜干子藏起来，冬天可以用来拌咸菜或包饼，真是好味道啊！段文舟在想着这些事情的时候，仿佛童年和现在只隔着一寸长的距离——真是怪了，时光在回忆中，变得那么短了，没有长度了，好像一个省略号，轻描淡写的一笔，最多有几个停顿，就带走了中间漫长的时段，那些斑斓的色彩、躁动的青春、怪诞的梦幻，都恍惚了，朦胧了。传说中的人生就是这样的吗？这就是朦胧而隐约中，他期待的变异？原来不是期待草香的变异，而是退居二线后的新的生活。

段文舟忙了一天，直到古月轩主人胡大海打来电话，问他到哪了，才猛然想起来，晚上要去胡大海的饭店喝酒。

段文舟对着手机说：“差点忘了老胡，马上出发啊，我带酒，新鲜三七泡的高度酒，有除湿、清热的功效，正好喝。带多少？一瓶三斤半，我泡两大瓶子——还有哪些人？两瓶子够不够？”

胡大海快人快语地笑怼道：“饮牛啊？别带那么多。没叫几个人，小聚聚——你家瓶子我知道的，够大，改装小瓶酒带来吧，喝不完还给你存着。别开车啊，你开车谁喝酒？我请小葛去接你——我朋友小葛，你见过的——你见没见过？她也是顺便，你们有微信吧？我把她微信推荐给你，你赶快加一下，发个定位给她。要不，你就把定位发给我，我再转她，算了算了，还是你们加微信吧——小葛可是美女哦。”

段文舟听了，心里倒是潜生一点点期待。

2

小葛叫葛菁菁，是平谷中医药专科学校的女教师，曾经担任过学校标本室的副主任，资深女文青，喜欢弹吉他唱民谣，古典诗词也拿得出手，偶尔还写个散文诗、小随笔什么的，而植物标本的制作既是她从前的本行，也是她倾心喜欢和入迷的爱好。据说，就是因为把家里当成了标本制作间，几任男朋友都受不了那些杂乱和气味，才和她分手的。段文舟见过小葛，两次或者三次吧，也是在胡大海的古月轩，胡大海居然记忆模糊了。段文舟不仅见过小葛，还见过小葛挂在古月轩里的一件植物标本。不夸张地说，小葛制作的这件标本就是一件精美的艺术品，一枝分杈的经霜金银花的藤蔓，从天空斜挂下来，还走了两三个弯儿，仿佛顺着岩石自然地攀爬；远处一只蜜蜂正奋力地飞来。整个画面简洁、清雅、脱俗，像极了一幅文人画，特别是边款的书法，灵动的小行楷，出自胡大海的手笔，钤小闲章两枚，一枚朱文的“古月轩”，一枚白文的“大海”；而精致的鸡翅木边框加上乳白的卡纸装帧，两相辉映，如果不说是植物标本，谁能料想到呢？胡大海让段文舟欣赏标本的时候，还不无得意地说：“小葛已经答应了，要在我的每个包间里挂一幅标本，怎么样？有意思吧？”段文舟当然觉得这是一种创意了。许多饭店的包间，不是挂名人的书法，就是挂俗得不能再俗的牡丹或山水画。胡大海不需要书法，他自己就是书法家。那些本市名人的山水和花卉又都没有入他的法眼，要是挂一幅制作精良的植物标本，和他饭店的整体氛围还是非常匹配的。可是，胡大海明明知道小葛和他见过两三次，为什么要假意装糊涂？还特意加重口气，强调“我朋友小葛”，还强调“小葛可是美女哦”，还问有没有她的微信。段文舟当然有她的微信了，还多次交流过一些植物的生长特征。他对小葛有好感，是因为小葛的爱好，和他这个采药人、老药工的爱好有着异曲同工的相似之处。他期待草香的变异和生活的变异，似乎和小葛要来接他去古月轩，产生了某种奇妙的暗合。

段文舟和胡大海通完电话之后，心里揣摩着，这场小聚会，应该是小葛新做的植物标本制作好了，小小庆祝一下的。段文舟便把自家所在小区的定位发给了小葛。与此同时，胡大海也把小葛的微信名片推荐来了。段文舟回了声谢谢。他没有说自己已经有了小葛的微信。小葛是胡大海的朋友，他不想让胡大海感觉到，他和小葛也已经成了熟人了。段文舟的这种心理很微妙，也没有理由和根据，只是感觉到，不能在小葛面前，抢了胡大海的风头，同时他也怕自己对小葛的那点好感，让胡大海看了去，让胡大海觉察到，甚至，都不能让小葛觉察到。到了这时候，段文舟疑惑了，近期心里那种悬浮的、游移的、没着没落的心思，是不是期待见到小葛所做的植物标本？或者，就是期待见到小葛？

段文舟打理一番，换了身干净的衣服，小心地把浸泡着三七酒的瓶子装在布袋子里，沉甸甸地拎着，走到小区门口了。恰巧小葛的白色宝马也到了，相互招呼一声，段文舟就拉开宝马的右侧后车门——他知道，女孩的香车，不是特别亲近的关系，前排副驾位置是讨厌别人坐的，尤其是像他这种油腻老男人，人家更是嫌得不要不要的——尽管他对她有好感，那也不过是单向的，所以还是知趣点好。但是，奇怪了，小葛侧过脸，对已经探进了半个身的段文舟轻声慢语道："段老师坐前边来。"

段文舟一看，后排座上，果然放着东西了——五六幅植物标本。漂亮。段文舟在心里感叹道，把酒夹在两腿之间，系上安全带，重新抱好酒，才说："辛苦葛老师啦？"

"段老师真客气，能接送你这样的大名家，是我的荣幸呢——段老师这是酒吧？应该有个说头喽，像是三七。"

"没错，鲜三七泡的。"

"三七又叫金不换，是泡酒的好东西，活血化瘀，温胃降压，养生佳品啊。"小葛由衷地说。

"你是中药学老师，真专家。"段文舟说，真心地佩服她了。

"也就知道皮毛而已。你才是大专家了，有家学传承，有一肚子偏方，又有中医药执业师执照，还会制作多种中成药，做养生药膳更是拿手——常听胡老师讲你的。”小葛说了最后一句，还侧脸看一眼段文舟，继续道，“胡老师古月轩里常常更换的养生药膳，都是你提供的，深受顾客欢迎啊。”

“你吃过？”

“吃过，胡老师说过你的手艺。”

段文舟没有继续接话——他不知道胡大海都讲了他些什么，也许不仅仅全是关于药膳关于手艺吧？谁的身上都有一堆毛病，谁的身上也都有突出的优点。如果避其一面，强调另一面，那这个世界上就全是好人或全是坏人了。但是就在段文舟略一沉默的时候，他闻到车子里有一种特别的草香气，辛辣而苦甜的草香气，和他家园子里飘荡的气息差不多，又不太一样——没错，比自然的香气多一点人为的因素，又比人为的香气多一点儿自然的元素，久违而亲切。段文舟立即想到后排座上那几幅植物标本了，也想到小葛一直和植物打交道，就是身上也浸染了这些植物的香气也是可能的。他像找到同类一样，心跳忽地停顿一下，又骤然加快——不知为什么突然紧张一下，赶快顺着她的话说：“胡老师才是大才子了，书法是一绝，尤其是小行书小楷书，更是天下无双，能两次入围全国展的，能有几人？更绝的是他烧菜那么好，是省级厨艺大师。身兼书法和厨艺双料大师，简直就是奇人。”

小葛故意做出一笑状：“你们就互相吹捧吧。”

段文舟放心了，“互相吹捧”，说明胡大海并没有说他坏话。胡大海是个爱惜自己羽毛的人，对谁都好，对谁都真诚相待，所以他也希望别人对他好，对他真诚。段文舟和胡大海的性格差不多，朋友间都说些互相架势的话。

段文舟已经发现小葛的妆扮了，虽然只是上车时的偷眼一瞥，他也印象深刻——她穿了件浅褐色T恤，磨砂紧身牛仔裤，白色板鞋，质地非常好的长发略微地烫过了，发梢有点淡酒红色，眉眼清秀，鼻梁俊雅，嘴唇饱满，精心地化妆过又没有化妆的痕迹，就像她制作的标本，既保持自然的形态，又无处不在地精致。她虽然是开车姿势，给人的感觉就是妥帖和舒服，又不失时尚和高雅。段文舟不禁感慨，年轻真好啊；岁月真是杀猪刀啊。前者是感叹小葛的，后者是自怨自怜的。按说这次至少是第三次见到小葛了，段文舟像是第一次见到她似的新鲜、好奇。没错，前几次都是在胡大海的茶室，段文舟把小葛当成胡大海的朋友了，他不能肆无忌惮地看人家，欣赏人家，打量人家——怕小葛反感（至少是不礼貌的）。现在在小葛的车子里，他当然可以自由了。所以，他又看一眼小葛，没话找话地说：“葛老师开车技术真好。”

3

古月轩在南门台上，一片经过修缮的古建筑民居中的一幢。房子两进半，街口不大，也不小，四间，新刷了红墙，门口台阶都是长条麻石铺就的，花台上摆着几盆绿植，仿旧的门窗古朴而富贵。门檐上“古月轩”三字招牌，是胡大海手书的魏碑大字，请人雕刻在老船木上。整个古月轩的外形外貌，在南门台众多的旧民居中，并无出奇之处，但是，内部装潢和菜品却是别具一格很有风味，在平谷小城里，算得上独具一格了。

段文舟和小葛几乎是肩挨肩地从停车场走进了通往古月轩的巷子里。段文舟拎着酒，另一只手拿着一幅植物标本。小葛也拿着植物标本。两人一边走一边小声地说话。段文舟拿的这一幅，是三枝青青的骨碎补的寄生枝条，高矮不一地固定在纸板上，边上留下题款的空白。段文舟熟悉骨碎补，知道骨碎补的生长特性。闲聊的话题，就是感叹骨碎补的生存能力，它是靠吃石头生长的。别的植物靠水、靠土壤来生活，它当然也靠土靠水了，但它汲取营养的方式，就是靠吃石头，然后，还能供养寄生的枝叶。当然，这里所谓的吃，是骨碎补的藤蔓所到之处，通过呼吸，产生碳酸，把岩石溶解，然后汲取它的养料。骨碎补让人感叹的，不止这一个功能，它繁殖能力更让人不可思议，随便截取一段，无论长短，无论是倒插还是斜着还是横着，只要沾上土，就能生根发芽抽条成长。中医们也是根据这个特性，把它当成医治跌打损伤的主要药材。段文舟知道这个品种的骨碎补只有金海湖一带高山岩石上才会有，便初步判断，小葛可能近期又去爬山了，而且是去了金里沟一带的深山，便说："去金里沟了吧葛老师？"

"神啊段老师，你是不是对金海湖四周的大山都很熟悉？对植物更是了如指掌，看到什么植物就能判断出是哪一带的了。"

"不敢这样说吧？"段文舟谦虚道，"不过是多跑了几趟。"

"佩服！"小葛有点赶不上段文舟，紧追两步，实话实说道，"金里沟交通方便，植物又丰盛，我平时就会多去几趟。"

段文舟也感觉到自己走得快了，稍稍放缓了脚步，说："我好久没去金里沟了，那里山高林密……有一次，差点踩到了秃灰蛇。”

“是吗？那可够危险的，什么时候？”

“很久了，还是我念小学的时候。老父亲叫我去采什么药的，只见一团黑乎乎的、像湿烂泥的东西，差一点被我一脚踩上。要踩上肯定就被咬了。我下意识地一跳，就见它懒懒地游进草丛不见了。不过现在没有秃灰蛇了，至少有三十年没有发现这种毒蛇了，所以，我有一个治疗毒蛇咬伤的偏方也无法验证了。”

“是你家祖传的？挺可惜的。”小葛和段文舟有过两三次接触，从未听他说过这么多的话，感觉受了重视一样的开心。

“民间许多单方、偏方确实是祖传的，不过不是我家，是我从一个老药农那里套出来的。”

“哈，那肯定有好玩的故事吧？”小葛期待地看着段文舟，眼里充满好奇。

段文舟兴致也来了，再次放慢了脚步，娓娓道：“三十多年前吧，我刚进药厂不久，有一次进山，是去风道石沟一带，在山上遇到一个老药农，闲聊时得知他家有祖传的治疗蛇咬的验方，不外传。但我又想了解一点，便问有人用过吗？见效吗？他便带我去见一个被蛇咬的山民了，正在用他的药治疗。那个山民被咬在脚脖子上，正在家躺着，只见他一条腿都是黑的，伤口一带的肿胀还没消，汗毛孔里往外冒着汗珠子，发出一股奇异的腥臭味，实在难闻。老药农说，发汗，有臭味，说明见效了。我没有问老药农的方子，知道问了也白问，人家不会告诉我的。但是经过我这些年的研究，我能大致知道是哪几种草药配制的。金海湖一带大山里的药材，有一种叫降龙草，很可能就是主要配方之一，听听这名字，降龙草，龙不就是蛇？降龙可不就是降蛇？关键是它还有好几个别名，什么秤砣蛇药，什么蛇倒退，就更直接了。如果以降龙草为主，配上其他解毒、散瘀、消肿的药草，再加上雄黄，就可能是一剂蛇药了。只是剂量各有多少不太明白。”

小葛惊讶道：“段老师，叫你一说，我想起来了，前年还是大前年，看到过这种草，我们叫它田基黄，我还奇怪，燕山山脉没有这种草的，怕不是，它分布在陕西、甘肃一带，还有长江以南诸省。现在我觉得金海湖一带发现什么草都有可能了，既然陕西、甘肃有，燕山山脉为什么不能有？既然长江以南气候湿润，容易生长田基黄，金海湖一带的山脉这些年受湖水滋润，加上林木葱郁，许多地方的小气候也接近于南方气候了，有许多生长在南方的植物被不断发现，为什么就没有田基黄？说不定早就有了，只是没有被发现罢了。”

“没错，我听老父亲说过，他小时候跟着我祖父进山采药，就发现过。”

说着，走着，浅笑着，愉悦着，夕阳照在巷子里，拉长了他们的影子，一抬头，到了，巷子真短啊。同时让他们一惊的是，门空里走出一对母女。段文舟反应超快地说：“咦，小桃……就回去啦？”

这母女俩一个是古月轩的女主人俞小桃，另一个是胡大海和俞小桃的宝贝女儿。

俞小桃也被突然而至的客人小惊了一下，随即就镇定了。她看看段文舟，看看小葛，在小葛胸前捧着的植物标本上停留了二分之一秒，另二分之一秒已经扫过了小葛的全身，眼里闪过的疑惑和笑意也是在一秒钟之内过渡完成的，她口齿清亮地说："老胡等你们呢——进去吧，我要陪宝宝练琴了，再会啊。"

"好的好的——再会。"段文舟把手里的标本扬了一下。

俞小桃牵着女儿走了。俞小桃的普通话里夹着方言口语，很好听儿。她穿一件素雅的旗袍，半高跟的黑色皮鞋，把石板路踩出一串清脆的响声。

小葛很欣赏地看着俞小桃窈窕的背影，禁不住小声道："精致。"

段文舟的眼睛没有落在俞小桃"精致"的背影上，而是敏锐地发现了小葛向里侧挪了小半步——那挪近的小半步是和俞小桃在门台上遭遇的一刹那完成的。在俞小桃牵着女儿离开时，又挪回去了，保持了原来的距离。段文舟觉得女人真是又心细又敏感，那不经意的或特别经意的小半步，那离他近一点和远一点的小半步，表达了多重的意味——靠近时，是给俞小桃看的，或者是在引导俞小桃来看待他们之间的关系的——又挪回原地的小半步，才是她真实的心态和行状。段文舟被小葛利用了一下，感觉非常的好。但他不能说破这样的被利用和好，就假装什么也没发生一样，带头走进了古月轩。

4

古月轩不大的大堂里已经有食客在吃饭了。几个包间里也传出了轻言笑语。传菜的服务员匆忙地穿梭其间，各种鲜香味在空气中飘浮泛滥。段文舟走在前边，拐一个弯儿，进入一间有着镂空木门的茶室，看到古雅的茶几上，胡大海正在烧水。段文舟便给他举了一下手里的标本，轻声而惊艳地说：“漂亮！”

胡大海一定是听到门台上的对话了，脸上有一种特别的表情，似笑非笑、似静非静，似惊非惊，还掩饰不住心里的小波澜。这个小波澜不仅是因为标本，而是因为小葛来了——这是段文舟的感觉。段文舟独自来古月轩多次了，都没有见过胡大海有这样的表情。胡大海人称老胡。他年龄并不大，比段文舟小十来岁。可他们共同的朋友都称他老胡或胡老板，称段文舟反而直呼其名了。而老胡的举手投足也的确有老派文人的风采和做派。

段文舟和小葛把标本放在靠窗的案几上，一共五张。真是怪了，看起来平常的标本，放在古色古香的长案上，立即光彩夺目交相辉映，连对标本实物非常熟悉的段文舟也禁不住啧啧称奇了。

老胡移步到案几前，两只肥胖的大手无处可放了，只能不停地搓着摩擦着，嘴里发出怪异的声响，像是“吱吱吱吱”，又像是“咯咯咯咯”，肥厚的两个腮帮子也配合嘴里的声音战栗着，颤抖着，小眼睛眯成一条缝，发出犀利的光泽，不够用一样地在案几上左右扫荡着划拉着，撇开大嘴惊叹着：“美，美，美，美呀——小葛，这要花里多少工夫啊，我那个天啦……要怎么感谢你？”

“这五张标本不是都给你的——请你题款后，还要送两幅给别人。”小葛说，“你先挑三张。”

“啊？”老胡望着段文舟，以为还有段文舟两幅。

段文舟还没反应过来，小葛就接住话头了：“同事要的，不是段老师——段老师是植物学大专家，他带来的三七酒，也是标本，属于浸渍标本。段老师才看不上我这些小儿科小把戏了。我做这种标本通常叫腊叶标本。我也没办法呀胡老师，我同事，也算是领导吧，他们跟我要……不是我做的标本有多好，主要是看中了你的题款和题诗。你的书法多高级啊，题款多值钱啊，还白送一首诗。没有你的题款，没有你的诗，没有你的书法加持，我这玩意儿就是一棵干枯的小草，毫无意义和价值。放心胡老师，下周还有几幅，正做着呢，做好了再拿来。反正你这儿茶好，菜好，环境雅，还有好吃的药膳，我爱来的。段老师，下次我们一起来哦？”

段文舟笑而不语。

小葛的一通话既愉悦人，又圆滑，甚至带点反“凡尔赛”的风格，表扬的是老胡，也听得老胡心花怒放。

老胡说：“你看看你看看，选哪三幅呢？关键是我都看好了怎么办？这幅是什么？辣蓼吧？漂亮，选了。这幅小蒜也好……我再拿这幅骨碎补吧……不不不，骨碎补不好听，菟丝子吧，带点色彩，这一根根金色的丝线，缠在益母草上，漂亮爆了。菟丝子和辣蓼，再加小蒜，就这三幅了。骨碎补和这幅汗蒲，我题了款，下次你来了再带回去。”

老胡正说得高兴间，来了一个服务员，手里拿着三四张菜单。老胡嘴巴一边停不下来地说话，一边接过服务员手里的单子，随手跟服务员挥一下，表示知道了。待他把关于挑选标本的话说完后，才“哗哗”抖着手里的菜单说：“看看看看，这帮家伙，哪里是来吃饭啊，就是跟我要字的。吃一桌菜五六百块钱，最多千把块钱，我一幅字何止这点钱?没办法没办法没办法……你们俩聊着，这儿有定制的高级红茶英红九号，还有高山云雾，水也烧好了，从甜枣峪慧心泉装来的山水，你们随意啊，我先把菜单子写好，等会儿再搞几个小菜，陪你俩喝几杯。”

老胡走出了茶室。老胡肥而短的身体不像是走，倒是像圆球一样地在地上滚动着，他要穿过大厅，去后院的书房写字了。

如果是段文舟一个人来，他会跟着老胡去他的书房看写字。如果是小葛一个人来，她也会受到邀请。段文舟和小葛都在，老胡反而谁都不叫了。这让段文舟和小葛都有点不自在。但段文舟也知道，他不能不听老胡的“安排”，否则，留下小葛一个人，什么意思?不愿意跟小葛一起喝茶聊天?小葛呢?当然也不能丢下段文舟去看老胡写字了，那也会让段文舟感觉到亲疏远近。他俩就这么不尴不尬地在茶室里饮着茶，有一句没一句地聊着。

胡大海的古月轩，虽然是一家餐馆，经营策略和普通餐馆是不一样的，特别是他推出的书法体菜单，任何一位饭店老板都无法仿效——会开饭店的不是书法家，是书法家的又不开饭店。难道不是嘛，他是平谷小城里少有的几个书法家之一，同时又是金海菜创始人周承祖大师喜爱的弟子。在这座北京东北地区的小城里，如果仅靠书法本身，以他这个四十岁出头的年龄，又没有社会地位的加持，书法再好也卖不出钱来的。开饭店就不一样了，他推出的书法菜单，事实上就是变相在卖字，花几百块钱或一千多块钱，买一幅写在八行花笺上的书法作品，很多喜爱书法的人，都觉得值了。就算不喜欢书法，吃一桌菜，可以得到名人书法一幅，怎么看也是划算的——因为到哪里都是吃饭嘛。更何况，古月轩的菜肴又很有特色且价格合理呢。段文舟和小葛都知道老胡的套路。但他们不能聊这些。聊什么呢？聊小葛的标本吧。小葛的标本，确实已经深深地吸引了段文舟，特别是那幅骨碎补，让他联想到了海子拳参。骨碎补和海子拳参完全没有关系，前者是寄生的茎生植物，后者是纯粹的草本。但是骨碎补的顽强和坚韧，让他想起了海子拳参的脆弱。还让他想到，小葛能采来骨碎补做标本，也是要费一番工夫的。骨碎补不像别的植物随处可见，要在险峰、崖壁处的石缝里才可能找到。如果这些标本的原植物是小葛亲自采来的，那她要爬多高的山啊？要走多少险峻的路啊？

“最近上山啦？”段文舟说着，顺手给小葛的杯子里续了茶。

“是啊，经常的。段老师，刚才听你的谈话，感觉你也常上山的。”小葛看段文舟喝茶续茶时，眼睛还一直离不开那些标本，忍不住好奇地问，“看到过什么稀奇的植物？给我推荐推荐，做几件稀罕的标本，学校教学也用得着。”

“稀奇的植物……我也想遇到啊。”段文舟的口气有点遗憾和无奈。

“也是。那……你都去哪些山头啊？”

“随便跑，金海湖南边的刘家峪啊，黄窝头啊，马涧腰啊，风道石沟啊；湖北的金里沟啊，烟筒岭啊，杨木鞍啊……大概就这些地方吧，湖东的上北峪、云顶也会去。”段文舟也觉得刚才在来时的路上那些话还意犹未尽，听小葛又旧话重提，重新又有了兴致了。

“呀，都是险峻的山峰啊！黄窝头我都不知道还敢不敢上了，上去了怕下不来……不过我还是要再去黄窝头的，金海湖四周这么大，一百八十多个山头，我去过不少地方，却只去过一次黄窝头。”小葛的眼睛忽闪忽闪的，顿了顿，像是下了决心一样，“云顶我也去过，我在云顶看过好几株小灌木，有点像平谷常山，又不像平谷常山，或者就是平谷常山的变种。我剪了几根小枝条，做了标本赠给学校的标本室了，还写了一大段说明，怀疑是新物种。我手机里还有照片，发你看看哈段老师。”

平谷常山段文舟太熟悉了，《本草纲目》里以平谷命名的药物有十来种。平谷常山就是其中之一。不过平谷常山的命运比海子拳参的命运要好多了，山上随处可见。就是发现变种也有可能。段文舟看着小葛发来的照片，只一眼，就让他吃惊了。这是一株正值花期的平谷常山，花格外的艳丽。但通常平谷常山的花是五瓣的，白的红的粉的都有，同一植株上也会有不同颜色的花。这株平谷常山的花是四瓣或三瓣的，更为奇特的是它的叶子。平谷常山的叶子通常为卵形、卵状椭圆形或三角状卵形。这株平谷常山的叶子呈分裂状。如果不是花果共存及其他相似度，决不相信这是平谷常山。但不是平谷常山又是什么呢？段文舟一时凌乱了，他把照片整体看，局部看，放大看，缩小看，看了又看，说：“我去年还在金里沟上发现几处平谷常山的，也拍过平谷常山的照片，没发现这个品种啊？挺奇怪的。”

“云顶……我想想啊，没错，应该是云顶。云顶山头的西北侧不是有块棺材石吗？顺着棺材石的小头方向向下走大约三十米，有几平方米的一块缓坡，缓坡下面就是悬崖，悬崖边上就有七八株这样的平谷常山——我也只发现这几株。”

“那地方我好久没去了。”段文舟想想，实在是没有印象了。云顶山头面积不大，地形却格外复杂，不是每一个地方都能走到的，但他确实对小葛描述的这几株怪异的植物感兴趣了，“不好说是不是平谷常山，得现场再看看，全方面考察考察，才能下结论，不过，如果真的是新物种，那就是大发现了。”

“真要那样，我可以写篇论文的。段老师什么时候上山？学校都放暑假了，没有学生陪我上山了。我有大把的空闲。段老师选个好天气，我带你去——胡老师跟我说过好几回，要和我一起爬山，他那么胖，我怕他爬不了，不敢带——有段老师就好了。”

“可以。”段文舟说。听话听音，老胡想爬山，那是要跟小葛一起去的，也许并不想带上他。但小葛这样说了，他也不能不答应，“我这两天安排一下……今天是周五，下周三要去厂里一次，其他时间都行——你定吧。”

“那就定下周六，我和胡老师再确定一下，看他去不去。”小葛高兴了。

“好。”段文舟也没有犹豫就答应了，他略顿一下，想到了海子拳参，就说，“小葛老师经常和学生上山，有没有发现过拳参？学名全称叫海子拳参，是濒临灭绝的植物，明代《平谷县志》里有过描写。”

“段老师，带学生爬山有风险的，安全问题是重中之重。常跟我爬山的就那几个壮小伙子。”小葛快人快语地说，“海子拳参我晓得的，我把《平谷县志》里提到的植物都做过研究了，有不少误传和讹说，比如山马菜不是生长在山上的马齿苋，而是另一种木本植物，学名叫霞草或丝石竹。还有一种植物叫多被银莲花，也一直没有发现。我怀疑搞错了。海子拳参我也怀疑搞错了，我对照过志书上的那幅图，还没有找到和它对应的植物。”

“没有搞错，我小时候见过实体。”段文舟简略几句，讲了他几十年前和父亲上山采药的经历，还对海子拳参做了生动的描述。

“是吗？段老师你真了不起，懂得真多，我真是要好好请教请教你的。”小葛兴奋地说，“早就知道段老师的大名了，下学期开学，我要请段老师到我们学校给学生上上课。现在的学生和以前不一样了，我们上学那会儿，老师带着我们上山采药，还到过平谷中药厂的车间去切药，有理论有实践，现在哪有实践啊，手工切药都快绝传了吧？”

段文舟说：“我们厂里现在已经没有手工切药了，我以前切了二十几年的中草药，全是手工，那是要有高超技巧的，比如我切黄芪，能切成纸片一样的薄，现在不需要手工了，全是机器，机器比我的手艺强多了。不过，让学生们了解一下，也很有必要，毕竟也是一种技能嘛。”

“没有人工切药，我觉得这不是什么好事，下学期我们上实验课时，一定要请段老师给学生们表演手工切药的技艺。”小葛的神情有点神往，真心实意地说，“我也能学一学。”

“好啊，你们学校我也好久没去了。”段文舟满口应承了，又附加了一句，“我喜欢你们学校的。”

“那太好啦，欢迎段老师常去指导，也欢迎对我的标本多提意见。”小葛虔诚地望着段文舟，口气内敛而悠悠地说，“能认识段老师真是荣幸，能请到段老师到学校讲课更是学生们的荣幸，以后真要多多请教段老师啊。”

“哪里哪里……”段文舟突然觉得，这样说话是不是过于亲密了？他赶快躲开小葛的目光，换了个话题道：“老胡这家伙，真能磨蹭啊，写几个字也费这么多工夫。咱们要不要看看去？”

小葛喜欢听段文舟聊植物，聊中草药，毕竟她是中医药学校的老师，知识储备越多越方便教学。但是，正说在兴头上，段文舟要去看老胡写字，还邀请她，她也不好说不去，又实在是不想去，便犹豫了一下。这一犹豫，就不好回答了，干脆不说话。茶室里出现了短暂的沉默之后，小葛才说：“要去吗？”

“去！”

“要不要把标本也拿过去。”小葛说，“正好让老胡题款。”

“拿过去也好。”段文舟说，本来他就是去看老胡写字的。不过听其言，他觉得小葛还是想继续聊天的，能感觉到她那么喜爱中草药呢。

5

穿过一个小天井，就看到老胡用来写字的工作室了。工作室还有名号，叫响云斋，不知有什么典故。响云斋的窗外有一棵枣树。枣树上已经挂满青青的枣子了。段文舟在响云斋和老胡小叙多次。

老胡饭店里那道用来赠送顾客的餐前水点药食同源粥，就是在响云斋策划出来的。以薏苡仁为主，赤豆、山药粉、茯苓粉为辅料的药食同源粥，也成了古月轩的特色之一了。这道水点心的盛器上，贴有纸条，也是老胡的书法，简要说明了这道餐前小点的配方和功效，不少食客还拍了照片回家仿制呢。

段文舟走在前边，刚进小天井，就大声说："胡老师，来看看你写字！"

响云斋里传出老胡响亮的声音："请进！"

段文舟和小葛一前一后进了响云斋，响云斋里散发着墨香味，案几上有好多种漂亮的花笺。段文舟听过老胡的吹嘘，他的这些花笺，都是私人订制，专门请扬州广陵书社的退休老雕工在老梨木板上精雕、上等宣纸手工拓印出来的，笺纸不是按函卖的，是按张算的，就是一字不写，也要值一百元一张——因为每个花色品种只有一函一百张，绝对限量版。段文舟和老胡的其他朋友一样，不去考证他吹嘘的真假，反正这些笺纸确实是精美绝伦、独一无二的。此时，老胡已经写好了菜谱，段文舟和小葛看到并排放着的三幅书法作品，被惊艳了，确实漂亮得不得了，带有隐约图案的八行笺上，是老胡手书的菜谱，蝇头小行书错落有致、疏密得当、隔行通气，包间号、冷碟、热菜，分得清清爽爽，菜名也有趣、耐琢磨，什么"红嘴绿鹦哥""一卵孵双凤""三丝敲鱼""子龙脱袍"等，仅看字面就能感受到菜肴的稀罕和鲜香。

"小葛，你挑一张。"老胡说。

"不是帮顾客写的吗？"

“没事，挑吧，我再写。”老胡难得这样大方。

“还有我呢？”段文舟也顺着老胡的话路索要，怕错过这次绝佳的搭车机会。

“添什么乱段老师？人家小葛提前说多少天了——我欠她的。”老胡的眼睛从小葛的脸上移开，在红木匣子里挑了一张空白笺纸，对段文舟说，“等你把六神曲拿来，我写个六神曲的配方再加一张菜谱，可以吧？”

段文舟赶紧说可以，仿佛说慢了，连这个机会也失去了。

“我看好这一幅了，段老师，你说呢？”小葛的眼睛盯着靠右边的那幅花笺，咨询着段文舟，“这幅字多——反正我不懂，字多了就是赚了。”

“行家。”段文舟说。

老胡也笑道：“没有段老师不懂的。对了，你们怎么不把标本请过来啊？别让谁顺走了。”

“我去拿。”段文舟急于表现，转身离去了。

段文舟喜欢老胡的小行楷，也喜欢老胡的各色花笺，几次张嘴想跟老胡要一幅，都不好意思开口——两个人的关系虽然很铁，但段文舟却从未在老胡的古月轩消费过。当然，不消费不等于没吃过，段文舟可没少品尝古月轩的风味菜品——白吃白喝也就罢了，再白拿，要这要那的，实在是不好意思开口。虽然段文舟也会给老胡赠送点小礼品，比如一些中医药养生的食材（薏苡等），一盒西红花，还比如今天送来的三七酒。老胡呢，尽管舍不得送他的书法，也不拿段文舟当外人，需要什么也跟段文舟讲。有一天，一个老顾客吃胀了肚子，赖在响云斋不走。老胡就跟段文舟说起这个事，说有没有可治消化不良的偏方。段文舟也不含糊，真帮忙，直接就不怕费事地做了传统消食神药六神曲，要不了几天就做成了。段文舟也是要面子的人，总不能因为赠送了老胡的三七酒还有即将做好的六神曲，就立马要求回报吧？好在老胡已经承诺了，要给段文舟写一幅六神曲的配方和一幅菜谱。这让段文舟心里暗喜，听说要把标本从茶室拿到书房，他自然也乐意跑一趟了。

段文舟到了茶室，把几幅标本又重新打量几眼，再次觉得这个小葛确实是个人才，能把标本做成艺术品，这要有多大的细心、耐心、专心和艺术修养啊，再配上老胡的精美书法，简直就是珠联璧合。正感叹间，俞小桃进来了。俞小桃脸色有些潮红，额头沁出密密的细汗来，显然是走路走急了——从停车场到古月轩，也不过二百来米，能走出一头汗，可见她不仅是走路急，心里更急啊！

不知为什么，段文舟看到俞小桃，心里一慌，仿佛是个小偷一样。当然不是因为俞小桃的突然出现让他心慌了，是因为俞小桃突然出现后的满头细汗让他为别人心慌——为谁呢？小葛还是老胡？现在，响云斋就他们俩了，很显然，俞小桃就是担心这个事的。段文舟凌乱地朝俞小桃尴尬地一笑，还没等他开口，俞小桃就立即转身离去了，连一贯保持的优雅的身形都变异扭曲了——心急啊。

段文舟有一种不祥的预感，立即拿上标本，也往响云斋匆忙走去。

但是，什么事都没有发生——段文舟从大堂的后门进入小天井，看到俞小桃已经站在那棵枣树下了。她静静地透过窗户，看响云斋里专心写字的老胡。她还看到在老胡身边的小葛，小葛正笑容可掬地在欣赏老胡的字。段文舟从俞小桃身边走过时，没话找话地说：“老胡的字就是好——他让我把标本拿来题款。”

听到段文舟的话，响云斋里的老胡和小葛，这才注意到小天井里的俞小桃。小葛还朝俞小桃报以友好的微笑。

让段文舟感到后怕的是，俞小桃不但懒得搭理他，也没有搭理小葛的笑，而是突然转身离去了，还白了段文舟一眼，仿佛在说，多什么话呢？段文舟一时有点尴尬，想说句什么轻松调侃的话来缓解缓解，终究是什么也没说。

6

几天后，段文舟要给老胡送六神曲了。

还是在昨天下午四点多时，老胡给段文舟打电话，叫他晚上去古月轩喝酒。段文舟当时正在山上，在云顶寻找小葛所说的变异的平谷常山。他没有找到。连普通的平谷常山都没有找到。小葛所说的地方倒是找到了，顺着棺材石的小头往下，三十米左右，悬崖边，他只看到几株荆棘和几棵葛藤，并没有平谷常山的影子。段文舟太熟悉这些植物了，闭着眼睛都能知道平谷常山的长相和特性。没有看到小葛所说的植物，让他很失望。他甚至扩大了搜索范围，在棺材石的四周近百米方圆又找了找，除了裸露的岩石和散乱在石缝里的灌木、杂草，没有发现有价值的植物。郁闷的段文舟本想打电话咨询一下小葛的——小葛曾经说过要约上老胡，和他三人一起去云顶。如今他独来独往，怕引起小葛的误解，说他想吃独食，一个人占有资源，就没有问。老胡叫他晚上喝酒，他也没有说在山上，只说有点事，怕赶不上。他确实没有赶上，回来太晚了，到了平谷城区天都黑透了。夏天天黑就快八点了，饭局也差不多要散了，他就直接回了家。他知道，老胡约喝酒，估计不仅仅是喝酒，应该是惦念他的六神曲了，或者小葛又送给他新的植物标本了，也让他去欣赏欣赏了。所以段文舟就决定，明天上午去古月轩。

昨天说的明天，就是今天，段文舟在他的园子里喝了几杯茶，吃了早点，想着一会儿去古月轩，和老胡聊聊天，品品茶，讲讲书法和中医药养生，主要是，要好好欣赏欣赏小葛上次做的植物标本——老胡应该题好款了，肯定也挂到古月轩的包间里了。他上周在古月轩时，看到的是没有题款和加框的标本，也没有上墙，和题款后加框上墙的整体感觉肯定会有很大的区别。

上午十点不到，段文舟带上五包新制的六神曲，骑上小黄车（故意不开车，中午可以喝一杯），穿过几条街区，来到南门台上。他怕来早了，老胡有可能还没到。但是，让他意想不到的是，古月轩的门不但开了，似乎还有点异样，门只是开了半扇，没有工作人员在忙碌，没有人抹桌子拖地，甚至连吵闹声和摔打声都没有，那怎么会有莫名其妙的异样感呢？段文舟也不知道为什么会有这种感觉。待穿过大厅，进得茶室，段文舟发现老胡正坐在红木椅子上发呆。这会儿发什么呆？而且一脸的苦相，明知道有人进来了，也没有改变脸上的表情，眼睛失神且空洞地看着段文舟。

“老胡，怎么啦？”段文舟把打成捆的五盒六神曲提高一点，让老胡看到。

老胡是看到了，但依然黑着脸，依然没有表情、没有动作，嘴角甚至还流着口水。

段文舟放下六神曲，试图跟老胡讲一讲六神曲的配方和制作的工艺流程，并且准备展示他写了几句话的纸条，让老胡书写在花笺上。但老胡苦闷的表情和毫无神采的、死鱼一样不动的眼神，让段文舟忍不住想笑。段文舟终究没有笑，他发现地上有一摊碎草屑，还有破纸板和断裂成几截的木框。段文舟立即就断定这些散乱的垃圾是什么了，没错，正是有着较高欣赏价值和艺术水准的植物标本。一向视这些标本如命根子的老胡怎么会舍得毁坏这些宝贝呢？段文舟正在纳闷着，猛然间意识到，老胡并没有发现他。老胡的眼睛睁着，人却没有意识了。段文舟心里一惊，后背发凉，下意识地大叫一声："老胡！"

老胡一个激灵，眨了一下眼睛，嘴唇一抿，口水涌出了一摊，嗫嚅道："段老师……"

"……怎么……睡着啦？"

"啊？睡着啦？噢，噢，噢……你们散席啦？"

"什么呀？"段文舟吃惊了，"这是上午……昨晚我没参加好不好？你喝多少酒？一夜睡到现在？"

老胡晃晃头，像是否定段文舟的话，又像是清醒自己，动作夸张地又挤挤眼睛，咂咂嘴巴，站起来，身体再摇晃摇晃，赶紧扶着桌子，愣着神，定定地看着段文舟。段文舟也看着他。段文舟看他脸上、眼里都是问号，想想，心里后怕，老胡睡着了，是睁着眼睡着的。他见过睁眼说瞎话的人，见过瞪着大眼的石狮子，没听说也没看过睁眼睡觉的人。睁着眼睛睡觉，还是人？还是活人？这回让他见到了，老胡就这么坐着，睁着眼睛在睡觉。他是整夜没走一直在睡呢，还是早上过来又睡的？听话听音，他好像昨天晚上自己离开酒席，跑来睡觉了。也许不是要睡觉，也许是要喝茶，醒醒酒，没想到就睡着了。还也许呢，他昨晚回家了，早上起个大早赶过来，因为没睡好，又睡了个回笼觉。可不管怎么说，地上毁坏的标本是怎么回事？段文舟理不清了。看样子老胡也没有理清，还在梦境里。脸上毫无血色的老胡把目光从段文舟的脸上收回，看着地上的垃圾，也像是在努力回忆着。他是回忆起来了呢，还是回忆不起来？要是回忆起来了，他就知道怎么回事了。要是回忆不起来，那他生命中有一个阶段就离奇消失了。经常喝醉酒的人都会遇到这种情况。但是在段文舟的记忆中，老胡不大喝醉的，或者压根儿就没见他喝醉过。

“做了个梦。”老胡说。

显然，从他说话的口气和神态上，段文舟不觉得他是做了个梦。也许他只是觉得自己应该是做了个梦；或者说，目前的现场，不过是一场梦而已；再或者说，他梦游了——传说中的梦游是这个样子吗？段文舟纠结了，他不知道发生在老胡身上的究竟是什么事，或者说古月轩究竟发生了什么。肯定是发生什么了。

“烧水。泡茶。”老胡平时中气十足的声音，此时也变成了哽咽，或者像哽咽一样，在喉咙里发不出来，伴着“咕隆咕隆”的杂音。老胡的目光在茶案上寻找茶叶。他桌子上有几个茶叶筒。他在寻思着泡什么茶时，嘴里发出的声响逐渐明晰起来，“哈啦啦啦啦”“咕噜噜噜噜”，带着明显的节奏。

段文舟这才觉得老胡完全清醒了——嘴里开始发出毒蛇一样的声音了。段文舟早就发觉了老胡的这一特性，激动时，高兴时，紧张时……只要是情绪发生了波澜，他嘴里就会发出奇异的声响，有时很明晰，有时很隐蔽——所谓隐蔽，不过是掺插在话语中，不是熟悉他说话方式的人根本听不出来，但段文舟能听出来。

“我来，你歇会儿。”段文舟从标本残渣上跨过去，坐到老胡刚睁眼睡觉的椅子上。段文舟已经发现了，墙上挂着的那幅金银花的标本消失了——不是消失，是在地上了，成了一堆垃圾了。段文舟心里隐隐作痛，太可惜了，多漂亮的标本啊！美丽的东西要想维护，要想持久的美丽，会费很大的工夫的。要想毁坏掉，很轻易的事。可惜归可惜，段文舟也是无能为力帮它复原了。段文舟给打满水的电茶壶坐到电插座上，随手选了苏州的碧螺春。他喜欢喝碧螺春，喜欢喝绿茶，不喜欢北京（平谷）人喝的花茶和红茶。段文舟选定了茶，看到老胡也从那堆垃圾上跨了过去。这时候，老胡应该恢复记忆了，知道地上的垃圾是怎么回事了——他不是也刚往墙上瞥了一眼吗？

往墙上瞥了一眼的老胡，假装镇定地出去了。

在段文舟把水烧开、准备泡茶的时候，他看到老胡回来了，一手提着簸箕，一手拿着笤帚。段文舟看到，老胡的簸箕里，堆满了和茶室地上相同的垃圾。段文舟心里一惊，挂在其他包间墙上的标本全毁啦？是他自己毁的？段文舟没有出去看。他看到的是匆匆从大厅里走过的身影，那是个穿旗袍的漂亮的身影，正是俞小桃。

7

当小葛打电话，约段文舟上山时，段文舟想起了老胡打扫一簸箕的、变成垃圾的植物标本。但在电话里他也不便多问——虽然标本和小葛有关，标本变成垃圾是不是也和小葛有关就不得而知了，问不好，还会给小葛带来误解甚至麻烦。当然，段文舟也不好问老胡，关于昨天上午他看到的标本变成的垃圾，当时没有问、不便问，后来也没有问、不便问，只是默默地看着老胡在默默地打扫垃圾。段文舟觉得无趣，自行离开了。至于今天爬山，小葛有没有约老胡，他觉得不问更好。按照上一次的约定，应该是有老胡的。但有了标本变垃圾的事件之后，还会如约进行吗？对于段文舟来说，有老胡当然没有问题了，没有老胡也不是不可以。但，当小葛第二个电话打来，要开车来接他时，他就大略知道了，不让他开车，这一准又是老胡的安排：爬完山，回来时，要在古月轩好好喝一杯的。

小葛还是风姿优雅，还是那样的装束，不变的牛仔裤，不变的板鞋，不变的T恤，变的只是牛仔裤、T恤和板鞋的颜色，但无论什么颜色的搭配，在她身上都很协调，都有暗暗浮动的草香味，每次都能给段文舟带来好印象。此时，坐在前排副驾驶位置上的段文舟在刚上车时，就瞟了一眼后排座，除了一个小包，一个大点的塑料袋子，并没有看到他预料中的植物标本。段文舟有点后悔，早知道后排座上没有标本，可以坐后边的。等会儿接到老胡，让老胡坐后边，会不会不方便和小葛说话？老胡就是因此而不爽也是有可能的。

段文舟其实也有话要和小葛交流，关于编《金海湖百草图谱》一事，他又萌生了新的想法，即不仅要配实物照片，还要配标本翻拍的照片，经过实物和标本的两相对照，就能更准确地反映这些植物了。这当然要靠小葛配合了。但他和小葛还没有熟到那个份儿上，不好直接提合作之事。这次上山，如果能够多聊会儿，特别是有过一起爬山寻草的经历，或许会加深彼此之间的了解和好感。如果能水到渠成地提出合作，就是不小的收获了。当然，要是能寻找到变异的平谷常山，或者类似于平谷常山一样的新物种，那简直就是对世界植物界的一大贡献了。

“段老师，我要向你道歉的。”在等一个红灯时，小葛莞尔一笑地说，“那天我说错话了，我和学生发现有可能是变异的平谷常山的地方，不是在云顶，是在黄窝头上，真是对不起啊——经常爬山，看哪个山头都差不多，把自己给绕糊涂了。也幸亏我想起来了，否则会白爬了云顶的。”

“哈，这个……哪用道歉啊。”段文舟在吃惊之余，也暗暗庆幸，庆幸没有把自己偷偷去云顶寻找平谷常山的事告诉她或告诉老胡，否则，会被他们笑话的，段文舟问，“今天我们去黄窝头吗？”

“是啊，今天咱们一定要把平谷常山搞个清楚啊，不管是新品种，还是变异的平谷常山，咱们都要再拍几张照片，再采几枝样本，好好做几个标本。”

“这也正是我想要做的。”

“好！”小葛更加开心了，“段老师，你看我们从哪条路上山呢？我不想走南山的防火通道，我想从环湖路的黄窝嘴，沿着大涧沟上山又惊又险又好玩儿，大涧沟里有四五道拦水坝，四五个清澈见底的微型水库，还有茂密的森林，攀爬在哗哗的溪流边，听各种水流的声音，看林下丰富多彩的植物，真是美极了。”

看来小葛是早就决定了。

段文舟还是年轻时跟随父亲沿着黄窝嘴的大涧沟爬上黄窝头的，后来几次都是从南坡上的山。走黄窝嘴的大涧沟爬黄窝头，路远，林深，山险，要用三四个小时才能到达黄窝头上。如果是从南坡上山，虽然路陡，但是距离近，最多一个半小时就上去了。他们这次是带着明确的目的上山的，可以快点到达。但从黄窝嘴沿着大涧沟上山，也有好处，能够考察更多的植物。特别是正值盛夏的雨水季节，山涧的水流又大又急，涧边的林下山石都是湿的，还有许多小溪流汇聚而来，植物会更加的茂盛，要是因此能发现海子拳参，走多远的路都是值得的。

小葛从容而熟练地把握着方向盘，从龙河广场拐上了平谷大道。

“怎么走平谷大道？”段文舟吃惊地问。

“近啊，不用走顺平路，从马涧走，过云山隧道，直达金海湖边。”

段文舟幸亏没说要去南门台接老胡。看来小葛是不带老胡了。那么，小葛也知道昨天发生在古月轩的事啦？她精心制作的植物标本，莫名其妙地被毁坏，成了一堆垃圾，她也知道是为什么啦？段文舟悄悄观察着小葛。小葛是一副气定神闲的样子。她发现（感觉）段文舟在看她了，转头一笑，笑容既自信又自足。

“确实近……”段文舟的附和迟了半拍。

小葛像是知道段文舟的疑惑似的，说：“胡老师今天有事，早上我微信语音他，他没搭理我，后又回复我，说有事，上不了山了。我说那我们去了。他又要让我改时间。我没听他的。这个老胡，说变就变，真是莫名其妙。你既然那么忙，就好好忙好了，改什么时间啊？我还惦记着平谷常山呢——有些事情要做就赶紧做，拖拖拉拉就没劲做了，时间没了，也懒得做了。还有啊，你说的海子拳参，我又查书了，真的是平谷地区的独有品种，要是在我们这代人手里绝迹了，太对不起老祖宗了，不去山上寻找，怎么会有新发现？段老师我没说错吧？”

“说得好。”段文舟说。从小葛的话里，他感觉到，小葛并不知道发生在古月轩的事，或者不知道古月轩里发生了什么。她或许以为那些标本还完好无损地被老胡挂在茶室和几个包间里呢。既然这样，段文舟也没必要再八卦下去了。

车子很快就驶出市区，穿过几条平坦的小道，不多会儿就驶上了环湖路，沿着环湖路到酸枣峪，停好车，步行到了黄窝嘴。

8

黄窝嘴是个很小的地方，地名也是驴友们生造出来的，有一小片不太好的泥沙冲积的混合滩涂，缓慢地伸展进碧波荡漾的金海湖里。滩涂上生长着杂树和野蒿，从这里穿过环湖路的公路大桥，就进入黄窝涧了，就是他们所说的大涧。正如段文舟和小葛所预料的那样，大涧沟里，有水流穿行在石缝和杂石间。这段路并不难走，也不长，很快就是第一道高高的拦水坝了。拦水坝向上是游客禁行区，林区派专人把守。段文舟和小葛出示了进山证，才得以顺利进入。沿着水边小道走过第一座微型水库（约两个半网球场大），道路开始艰难，涧沟或宽或窄，岩石裸露，藤树连绵，深沟里布满大小不等的石块，巨型的石块可以在上面躺着休息，小的一步就能踩过去。这些岩石、石块，经多年洪水、溪流的不断冲刷，表面光滑，生了滑湿的青苔。有一些枯枝、断木横插在岩石缝里，上面还挂着折断的藤蔓。流水在石缝里穿过，或急，或缓，或形成一个水塘，或形成一条或数条小河流，还发出悦耳动听的声响。段文舟和小葛各背着一只双肩包，包里是些零食、水果、饮料、充电宝和其他简要的救急工具。在这样的区域行走，不能急，不能快，也不能太慢，一步一步都要很稳，防止滑倒。段文舟先捡一根称手的结实的树棍，送给了小葛，自己又找了一根更粗壮些的，拿在手里敲敲打打，见到大一点的水塘都要抽一下，溅起清亮的水花；对怀疑不稳的石块，也要抽打抽打，再戳戳捣捣，试试牢固不牢固，最后再拿脚踩一踩，确认稳当了才踏上去走过。小葛比段文舟年轻，在走到艰险路段时，都要看着段文舟走过了才走。其实，段文舟并不服老，也真心觉得还没有老，事实上也不算老，体力、脚力都还不错，加上他平时经常爬山，又是男人，便很绅士地要照顾小葛。两人就这么谦让着，又默契着，敲打着山石和水塘，艰难地走了一段之后，还是感觉到累了。随着周围的涧沟越来越陡，两侧的山势越来越险，头顶上的树木越来越遮天蔽日，整条涧沟也越来越幽深、阴暗、神秘。水塘、流水边会有一些山螃蟹，听到动静后，就慌不择路地从岩石上翻身跌落水塘，迅速不见了；某段荆棘边、林子下，会聚积一群翻飞的、鬼魅般的黑色蝴蝶和黑色蜻蜓；林子里会传来鸟鸣，各种鸟鸣，高低错落。隔段时间，总会有一种怪异的鸟，一边叫一边追着段文舟和小葛，仿佛是欢迎他们的贸然闯入，又仿佛是在驱赶他们。在过了第三道水坝（小水库）后，涧沟的海拔迅速抬高，许多地段的水流形成了小瀑布，地形也更加的艰难、险峻，某些路段需要手脚并用才能勉强攀行通过。有些路段，就是手脚并用也过不了，只好再绕着走。

“段老师，咱们是不是选错了路线？你别怪我啊。”小葛在爬上一道高台后，大喘着气说，“我们休息会儿吧，差不多有一半路了，上边好像还有一个小水库，过了那个小水库，就差不多走过三分之二了，一路冲锋就能冲上黄窝头了。”

“好，补充点能量。”段文舟找了个相对平整的岩石，取下双肩包，坐下了。

小葛在离他有三米远的地方，也坐下了。她坐的地方有点悬，是在一块巨型石头上。石头的表面不算平整，也就勉强能放下包而已。小葛从包里拿出水、饼干，又拿出一根黄瓜。小葛要把黄瓜送一根给段文舟。段文舟不要。段文舟有他配制的粗粮蒸糕，切成薄片，在烤箱里烤脆了，像饼干一样，酥脆而好吃。段文舟喝的饮料，也是他自己榨制的，颜色是黄绿色的。小葛看到了，问他喝的是什么。他笑了，说是他自己配的，有清热解暑的功效，只是味太重，不敢请她喝。小葛嘻嘻一笑道："段老师，不是我非要八婆啊，你把日子过得这么精致这么讲究，和家里人能合得来吗？"

段文舟听了小葛的话，就知道小葛对他还不了解，至少老胡没有在小葛面前介绍他，或者介绍得不够全面。他现在是一个人吃饱全家不饿——早在二十年前，他老婆就带着两岁不到的儿子和他离婚远嫁深圳了。他老婆原来和他一个单位，也在平谷中药厂上班，是新药品研究中心的技术员，被深圳一家大型药厂出高薪挖走了，连同他的婚姻和儿子。段文舟对这段感情并没有多少留恋，随着时间的推移也早就淡漠了，一个人生活也能活色生香。但是，小葛这一问，他不知道要不要如实回复。他犹疑片刻——是故意的犹疑，把犹豫的过程尽量云淡风轻、若无其事——聪明的小葛一定会意识到的。

果然，小葛立即岔开话题道："段老师你说老胡为什么突然变卦了呢？"

"老胡变了什么卦？噢，他呀，他事情太多了，开饭店要是能开出特色来，没有几个绝招肯定不行的。你看老胡啊，古月轩被他经营得风生水起，无非是三大特色：一是餐前营养点心，现阶段就是薏苡粥；二是手书的书法菜单，把菜单当成艺术品，赠送食客；

三是餐后赠送的解酒饮品。要是算上你的植物标本，那就是四大特色了。”段文舟说到最后一句时，故意观察一下小葛的脸色，看她究竟知道不知道她赠送的精美的植物标本都成了垃圾。

“其实一个人生活也挺自在……我是深有体会。”小葛的面部表情没发生什么变化，“咔嚓”咬了一口黄瓜，咀嚼两口，继续道，“我那植物标本不算什么特色吧？倒是老胡的三大特色里，有两个都是你的功劳，一和三。对了，解酒饮品是什么材料呢？真的能解酒？”

“小袋装的葛根粉，速溶后，直接饮用，可以解酒的。葛根粉里有一种成分，能够中和酒精中的乙醇，具体是什么，我忘了。就算不能解酒，酒后吃点东西也是好的，至少能起点心理作用——很多人喝酒后不吃饭了，这个不好。”

“还能算一个经营特色，是吧？”小葛说过，眼睛突然发亮了——她目光越过段文舟的肩膀，定睛看着什么，惊讶道，“呀？那是什么？瞧，你身后……是不是千年不大？”

“千年不大”也是金海湖一带的稀有植物，一般生长在林下或山梁背阴处，一种绿叶小乔木，植株矮小，如它的别名一样，一千年长不大，一米高左右，结一树的小浆果，比樱桃略小，入秋以后变成鲜艳欲滴的紫红色，时间越久，那红色就越亮越透，直到来年五月才败落。千年不大历来受到文人雅士的喜欢，传说当年客居北京的齐白石，还专门托平谷的文友搞了一株，放在书房，供于案头，把玩许久。段文舟看小葛的表情一惊一乍的，转头看身后的山坡林下，果然有好几株千年不大，挤挤挨挨的。段文舟拍过千年不大的照片，文字说明也写好了，所以并没有像小葛那样惊奇，只是肯定地说："是，是千年不大。"

"太好了。我要拍几张照片！"小葛跳起来就朝段文舟这边跑来，在跨过那条只有半步宽的大石缝时，脚下一滑，身体失去了平衡——这可是危险动作，弄不好会从高悬的石头上摔进水塘里。小葛下意识地伸手去抓离她最近的那棵树干时，手里的手机就飞了出去，像是有幽灵吸引一样，飞进了水塘。小葛是抓到了树干，手机却"砰"的一声落进了水里。

段文舟眼睁睁地看着小葛的手机像一只灰色的鸽子，在空中划过一道优美的抛物线，又像鱼儿一样，滑溜地钻进了水里，飘飘忽忽地沉了下去。小葛因为有了那棵树干的帮助，虽然惊魂未定，脚下滑踏，身体扭曲，却也安然无恙。

段文舟在后怕之余，发现紧紧抱着树干的小葛只是受到了惊吓，并没有受伤，还是深感庆幸。但是，她的鞋子怎么也掉了一只？段文舟赶快去帮忙。他在石缝里看到了那只鞋子，便趴在石头上，费了不少力气才够出来。小葛在穿鞋的时候，扭头看巨石下的水塘，看水塘上一圈一圈荡漾的波纹，才带着哭腔说："我的手机啊……"

段文舟也朝水塘里张望，从他的角度，能清晰地看到水底的手机落在一堆有着长长青苔的乱石上。这个水塘比较大，呈不规则平行四边形，长有七八米，最宽处足有五米。可能是常年浓荫覆盖的缘故吧，水的颜色也是墨绿的。水深的地方看不到底。手机落入之处，目测深度在一点五米左右——由于折射的视觉差，有可能还要深。如果要把手机捞上来，只能下水扎猛子了。段文舟不会游泳，虽然金海湖他也常来，也从未下过湖。但他又不好意思说不会游泳，这时候说不会游泳，比撒谎还没出息——那就是不愿意帮她呗。段文舟立即想到和双肩包放在一起的那根用来探路的棍子，也许用棍子能把手机拨到水塘边上。

小葛带着哭腔，又惋惜又着急地说："啊啊啊啊啊——怎么办啊，手机……"

段文舟知道小葛话里的意思，可他犹豫着，还在想着他的办法行不行。

小葛朝段文舟看，眼睛里像是鼓励又像是乞求，娇嗔道："段老师……"

"我想用棍子往边上拨……"

"不行，水底那么多乱石，青苔又那么滑，再掉到石缝里就完蛋了。"

"那怎么办？"

"还能怎么办？"

段文舟不敢接话了。小葛说的"还能怎么办"，明显是要让他下水打捞嘛，可他下去就上不来了，和手机一样沉入水底了。但他不好意思说不会游泳，怕小葛不相信。他也不能主动叫小葛下水，小葛要是也不会游泳呢？段文舟尴尬地一笑，想说句幽默的话，终究只是动了动腮帮子，没有幽默出来。

小葛知道她等不到段文舟的话了，着急而坚定地说："我下去。"

段文舟脱口而出道:“你会游泳?”

“淹死活该!”小葛的话明显带着情绪了。小葛左脚蹬右脚,右脚蹬左脚,两脚互帮着脱了鞋子。在脱鞋子的同时,开始脱衣服,毫不避讳身边的段文舟——真是拼了。

段文舟只能背过身去了。他听到一些声音,奇怪的声音。他猜到那是小葛脱牛仔裤时费力的拉拽和喘息声,T恤落在石头上的声音,还有往水里移动声以及惊悚地抽气般的尖叫,那是山水太冷的缘故。段文舟心情复杂,深感歉疚和难为情。他想提醒小葛小心。可他内疚得连提醒的话都说不出口。接着是划动的水声、吸气声和扎猛子的喷溅声。段文舟觉得背对她是不对的,那会显得自己更加的懦弱。他应该能帮她一把的,如果帮不上,也要用目光鼓励她,心也要和她在一起。但段文舟还是很怕的——万一她也不会游泳,活活淹死了怎么办?他说不定会被当成杀人犯的。另外,他不知道她的衣服脱到什么程度了——想什么呢?总不会裸体吧?就算裸体了,人家敢脱,你还不敢看?段文舟还是看向水塘了。水塘的表面已经没有小葛的影子了。再看水底下,小葛已经在水底潜游了。她头发完全飘散开,身上只穿着一套黑色的内衣。她像青蛙一样,就要接近手机了。段文舟更加的紧张了,心都提到嗓子眼了,怕那手机会从她手里滑走。直到她抓住了手机,段文舟的心跳还是急促的。段文舟赶紧俯下身子,趴到大石头上,使劲伸出手,做出要拉她的样子。她冒出水面了,只露出一个头。她在吐了口气之后甩一下头发,伸手在脸上抹几把,睁开眼就看到段文舟了。

“冻死啦!”她大声叫道,一手举着手机,一手在水里划动着,保持身体的平衡，向段文舟游来。她把手机递给了段文舟之后，在水里扑腾了几下，两条胳膊击打着水，哈哈大笑道，“哇，哇，哇，冻不死啊，爽啊！”

段文舟和小葛有过不多的几次接触，从未见过她这么开心。他把手机放在身上擦干了水气，便无心照顾她的手机了，完全被她吸引了。她在水里翻滚、鱼跃、扑腾、大呼小叫。小葛乐他也乐了。小葛情绪变化之快，让段文舟始料未及。这时候他看她，不是担心，而是欣赏了。她一身黑色的内衣更凸显皮肤的白皙和身体的匀称。除了二十多年前的前妻，他从未单独欣赏过像她这么年轻姑娘的身体，丰满、修长、性感。他心里感叹着，真美啊！但是，水中发疯的人不感到难为情，岸上欣赏的人反而觉得不好意思起来。同时又觉得，这种不好意思是自己内心有鬼，是鬼在作祟。段文舟努力想把小葛看成是大自然的一部分，在密林笼罩下的水塘里，在自然的环境下，小葛就像山妖水怪，和山体、水色、大树、绿叶融成了统一的整体。

小葛来了几下自由泳，折回时又是仰泳。她像是表演一样，这会儿也许她只恨“游泳池”太短了。

9

黄窝头，大约就是这条大涧的源头之意吧？

大涧逐渐消隐，山体逐渐隆起，变形成通常的山坡之后，段文舟和小葛也不再受到两侧山体的压制了，像透了气一样，疲惫还是疲惫，终究是见到满山的阳光了。山坡上的树木不像涧沟里的树木那么高大粗壮，品种也稀少，更没有胳膊粗的山藤和鬼魅一样的黑蝴蝶、黑蜻蜓出没其间，只有无际的灌木和荆棘很有梯次地在漫山逶迤。但是，损失了一部手机的小葛，在一副无所谓的表情下，眼里还是闪烁着一丝担忧，担心手机里大量的照片和其他信息找不回来了。段文舟虽然也有各种安慰和安抚，总感觉自己没有尽到责任，总感觉亏欠了她。比如他完全可以在一出发时，就建议她从山南上山，没必要走黄窝嘴。虽然初衷是想在黄窝涧丰富的植物大世界中发现一些稀有品种，事实上，除了拍到了几棵千年不大（在小葛从水塘里上来后，穿衣服时，段文舟去拍了几张），也没有更多的惊喜。小葛倒是看到了几株造型别致的九死还魂草，想挖来制作标本。可能是担心手机、心情受到很大影响的缘故吧，也没有挖——小钢铲子和塑料袋都拿出来了，又收回了包里。在走出大涧后的登山中，段文舟还是忍不住告诉了小葛，他不会游泳。段文舟的意思，如果他会游泳，一定毫不犹豫就下水帮她的。谁知，小葛倒是释然了，一笑道：“我下水后就知道你是个旱鸭子。别多想了，你已经那么优秀了，连游泳都要会，还让不让别人活啦？”小葛的话，让段文舟一时不知如何作答了。他从没觉得自己优秀，在单位都二线了，不用上班了，做点自己想做的事，感兴趣的事，把想做的事、感兴趣的事做好，别人就会觉得优秀（包括老胡也表达过相同的意思），这或许也是一种朋友间的客套。朋友可以说，自己不能当真。但是，如果能因此让朋友觉得是帮了他们，给他们的心情带来愉悦，他也会开心的。小葛说完之后，也没指望段文舟附和她，脚步反而轻灵起来，走在了前头。段文舟看小葛在T恤的外面又套了一件长袖的深蓝色衬衣，心里隐约地心疼她。她从水塘里上来，也不知道有没有脱下内衣拧水（他当时去拍千年不大了，留着时间和空间让她处理），要是把水淋淋的湿衣服穿在里面，那多难受啊，里有身体散发的热量和汗水，外有太阳的蒸晒，真是想象不出的盐潮卤辣了。他又想，也许湿衣服早就被她身体的热量烘干了吧？不知为什么，这个意念一直萦绕在他脑海里，想象不出湿衣服和她身上的汗水混淆后，浸泡在皮肤上会给她带来什么样的感受。

快到山顶时，回首再望来路的黄窝涧，那五个嵌在绿林中的微型水库，像一串闪烁微光的碧蓝的珍珠，美丽绝伦，相当惊艳。段文舟情不自禁地拿出手机，一连拍了几张。他在手机里把那一串碧蓝拉近时，更惊艳地看到了碧蓝的水库里小葛那动人的泳姿了——他没有录像，小葛的泳姿当然是不能再现了，不过是他的意念而已。但即便是意念，他也能感受到她那像水一样滑的肌肤。他看一眼真实的小葛，赶快把手机收起来了。

“我没有手机了，拍不成大美照了。段老师，你回去后要多发几张给我呀。”小葛的口气里有遗憾，也有惊叹，她看着那五颗“珍珠”，由衷地说，“真美！段老师你多拍几张。”

“拍不少了，都发你。”段文舟再看小葛时，她满头满脸的汗水，让他觉得小葛像是从碧水里一跃就到了山坡上，他更坚决地表态道，“所有照片都发你……咱们资源共享。”

“段老师，帮我在这儿也拍一张——后边就是黄窝头了。”

“好！”段文舟看站在高处的小葛姿势很有特色，长袖衬衫很休闲，脸色红润，脑门和额角上贴着几根被汗水湿透的头发，风尘仆仆中不失优雅，应该很入镜，就一连拍了多张。小葛也配合，不断地摆出各种造型，让段文舟拍了个尽兴。

“段老师，我游泳时拍了没有？”小葛突然问，口气里听不出来是希望他拍还是不希望他拍。

“哎呀，忘了，真应该拍几张。”段文舟实话实说道。

“没拍……才好了。”

段文舟听出她话里的遗憾了。段文舟也遗憾，觉得错过好机会了。而小葛说的“才好了”，其实是不好。就在这时候，段文舟的手机响了。

“老胡打来的。”段文舟对小葛说着，接通了电话，“老胡你好……对，爬山了……快了快了，看样子再有十来分钟就到黄窝头了。你什么事啊？说好了又变卦，做了逃兵……好吧，你是忙大事情的人……哈哈，你打小葛的手机那是肯定打不通啊，小葛的手机叫水泡了……对，掉山塘里了……哈哈，好好好，我赔她一部新手机……对，对……也不是，主要不是找平谷常山，是找接近于平谷常山的变异的新品种，小葛怀疑是一个新品种……我不知道啊，可能跟她教学有关吧……对，教学啊，做研究啊，写论文啊，那是她专业嘛……好啊好啊，晚上？我和小葛说，晚上去你那吃饭……好，不管多晚都去……不见不散。”

挂断电话，段文舟说：“老胡叫我们去古月轩吃晚饭，我替你答应了。”

“听到了……你去吧。我不去——肯定会累死的，我要回家休息。”小葛的脸色立刻阴郁了。

“去呗，他还要向你道歉呢。”段文舟笑道，“老胡叫我赔你一部新手机。其实应该老胡赔——都怪他不来。他要是和我们一起爬山，也许手机就不会落水了。”

“谁都不用赔，正好这个手机用了快两年了，也该换了。”小葛似乎看得很开，但表情是她真实心情的写照，她忧虑地说，“今天的不顺有预兆，希望接下来一切顺利。”

段文舟以为她是指老胡的突然变卦，便不想接茬儿，岔开话题说：“你应该戴个遮阳帽。”

“就是啊，有帽子，忘车里了，唉，一步不顺步步不顺啊，活该被晒死！”小葛望望最后这截路，“我腿都软了，怕没有力气上去了。”

段文舟知道快到山顶时，有一段崖壁非常险峻，要手脚并用才能上去，他看看小葛愁苦的样子，也有点担心她了，安慰道：“到时你在山崖下等着，我上去看，要是找到了平谷常山，多拍几张照片，多剪几根枝条给你。”

小葛又突然乐了：“我是担心你上不去好不好？走，冲刺！”

这截险路并没有想象中的难度，小葛也轻灵如猿猴，攀爬动作十分敏捷，还适时地拉了段文舟一把。他们顺利登顶的那一刻，仿佛云开雾散一样豁然开朗。

黄窝头的山顶面积不大，没有高大的树木，只有几棵矮小的杂树凌乱地分布在几块巨形乱石簇拥或堆积的石缝间。他们到达之后，正午的阳光聚积了一天的能量倾泻在山顶上，被长期暴晒的石头上弥漫着热浪。开心的小葛躲到一块巨石后边的阴凉里。段文舟不怕晒，在一块朝阳的岩石上临风而立，环视着四周的群山。检阅一圈之后，也架不住炽烈的阳光，朝那块巨石喊：“要不要吃东西啊小葛？”

“不吃，我们快去看平谷常山吧？这天要热死人的。”小葛的声音都被晒化了，软绵绵的，“段老师你过来看看。”

段文舟绕到那块巨石后边，虽然是背阴的地方，也同样感受到炽人的热浪。小葛手指着一块巨石说：“看到没有，有没有点像云顶上的棺材石？往下，那段缓坡，那悬崖，那些怪怪的平谷常山就在崖嘴上，在这儿看不见。走，拍照片去。”

他们放下双肩包，喝口水。补充了能量之后，段文舟在前，小葛在后，两人扶着险峻的石壁，一前一后向那儿缓慢移动。

到了崖边，果然看到有几株互相簇拥的植物了，猛然一看，还真的是平谷常山，但经不住细细推敲，无论是叶子、花、花蕾，还是枝条、颜色，都和平谷常山略有区别，说是新物种还不能确定，如果说是变异的平谷常山，这变异又太大了。看样子还不止五六株，还在向悬崖下边延伸。这悬崖下是深不见底的大涧。这条大涧和另一面蜿蜒通向金海湖的黄窝涧不一样，像是一个大坑，出口处就是另一座低矮的山头。可能是背阴加水土湿润吧，这些变异的平谷常山的枝叶青青绿绿特别茂盛。段文舟拿出手机，一连拍了好几张。

“好奇怪啊，根本不是平谷常山，肯定是新的物种，小葛，我们是不是发财啦？”段文舟盯着这些植物，眼里放光。

“是啊，我看也不是平谷常山。我们真是发大财啦！”

“在别的地方见过吗？”

“没有。只在这里见过，当时山上有雾，还落着毛毛雨，我没敢靠近，也没敢让学生靠近，所以照片也没拍好。”

“这回我们要好好搞搞清楚，多采点标本。”

“我还要几张枝条的特写。”小葛说着，半蹲下来，向悬边探了探身子，伸长胳膊，拉过一条长枝，“把我也拍进去哈，我要和新植物来个合影。”

“好。当心啊。”段文舟提醒她道，“山土松滑。”

“我没事。你好好拍，手别抖，手机掉下去就完蛋了。”小葛的语气中带点调侃，“我们就和外界失联了。”

但是，在段文舟拍摄的时候，小葛脚下的山土还是松了，她的支撑脚往下滑踏一下，在她挪脚要调整姿势时，山土“哗啦”一声突然塌陷下去，身体跟着往悬崖坠落。小葛尖叫一声，扑下身子，双手试图扒住山体。可她的双手只是把山土抓破了两条沟，人像是被巨大引力吸住一样迅速下坠。

段文舟离她还有两步远的距离，一个垫步要去拉她。

段文舟的手已经抓到小葛的手了，但是他没有吃得上力，小葛的手像鲢鱼一样从他手里滑走了。他被小葛的重量带了一下，一个前冲，脚下没有刹住，头朝下地跟着小葛滑向了山崖。

10

幸亏崖壁上布满了“平谷常山”，在坠落过程中速度受到了阻滞，也让他们能够有时间在错乱、慌张、惊恐中不断地扯拽枝条，那种下意识的搏命的扯拽，那种生命消失瞬间的巨大的求生欲，起了大作用，在不顾一切的搏斗之后，加上三四米处有一个自然形成的台阶的帮助，段文舟和小葛不至于摔到崖底。

他们得救了。

暂时得救了。

这个台阶大约有两米长，四十到五十厘米宽，呈不规则弧形。台阶表面有不小的坡度，是天然岩石形成的，上面堆积着一些鸟粪和虚土，被山体里渗出的水浸湿。有点湿滑。如果不靠外力辅助很难站立，就算勉强能站立了，也会很累。台阶一端有一棵根须扎进岩缝里的、植株不大却老态龙钟的马尾松，顽强地昂首向上，还有三四根鸡蛋粗的藤条攀附着马尾松往山顶延伸，一直伸进一丛丛荆棘一样的平谷常山里。段文舟和小葛正是得益于遍布崖壁上的平谷常山、藤条、马尾松和台阶（几者缺一不可），才暂时救得一命。段文舟已经从惊魂未定中回过神来，双手紧紧抓拽着岩壁上的枝条，双脚支撑在台阶上，开始时的惊恐万状和慌不择路已经被狂蹦的心跳所取代。他喘息着，努力平静着心跳，看到身边紧紧抱住马尾松和藤条的小葛。小葛脸上被划出了几道血痕，头发凌乱着，衬衫也被撕破了衣领袖子，如果仅看外表，她没有受大伤。她的运气比段文舟要好，正好靠近那棵马尾松。此时她正脸色煞白地看着段文舟，眼神空洞，充满惊慌。

“你没事吧？”段文舟说。

小葛刚要开口，但没有说出话来，只是嘴唇嚅动一下，嘴一撇，先哭了，眼泪哗一下涌了出来。她没有让哭声持续，哽咽着说：“你受伤了。你鼻子是不是掉啦？”

段文舟的双脚撑在石阶上，面部紧贴着崖壁，腾出一只手，抹一下鼻子。他感觉鼻子被掀起了一块皮肉，手碰碰才感觉疼。再看手背上、胳膊上，更是白一道青一道红一道黑一道的痕迹。他手上沾染了不少血，估计自己的脸都花了。因为他是回头朝下栽进平谷常山丛里的，像时针一样转了半个圈，最先是拿脸接触那些坚硬的枝条的，重量加速度，被枝条割破脸皮也就不奇怪了。

“我脸上是不是也花啦？”小葛说。

“没……你没有，只有两三道不太重的红印子，没有出血。”段文舟看她强忍着的泪眼里还是闪着泪光，安慰道，“没有断腿断胳膊咱就能活命了……还好还好，感谢感谢。”

“感谢啥呀……你要当心……”小葛看段文舟站立并不稳，提醒道，“你得移过来，向我这边来，这边宽敞些，树干和藤条也很结实。”

段文舟面部贴着崖壁，双手只拽住两三根树枝，很不稳。幸亏他腿脚能吃得上力，否则那枝条绝对撑不住他的身体。段文舟这才怕了，赶紧向小葛身边慢慢移动，虽然只隔不到半米的距离，移动起来也很费力。还好，他靠近小葛了，也转过身了，拿背部贴着崖壁了，感觉更稳妥了一点，才伸过手去，扯了扯一根较粗的藤条。

藤条也不可靠，它的上方并没有在松树上生根，而是穿过松树的树冠，攀附到了崖壁上。但是，如果他也要和小葛一样抱住树干和那根几乎与树干并行的更粗的藤条，身体就要和小葛碰到一起，胳膊还要从小葛的头上或是胸前越过，两人都会感到别扭的。

“没事，你扳住树干，这树扎在崖缝里，结实得很。”小葛说，也努力移了移，把一只脚卡在树干和崖壁之间，身体也有三分之一卡在树干和崖壁之间了。她不能再移了，树的那一边，就没有石阶了，再移一点儿，就直接面对险峭的悬崖了。

段文舟努力伸长了左胳膊，扳住了树干，心里这才踏实下来。但是，他的左肩几乎是压在小葛的右肩和头上了。而小葛也只能努力将头侧向左边。

虽然很别扭，虽然两人都不舒服，但总算是暂时安顿好了，不至于掉下去了。

段文舟和小葛这才有心情观察周围的地形，这一看不打紧，两个人又吓晕了，头上离崖顶还有三四米高，徒手根本爬不上去；往下更是不可想象，摔下去就是个死，而且死相很难看，破皮烂肉、断胳膊掉腿的。唯一的办法，只能等救援了。

段文舟和小葛几乎同时想到了救援，又几乎同时想到了手机。

“手机还在吗？”小葛的口气是绝望的。

段文舟沮丧地说：“摔到山下了。”

小葛也想到了，想到正是在拍照时发生的事故，手机肯定摔下去了。小葛像是哽咽又像是笑，在喉咙发出了一点奇怪的声音之后，不再说话了，任眼眶里的泪水流在脸上，也懒得腾出手去擦拭一把了。

求救是没有希望了。段文舟看看天，又看看脚下的山，虽然看不到太阳，看到的山崖下边还是逶迤的山，能看到背阴处的大片阴凉和越过山巅洒在山体上闪烁跳跃的阳光，觉得希望还有。段文舟算一下刚登上山顶时的时间，十二点十分，现在不会超十二点半的。趁还有体力，还是白天，要想办法自救。通过观察，段文舟发现，共有四根粗细不等的藤条。一根上半截死掉了，不算；一根是从右边山体爬过来的；一根是从悬崖底下爬过来的，它们的根须不知生在什么地方；还有一根，是和马尾松占据着同一个石缝。这根藤条也最粗。但是，根生在哪里不重要，重要的是它们沿着崖壁向上攀爬时，有没有在崖壁上重新扎下根须呢？只有牢固的根须，才能抓得住山体，才能吃得住一个人的体重。段文舟歪着脑袋，费力地向上看这三根藤条，它们都是在穿过马尾松的树冠后，一头扎进了平谷常山丛中的，能看到它们都在钻进平谷常山丛里时分了好多杈，生成了多根藤条，叶子也蓬勃开来了。段文舟想，即使它们没有在山体上扎根，也会缠绕着平谷常山，能撑得住一个人的重量的。现在的问题是，他有没有能力靠三根藤条攀爬上去了。这时候，段文舟才想到，五十三岁确实是个不小的年纪了，如果年轻十岁，他肯定会试一试，现在他胆怯了。胆怯有用吗？他觉得小葛更不行。他也不放心让小葛冒险去攀爬。小葛虽然年轻，但毕竟是女的，又没受过专业训练。他虽然不年轻了，不是一直不服老嘛，又长年爬山，练就了一双好腿脚，一副好身手，臂力体力都不是问题。

“我想顺着藤条爬上去。”

“你爬上去不会丢下我吧？”小葛疑惑地说，说过又后悔，赶快改口道，“好呀，你上去我们就得救了。”

“我包里有绳索，还有其他工具，只要我上去了，就能把你拉上去。实在不行，我还可以下山搬兵。放心好了小葛。”段文舟腾出越过小葛头顶扳住树干的那只手，抓住那根最粗的藤条，用力拽了拽。老实说，段文舟只用了五分力气，藤条立即就被他拉动了，向下滑了一大截——它哪里都没有生根，也没有缠住别的植物，根本靠不住。段文舟又去够另一根藤条，也毫不费力就被他拉下来了。看来靠藤条获救是没有指望了。

“怎么办？会不会有人发现我们？要是没有人发现，我们就死定了……我们大声喊叫吧？”小葛的口气比刚才更紧张了，脸色也更加的惊恐和绝望，“其实今天的不顺是有预兆的……一大早胡老师就说不来了，还劝我也改日期。爬个山，改什么日期啊，又不是什么大不了的事。我不听他的。他还不高兴。到了黄窝嘴又把遮阳帽忘车里了，晒得跟龙虾一样。手机又……对呀，胡老师知道我们在山上啊？他会不会帮我们报警？不会不会，他不知道我们被困在这里了……段老师，还有办法吗？”

“有。”

“什么办法？快说呀！”

“想想啊。”段文舟不是要开玩笑，他觉得阳光灿烂的白天，还没到绝望的时候，但有什么办法脱离险境，他真的还没有想好。

“……段老师你还开玩笑啊？都这时候啦。”小葛“呜呜”地哭了起来。这回她是放声地哭了，没有隐忍，没有克制，哭得稀里哗啦。小葛哭了几声，对着天空大声喊道："有人吗？救救我们啊——"

只有山谷的回音。山谷的回音回了好几圈儿又回到她这儿了。

"没有人能听到的。"段文舟也绝望地说，"大中午的，谁来啊。"

"天哪……我们就这样等死？我可不甘愿啊，我还有这新物种的论文没有写呢……死又死不成，活又活不成……"小葛突然不说了，愣了愣神，泪花闪闪地看着段文舟，肩膀抵了段文舟一下，说："对呀，胡老师肯定会来找我们的——他不是晚上要请我们吃饭吗？你不是答应他不见不散的吗？他也知道我们是来黄窝头的，他迟迟等不到我们，肯定要打你手机的。他已经知道我的手机掉水里了，你的手机他再打不通，一定就知道出事了。至少知道有可能出事了……等等，等等，他会不会想别的什么？段老师……我说了你别生气啊，你的电话他要是打不通，以为是你故意关机不接的，目的是要谋害我，他肯定会来找我们……那也找不到啊？他会不会报警？"

"有道理——我答应晚上去古月轩吃饭了。老胡发现我们没去，电话又都打不通……他是聪明人，一定会想到我们有可能遇到了困难，报警或亲自来寻找都有可能。"不经小葛提醒，段文舟倒是没有想到这个简单的逻辑关系。段文舟面前出现了睁着眼睛睡着了的老胡那张恐怖的脸，觉得他确实不是凡夫俗子。但是，小葛后边的话，段文舟觉得她还是夸大其词了，老胡怎么会想到他会谋害小葛呢。老胡喜欢小葛不假，这谁都能看出来。一个有才的男人喜欢另一个才貌双全的女人，错也错不到哪里去，何况也很难说小葛不喜欢老胡，他们能彼此默契地合作这么久，至少是互相欣赏的。段文舟委婉地说：“你说老胡怀疑我会谋害你倒是不会这么想，不过他真是性情中人，我感觉啊——也许我感觉不对，他挺看重你的。”

“他呀，切，我又不是傻瓜，我都三十六岁了，什么事没经历过？什么事看不透？我要想结婚早就结了，能将就结婚的人一抓一大把，还不是想追求个完美？段老师你才是误解我了。我请老胡在我的标本上题跋，是真的看中了他的书法。他的小楷字和那些清新脱俗的标本真的就是绝配。如果没有他的题跋，我那些标本不过是标本而已，有了他的题跋，就是完美的艺术品了。但是……我现在有点讨厌这个人了，我们认识也就三个月，我就开始讨厌他了。也是我不好，我喜欢完美，可世界上哪有完美的事和完美的人呢？我现在也在练字，写《曹娥碑》，等我的字能上台面了，我自己给我的标本题诗题字，我他妈谁的字都不稀罕！”

小葛爆了粗口，也一下子更真实更可爱起来。段文舟听明白了，她的话里透露很多信息，她的年龄，她的婚恋观，她的艺术观，她的短期目标，她和老胡认识的时间——也就三个月，听老胡的口气，他们仿佛已经是多年的老朋友了，难怪俞小桃对老胡和小葛的关系那么警觉了，还把好几幅精致的标本都毁了（段文舟推测就是俞小桃干的），还把老胡气“死”在茶室了。小葛的话，让段文舟一时不知如何接茬了，只能说：“说得好！”

“嗨，段老师，对不起，都这时候了……我真是乱说。”小葛的眼泪已经擦干了，她望了望崖壁，“这次要是大难不死，一定要感谢这丛植物，根据我的那点知识，这不是‘平谷常山’，这一定是新物种，要是真有一篇论文出世，可是我们俩拿命换来的。好啦，不多想啦，就看老胡救不救咱们啦！”

段文舟也望着头顶上方。这片崖壁，断缝、裂纹很多，横竖都有。岩壁上湿湿的，有的缝隙还往外渗水。假平谷常山就分布在这片崖壁上，不是太密。从崖顶往下看，可能只看到边上的五六株，在下边往上看，这一片至少有三四十株了。这是一个较大的簇群，完全可以称得上新物种的基地了——段文舟认同了小葛的判断。在一个崖缝里，段文舟还有惊喜的发现——海子拳参。在同一片区域，发现两种珍贵而稀罕的物种，段文舟的心再次紧张了一下。海子拳参不止一株，在不太繁密的枝叶的半遮半掩下，他看到至少七八株海子拳参。但是，那种惊喜也只是瞬间，因为他太清楚了，要等老胡来施救，也只能靠撞大运了。何况他已经感到累了，那只始终架起来的胳膊开始酸胀，本来还想要尽力躲着小葛，尽力不和小葛的肢体相接触，现在已经紧紧地贴在一起了。小葛也不像先前那样缩着肩躲着他了。他的支撑腿需要不停地替换才不至于麻木。照这样的情状，能不能支撑到晚上六点以后或更晚（老胡见不到他们才会怀疑他们失踪），还真的难说了。

小葛也意识到了目前的困难，她由于卡在树和崖壁之间，不像段文舟那么别扭，感觉要舒服点，但也累了，想活动一下。她哪里敢动啊！她一动就会影响到段文舟。她的胯和段文舟的胯紧贴着，肩上和头上是段文舟的胳膊，两个人挨得那么近，她都感觉到段文舟身上的体温和静脉的流动了，仿佛两株并蒂的植物，相互影响着——她要是幅度稍微大一点地动动身体，真的会把段文舟挤掉下去的。小葛和段文舟一样，也在心中计算着时间，现在才是中午，到晚上六点还有近六个小时，无论他是跑一趟还是报警，赶到黄窝头，最快也得夜里十点钟了。还有十个小时啊！也许等不到那个时间就完蛋了，就成为僵尸了。

“我们会不会变成两株仙草啊……”小葛再次想到了死，又要哭了。

段文舟也不寒而栗了，也感受到死神正在奔来的路上了，那密集的脚步和喘息声已经清晰可闻了。就在这时候，他突然听到小葛倒抽一口气。顺着小葛的目光，他也看到了，在马尾松上方一个肿大的树瘤上，趴着一条蛇，正向着他们张望。凭着多年经验，段文舟立马断定，这是一条秃灰蛇。“嗖”的一下，段文舟的冷汗就出来了，他赶快伸出手，捂住小葛的眼。可那蛇，怎么一动不动？哈，原来是一条蛇蜕，就是蛇皮。段文舟松了一口气，说：“别怕别怕，蛇皮。”

“吓死我了……”小葛喘息着，“妈呀，摔死就算了，还干脆点。要被毒蛇咬一口，身上又肿又黑，慢慢死掉，太难看了……段老师，蛇药带来了吗？带来也在包里呀，救不了咱啊。”

“不一定咬你呀……也许……我宁愿被咬呢。”段文舟本想说，秃灰蛇不会主动攻击人的，一有动静就会跑掉，但不知怎么就这样说了。说过又后悔了，虽然不完全是假话，也多少带有表功、表白和献媚的意思，就赶快打岔说，“看来要真的研究研究蛇药了，有些民间验方还是管用的。”

小葛"嗯"一声。一连串的惊吓，加上段文舟的话，让她不由得被感动了，不由得心向段文舟了。她腾出右手找到了段文舟的右手。她抓住了他。段文舟本能地想躲开小葛的手。可他的手实在无处可躲，或者只做了个躲的准备，加之处在这样的情形下，力量要互相借助才有可能渡过难关，哪怕只是微弱的力量，只是握紧了手，也会给双方以心理上的助力。当两只手紧紧扣在一起时，两颗绝望的心并没有升起新的希望，而是越发达到悲剧的高峰。如果要在平时，这样的扣手肯定会产生巨大的热能、悸动和火花，但是，此时，两颗心都拒绝爱抚，都可悲地勾勒出那个可以预见的结局，一切尽在死神的算计之中，因身体麻木撑不住，或因困意来袭，或遇到了意外的袭击，譬如老鹰、野猪，最后总之是摔落下去。再或者，如果一天两天无人施救，有可能他们自己就会纵身一跃，跳下悬崖。两只手的紧紧相扣，仿佛双方最后的告别，最后的两两相望。小葛绝望地说："段老师……"

"别说话。"段文舟的手用力握了握她冰凉的手，"听？好像有人。"

小葛屏住气地听，也听到了，有人说话声——没错，山顶上有人！他们可能是面对两只旅行包在小声地议论着什么。

"嗨，救命啊——"小葛大声叫起来，"我们在这儿——"

山顶上的声音稍停了片刻，接着有人喊："有人吗？"

"有——人——"段文舟也直着嗓门大喊道。

"在——哪？"又响起一个女人的声音。

"这边，悬崖下——我们被困住啦！"段文舟也喜极而泣了，他也感受到小葛战栗的身体了。

“好——我们来啦。我们会救你们的，坚持住啊！”

11

段文舟家的园子里，段文舟和小葛在一小块空地里栽下了两株海子拳参。

他们是下午三点多来到段文舟家的。他们获救以后，小葛开车到了平谷城区。段文舟本来不想再辛苦小葛了，要打的回家，想让小葛早点回去休息。但是小葛坚持要把段文舟送到家，至少送到小区门口。到了小区门口，小葛又变卦了，一定要把他送到家，还提出过分要求：看看他家的园子，看看他如何栽种海子拳参的——路上，段文舟向她描述了家里的仙草园，描述他如何心心念念想得到濒临灭绝的海子拳参，没想到真的如愿了，而且是在鬼门关口发现的，是死神在为海子拳参站岗，这就叫历经苦难才方得圆满啊。小葛听了也很受鼓舞，当时就表示要参观他家的仙草园。劫后余生的段文舟能感受到小葛和他一样的高兴，能感受到她的兴趣和爱好（可能还有好奇），又被最大化地激发了出来。段文舟心情也格外的好，还嘲笑了一通擦肩而过的死神。而小葛更是承认她是真的想到了死。他们的奇特的境遇，一路上竟成了调侃的话题。现在，都到小区的门口了，段文舟听了小葛的要求，又看小葛的精神和心情还不错，他也没累到撑不住的地步，便说了个“好”。段文舟其实也开心小葛能来家里玩玩的，他的仙草园，并不是每个人都能欣赏得了的，住在同小区的人大都是中药厂的同事，都能接受并理解他，而外人是很难接受他这个爱好的。但是小葛不一样，她本身就是搞中草药教学的，让她欣赏一下仙草园，就像艺术家的作品被同行赞美一样。

到了家，没有进屋，直接进了仙草园。两株拳参不消多会儿就栽好了。在培栽拳参的过程中，段文舟还腾出嘴来，介绍仙草园的造园过程、目前现状和未来的规划。小葛听得认真，还不时插话问一两句，段文舟也都细心地回答了。在如此愉悦的心情中，两人精神都得以放松，积累的疲惫和困顿就乘虚而来了。段文舟也看到了小葛的哈欠连天，他自己也几乎想立刻就在仙草园里倒头睡下。但还是客气而婉转地说："葛老师……你不累吧？"

段文舟的意思，拳参也栽了，想知道的仙草园也介绍过了，小葛要是累了，可以走了。

"累死了都。段老师你别叫我老师呀，你才是我老师呢，你就叫小葛吧……"小葛说到这里，一手轻拂着身边的益母草，眼睛艰难地强睁着，可怜巴巴地、几乎乞求地说，"段老师……我开不动车了，我到不了家就会累死的，我想在你家洗个澡，睡一觉。"

段文舟立即想到她在黄窝涧的水塘里湿了身，靠体温焐干了内衣，加上不断的汗浸，一定很不爽的，一定非常难受。再说，疲劳驾车真的会有危险，无论如何也不能拒绝她，就很大方地说："完全可以，我家楼上有专门的洗澡间。你去吧。"

"那我去啦……谢谢段老师。"小葛起身走了。

如前所述，段文舟一直在中药厂工作，他所住的小区是当年药厂的福利房，高层、多层和连排别墅都有，价格很低。他当时是两口子都在厂里，享受到连排别墅的待遇。其实别墅也不大，两层，局部三层，二百多平方米，好处是前后都有小院子，二楼还有一个近二十平方米的大露台，他一个人住着实在是太奢侈了。

小葛来不及惊叹他家的别墅是多么的豪华，也没有仔细地参观，就把包带上了二楼，一头钻进了洗澡间。

段文舟也撑不住了，在楼底客厅的沙发上躺着，享受着空调带来的舒爽，楼上隐约传来水流的哗哗声。想着等小葛洗完澡如何招待她，是泡茶还是吃水果，还想给小葛尝尝他制作的薄荷茶。这道薄荷茶可是他精心配制的，主要材料是野生薄荷煮的水，冷却后放在冰箱冷藏。饮用时，在白瓷碗里放三四颗煮熟的莲子和两块冬瓜糖及红糯饭团（煮熟的莲子和红糯饭团速冻后分别储藏），用冰镇薄荷水冲泡即可食用，是消暑解乏的美味佳肴。薄荷水、莲子和红糯饭相对容易，冬瓜糖的制作就极为复杂了——当然也是父亲教他的，传统中又结合了他的创新，就是先把冬瓜去皮去瓤，切成适中的小长条，置于蚬壳灰溶液中浸泡十个小时左右，取出洗净后，再用清水浸泡，且每隔两小时换一次清水，换水五六次后冬瓜条就呈好看的白色透明状了，再加水煮沸后便可捞出，待水汁沥干，就可将冬瓜条一层一层铺进容器里，每铺一层加白砂糖适量，腌渍两天后，就可以煮糖了。煮糖的过程要格外细心，先将冬瓜条连同糖液倒入锅中，加入适量的白糖粉，不停地翻动。慢火煮沸后继续加糖熬煮，煮的过程中要小心撇掉糖泡，约一小时（糖浆滴在冷水中成珠不散），即可取出另放容器中，加入糖粉拌匀，冬瓜条表面呈一层白霜状，取出冷却，就是成品冬瓜糖了。冬瓜糖是个好东西，即使不作为薄荷茶的辅助材料，也酸甜可口特别好吃。段文舟和老胡说过，要把薄荷茶奉献给古月轩作为另一种餐前水点心，还表示可以到古月轩去熬制冬瓜糖，可自用又可售卖。老胡当然愿意了。只是薏苡粥刚上不久，老胡想过一段时间再上新品种，这才能让顾客有不断的新鲜感。上薄荷茶的事就暂时放了下来。段文舟不仅想给小葛泡一碗薄荷茶，他自己也太想喝一碗了。但是，他实在是累了，在楼上洗澡间传来的水流声中，不知不觉就睡着了。

段文舟这一觉睡得太死了，室外有人大声地喊叫他都没有听到，直到后门被“啪啪”地拍响，才把他吵醒。

谁这么大动静敲门呢？懵懵懂懂的段文舟脑海里出现了各种可能，公安局？园林局？有人告发他挖了海子拳参？还是因为剪了几枝假平谷常山？他不知道是不是犯法。可谁能认得海子拳参？那几个救他的热爱登山的大学生？不会，大学生们并没有询问他顺手挖出的海子拳参是什么东西。他们只顾享受救人的兴奋、快乐和成就了。再说，他有进山证的，也有采药证，做这些并不违法。

“老段，你别装死，我知道你在家了，快开开门！”

段文舟听出来了，是老胡的声音。

段文舟刚要去开门，一想不对呀，小葛还在呢。可不能让老胡知道小葛在他家。段文舟应到嘴边的话又咽回去了。段文舟看一眼墙上的电子钟，才下午五点半，也就是说，他睡了足足一个半小时了。他朝楼梯上望望，楼上很安静，没有看到小葛的影子，卧室边上的洗澡间也没有动静。小葛不在？走啦？完全有可能，小葛洗完澡，看他睡着了，就没有惊扰他而悄悄回家了。段文舟就是这么想的。

门又被“啪啪”地敲响了，这次似乎更激烈，伴随着老胡的喊叫：“老段，段老师！”

段文舟讨厌老胡了，说好晚上六点不见不散的，这才五点半，就找上门来了，什么意思？查小葛的岗？便坚决不理他了。

段文舟蹑手蹑脚地来到楼上，看卧室的门关着。他悄悄推开。屋里的空调开着，床上睡觉的正是小葛。小葛关闭了窗帘，穿一件不知从哪里找到的段文舟的衬衫，肚子上盖着毛巾被子，露出长长的大白腿，睡得正香。段文舟没有叫她，带上门，看到露台上，晾晒着小葛的衣服——哈，这个小葛，有意思，她太不把自己当外人了，又是洗澡又是洗衣又是睡觉。但是，且慢，段文舟突然意识到老胡为什么拼命地又是敲门又是喊叫了，小葛和自己的手机老胡都打不通，肯定胡思乱想了，找到家里来了。再加上露台上晒着小葛的衣服——小葛的牛仔裤他不一定认出来，女式的内衣一定会让他想到小葛。当然，小葛的车子停在小区的地下车库，如果他一定要落实清楚，也会到地库去查看的。段文舟觉得老胡一定是误解了。

楼下的敲门声还在继续。

段文舟更是不能开门了。段文舟走进书房，关了门，不听老胡鬼喊胡叫了。

老胡终究是没有把门敲开。段文舟从书房的窗帘缝里看着他讪讪地离开了。老胡是真急了，走时，从仙草园的栅栏上跨过去，差点把栅栏踩翻了，还绕到了前边继续看了看露台上晾晒的衣服。热热闹闹的阳光下，那套女式的内衣特别的刺眼。

12

天傍黑时，段文舟正在仙草园里纳凉，他坐在一张旧木椅子上，面前的小圆桌子上是一杯碧螺春，他已经添了几次水了，茶也喝淡了，正想着要不要再泡一杯时，后门被推开了，是小葛。小葛没有立即走进园子，而是倚门而笑。小葛穿好了自己的衣服，修身的牛仔裤、黑T恤，长发也梳理好了，随意地绾着，发梢搭在肩上，微笑、慵懒的样子特别迷人，仿佛女主人一样的随意、随心。段文舟有点惊呆了，他愣愣的样子，把小葛的脸看红了。

“段老师……真不好意思，在你家睡了一觉，没想到会睡到自然醒——我是从来都不睡午觉的，实在是累坏了，不，是糟蹋坏了，自己糟蹋了自己。这一觉睡得昏天地暗啊，太爽啦，嘻嘻，很久没体会过什么是幸福了。原来幸福很简单，就是能安稳地睡一觉。”小葛轻声慢语、笑容可掬。她可能不是刚刚起床，应该是起床后又化了妆。

“我也睡一觉——都累了。”段文舟尽力让自己平静下来。他本想说老胡来过了，想想，不能说；又想夸夸她的美，老男人的矜持又作祟了，闪烁其词地说：“坐会儿吧，我去拿杯子，给你泡杯好茶。”

“我去拿。”小葛虽然这样说了，身体却一动不动，似乎看懂了段文舟的心思，等着他的赞美。

“还是我去，要烧一壶水。”段文舟从她身边经过时，她并没有要让开的意思，而是让段文舟挤了她一下。段文舟感觉到她的身体语言了，感受到她丰满的小腹上的弹性，也闻到她身上好闻的香水味，和他园子里的草香有点接近，又非常特别——想起来了，就是她头发上的气味。还是被困在悬崖上时，段文舟就闻到她头发上好闻的气味了，只是当时处境非常险恶，嗅觉、感觉都被连带着迟滞了，直到这时候，才又找了回来。

段文舟的身体刚脱离和她的接触，就被她拉了一下。段文舟紧张地等着听她要说啥，只见她更紧张更不自然地说：“段老师……我……我我我们去古月轩吧？老胡不是要请我们吃饭嘛……不吃白不吃——你们不是说好不见不散的吗？”

“……还去吗？都快八点了。”

“为啥不去？不去也行，先聊会儿……”

“先让我给你泡杯茶好吧。”

小葛松开了手，一笑道：“……去吧。”

黄昏的仙草园里，已经有了夜色的影子。附近的灯已经亮了。地灯和路灯，不同的灯色和黄昏的色彩相融，氤氲着一种特别的氛围。有小风吹来，仙草园里，暗香浮动。小葛的心情也和仙草园里的气息呼应着，愉悦而清爽。

段文舟带着一壶开水和一只杯子来了。他先在玻璃杯子里注入三分之一的开水，再放进一撮云雾茶。茶叶随即在杯子里舒展开来，一芽一叶的碧绿，和黄昏，和灯色，和仙草园非常搭调。待茶叶完全沉下去后，待一根根叶芽互相簇拥着如一个个精灵一样竖立在杯底，小葛乐了。小葛观察着茶叶在杯子里的一动一态，欣喜地说："段老师，你做什么都这么认真吗？嘻嘻，我刚才在你书房看了看，看到你五斗橱子里放了那么多的小袋子，每个小袋子上都秀着精致的花儿草儿，实在是好。都好奇死我了，小袋子里是什么宝呀？"

段文舟知道小葛在楼上一定没有闲着，她是什么时候起床的，是什么时候去露台收衣服的，又什么时候化了妆，他都不知道。他也能想到小葛也会到他的书房看看。他以为小葛会对他那些关于植物的书感兴趣，没想到她先说到了那些小袋子。那些小袋子里装的，可真是他的宝啊，都是植物的种子。这些草种子、花种子、树种子，有的是他父亲留下的，有的是他这些年采摘来的，分门别类装在袋子里，保管起来了。小葛所看到的，只是一小部分。大部分种子，都藏在各种抽屉和柜子里了。收藏植物的种子，维护、保存这些种子，本是段文舟的日常事务，也没准备拿出来显摆，更不想拿这个来吹牛。但是小葛是如此感兴趣，他就只好把他父亲收藏种子，到他接过父亲的接力棒、把这项工作继续做下去的过程，简明地说了一遍。小葛听得认真，也有所感触，觉得段文舟能以个人能力，做这么有意义的事，真是了不起。她突然想起二十多年前，还在小学读三年级的时候，她所在的白果树小学自编一本校本教材，搞特色教学。这本教材叫《金海湖百草》。为了上好这堂课，学校请来一个中药厂的老工人。这个老工人姓仇，讲得非常好，从植物的属性，到古代文献的记载，到与此相关的诗歌和民间故事，有知识又有趣味。她后来迷恋植物，考上南京农业大学，毕业后回到平谷，继续从事和此相关的工作，和老师绘声绘色的讲课有很大的关系。

“段老师，我想起一件事，”小葛说，“很久以前，你们中药厂有个姓仇的先生，和你现在的年龄差不多吧，给我们讲《金海湖百草》，你应该认识吧？”

“哈，那是我父亲，《金海湖百草》就是他编的。”

“呀……太棒了，可你怎么姓段？”

“我是跟我母亲姓的。”

“怪不得……我说嘛，仇先生当时给我们上课，在讲到收集植物的种子时，在他的好多教具中，就有那些绣着花的小布袋子，刚才我在你书房看到了，就感觉很眼熟。呀……真是好。”小葛都不知道如何夸奖了。

“我母亲手巧，针线好，会绣花，又一直没有工作，就帮着父亲打打下手，绣了很多小袋子。”

“告诉你一个小秘密啊。”小葛一脸幸福地说，“我最喜欢听仇老先生给我们讲校本教材了，也喜欢他的绣花小布袋子，他看我磨磨蹭蹭地舍不得放下，就送了一个给我，到现在我还珍藏着呢。我能从事今天的职业，还和老先生有关系呢。”

“是吗？还有这样的事，哈……真好。”段文舟也学着小葛，在无法表达心情时，就说了句“真好”。

“今天太高兴了段老师……”小葛端起茶杯，小饮一口，觉得整个一天过得一波三折太有意思了，对段文舟的了解也加深了，心里那种莫名其妙的幸福感也加深了。但是她也确实饿了，一天没怎么吃东西了，就说，“真想听你讲故事……就是肚子太饿。要不，我们还是去古月轩吃一顿吧？”

“我想也应该去一次，”段文舟觉得小葛真是太美了，这样的夜色，这样的园子，这样的晚风，让他心里慌慌的，没着没落的，有种情绪叫蠢蠢欲动，就是说他现在的状态的，他怕控制不住自己，把事情搞砸了，又加上老胡下午来叫了半天，不去也不太好，就说，“和老胡说好不见不散的，走，吃饭去！”

13

段文舟在从南门外停车场走往通到古月轩的小巷时，在幽暗的灯影中，他还是顺从了心里的感觉和意愿，大胆而突然地牵起了小葛的手。

他们两人肩挨着肩地牵手，慢慢地走。夜色朦胧，心思也朦胧，两人的身体会无法避免地发生碰擦。有几次，段文舟都想停下来拥抱小葛。今天他们牵过一次手了，那是小葛主动牵他的。那时候，他们还生死未卜，还在悬崖上相互依傍着，小葛在绝望痛哭的时候，伸出手去寻找他，可能只是下意识地想寻求安慰吧。正当他们两手相握的时候，好运来了，山顶上四个旅行的大学生发现了他俩的双肩包，他们也因此获救了。段文舟和小葛行走在通往古月轩的路上时重提了获救的过程，一点点地抠着获救的细节，不觉得那是一次灾难了，不觉得那是一次事故了，反而觉得是天赐的机缘。

小葛也感叹着，说原来那些觉得不好的预兆，其实都是好的预兆。

“我们是不是犯错误了？”段文舟说。

“……好啊。”

“什么好啊。”

“我们要是犯错误好啊……”

段文舟秒懂小葛的意思，他说：“老胡要是看到我们俩这样……他会怎么想？”

“祝福我们呗。”小葛的口气里充满着得意。

段文舟不是这么想的。如果说，段文舟对小葛有好感，还觉得自己和小葛都是隔辈的关系了，胡思乱想可以，断不可以当真的，如果不谨慎，昏了头，到头来受到伤害的只能是自己。但是那是在不了解小葛的情况下产生的想法。现在，他改变这个想法了，特别是这一整天的经历，让他重新打量了自己，也重新打量并认识了小葛，有点水到渠成的意思了。他们行走的速度越来越慢，越来越滞涩，双腿都不听使唤了，正巧走进了一段路灯的阴影里，便停下来忘情地拥抱和接吻了。他们太投入了，都没有发现接女儿练完琴回来的俞小桃从他们身边经过。

俞小桃和女儿快步离开他们后，女儿还回头望了望，小声说：“段伯伯和葛阿姨。”

俞小桃捂了下女儿的嘴。她怕女儿的声音被他们听了去，打扰了他们的亲昵，又对女儿做了个闭嘴的手势，和女儿一起急走几步进了古月轩。

待段文舟和小葛双双进入古月轩后，古月轩里的大部分酒宴还没有散。段文舟虚张声势地大声喊道："老胡？"

"胡老师出去了。"一个匆匆而过的服务员说。服务员认识段文舟，也认识小葛，客气地说，"俞老师在的。俞老师，有客人。"

俞小桃应声而出了。

俞小桃落落大方地说："段老师，葛老师，请到茶室坐。你们两个人怎么回事？可把我家老胡给急死了，他说你们俩电话都打不通，像是约好一样。我家老胡就是热心肠瞎操心，开车找你们去了。"

段文舟笑而不语，小葛也笑而不语——他们觉得解释不解释都不重要了。

俞小桃的茶艺也是一流，她一边熟练地泡茶一边笑吟吟地说着老胡如何的担心，如何的像热锅上的蚂蚁，如何的猜测各种可能，最后说："你猜老胡怎么想的？亏他敢想——怀疑你们出车祸了，把车子开进了金海湖里了，还真的打电话问了他在交警支队事故处理科的朋友，哈哈，我就说嘛，你们两个啊，真的是神仙一对。来，喝茶。"

"这个老胡，我们又不是小孩子，他想多了。"段文舟故意做出不高兴的口气。同时他的内心又暗自高兴，俞小桃知道了他和小葛的关系后，不会再毁坏那些珍贵的标本了——可惜现在没有标本了，但以后还会有的。

"真要感谢胡老师，让他操心了。"小葛说。

段文舟听出来，小葛的感谢是稀释他的话的。小葛是对的，不管怎么说，老胡也是为他们操心，连假装的不高兴都不应该，段文舟只好进一步说："真是不幸，我们在黄窝涧的水库里双双落水了，先是小葛，后是我，手机都泡了，两部手机啊，损失巨大——那段路实在太难走了，祸不单行就是说我们的。所以啊，和老胡就失联了。"

"双双落水？真是巧，那就好比洗个鸳鸯浴啦！"俞小桃的调侃非常的适时和得体。

"俞老师你也这么坏。"小葛并没有否认，但她还是强调了工作，"我们可是干了件大事的，发现了两个濒临灭绝的植物，不，其中之一是新物种。"

"我看你们俩也是濒临灭绝的物种——可不能忘了我啊……哈哈，可喜可贺啊。我还以为只是为了制作植物标本呢——小葛老师真是手巧，普通的花花草草，经你的手一变，就变成精美的艺术品了，佩服得很。别看老胡是搞艺术的，咱古月轩的包房里，就缺艺术呢，主要是缺小葛老师的标本。"俞小桃说后，面有愧色，可能觉得段文舟和小葛已经知道是她出于嫉妒而毁坏了许多幅植物标本了吧，现在又这样卖乖，多少有些不地道，便岔开话题道，"老胡还不知道你们来了。我打电话报告一声啊。"

"他开车，别打了。"段文舟说。

"说一声也好。"小葛的口气虽和段文舟有着不同的意见，却更像是一唱一和了。

俞小桃把电话打通了："老胡，我说你瞎操心吧，人家段老师和小葛老师都在店里等你了——你在哪？我把手机给段老师和你说。"

段文舟接过手机，“喂”了一声。只听老胡说：“段老师，你这家伙……不说了，你在店里等我。我都快到黄窝滩了。”

“开车小心哈。”

“没事，你们喝茶喝酒随意，等我。”

段文舟和小葛没有等老胡，他们点了几个小菜吃过后，付了账（俞小桃不收，客气一番最终还是收了），又和俞小桃闲聊了几句，古月轩的服务员经常来打岔，请示俞小桃这个那个的——老胡不在，只有俞小桃忙前忙后，两人不便于久坐。再说，他们来古月轩的目的也达到了——向老胡报了平安，又吃饱了肚子，至于老胡其他的想法，那是老胡的事了，同时也向精明的俞小桃表明了两人的情侣关系，便欢欢喜喜地告辞了。

当夜，月光中的仙草园里，走进一个人影，他默默地坐下来，静静地看着月光照耀下的园子，那些花，那些草，那些花瓣和叶茎里散发出的香气，氤氲在他的周围，沐浴在他的身上。尽管是在月色中，尽管看不清枝叶，他也能叫出每一棵高高矮矮的植物的名字，那些他亲手栽种的植物，他都熟悉它们的习性，了解它们的功效，就仿佛是他的作品一样，也体现出了他的个性。

门又被轻轻推开了，走进来另一个人影，她穿下午睡觉时穿过的男式衬衫，光着丰满的大长腿，款步走到他身边，坐到他的腿上了。他揽住她的腰，吻了吻，握住她的手。她的手就像一枚熟透的杧果，柔软而温润。他轻语道：“第一次坐你的车，就熟悉你车里的气味了。”

“嘻，是吗？闻到什么啦？”

“你车里的气味，和我园子里的气味一样一样的。你一直就在我的园子里。你是从我园子里偷跑出去的仙草，转了一圈，发棵了，长大了，又回来了。”

“你今天不是移了两棵拳参？一棵是你，一棵是我……我是赚大了，本来想要拜你为师的……现在，我们一起来研究这些植物吧，它们真的有了好归宿。”

14

一年以后，又是一年一度的暑假了。在暑假快要结束的时候，古月轩里，举行了一个小型的植物标本艺术展。主办方当然是古月轩了。

古月轩的大堂里，是十几张拼在一起的长案子，上面铺着海蓝色台布，几盆绿植摆在长案上。大堂的四壁上，挂着三四十幅植物的标本，每个包间的墙上也挂有一幅。标本上题款的小楷书法，有着明显的《曹娥碑》风格，落款是“仙草园主人制并题”。这个奇怪的落款，肯定会让不明就里的人产生歧义，“仙草园”是段文舟的园子，而标本是小葛制作的。“仙草园主人”是指谁呢？老胡当然知道了。不过他还是对着这个落款默想了一会儿，嘴里发出一连串“咕噜噜、咕噜噜”的声音。然后，走到也在欣赏标本的俞小桃跟前，手指着落款让俞小桃看。俞小桃会心地一笑，旋即恶狠狠地瞪了老胡一眼，忙去了。而老胡嘴里古怪的叫声，还在继续。

展览开幕的时间是在下午四点。现在才是午餐后，离开幕还有一个多小时，就连性急的来宾都还没有到——下午太炎热了。但已经万事俱备了。根据古月轩的安排，展览开幕式上，有音乐表演，是大小提琴二重奏，大提琴手是古月轩的女主人俞小桃，小提琴手是老胡和俞小桃七岁的宝贝女儿。而主持人就是古月轩主人胡大海——这是段文舟的主意。对此，小葛还有点担心，老胡行吗？他嘴里会发出一种古怪的声音，像响尾蛇一样，会不会影响展览的效果？段文舟显然更了解老胡，说他在主持的时候就发出人类的声音了。另外，据说开幕式上提供的饮料，是古月轩最新研发的消夏神品薄荷茶。

2021 年 2 月 14 日大年初三初稿于傲来国花果山下

2021 年 7 月 6 日晚修订于北京像素

街拍者的镜头

1

阳光，蓝天，高大的道旁树，碧绿的枝叶，路牙石的斑纹，漂亮的各色衣着和一张张整洁的脸，还有他们行走的节律，一缕一缕飘来的香水味和汗臭味相混的气息，都令他感到新鲜、有趣、眩晕，都令他有着不同寻常的愉悦。没错，这些景象，都是他从取景框中看到和感受到的。说来真是奇怪，离开了取景框的目光，一旦接触到真实的世界，那些气息便被杂乱的世界淹没了，而周遭的景色也大相径庭。

取景框中的太古里广场，四周就是时尚的三里屯街区，广场边穿梭而过的行人和莫名其妙的气息，和真实的世界还是不一样的，虚虚实实、似真亦幻，让他仿佛回到了从前。

从前是多久？其实没有多久，不过是两年前而已。两年前，他叫陈大块。现在，他还叫陈大块。陈大块不是他的笔名或艺名，他就叫陈大块。那时候熟悉他的人都知道他是个摄影家。当然，他现在还是摄影家。两年前，他拿了很多国内摄影界五花八门的大奖，对，所有的奖都称“大奖”。看起来，他的摄影事业正蒸蒸日上。但是，好景不长，他放弃了。他不是个容易放弃的人，不知为什么，他突然又容易放弃了——很多人都有这样的体会，自己一直坚守的东西，因为某一个事件的触动，甚至别人随意的一句话，就能改变自己坚持多年的观点或事业。他也是这样。他毅然决然地退出了摄影界，转而做了一名策展人，没有什么特别的原因，如果有，也只是一部分，比如他突然厌恶了摆拍，各种的摆拍。难道不是吗？如果你去北方的草原拍照，会有专人赶着一群马，在镜头前的草原上奔驰，赶马人知道哪里的草密、草肥，哪里的山峦起伏，什么样的奔跑适合拿奖。如果你去南方的大山里拍照，那棵常常出现在获奖作品集中的大树，树上的雾岚，阳光穿透雾岚照射在赶着老牛的农人的身上，毫无疑问，这也是摆拍。赶马人和赶牛人向摄影家们收取报酬，摄影大师们就如雨后春笋般地产生了。摄影家也就这样扬名立万了，同时也被糟蹋和败坏了。对于这样的摆拍，他本没有觉得不妥，就像他从前所做的营生（事业）一样，都是生活的需要，或生活的逼迫。如果不是庞小点的突然出现，如果不是从来没拿过相机的庞小点随便拍一张照片就拿了个“大奖”，或许他还坚定不了改行的决心。正是对摄影一窍不通的庞小点都能拿奖，促使他再一次改变了自己的志向（这个借口连他自己都不相信），转行搞书画策展了。实际上，策展人的诱惑，也是他放弃摄影的原因之一。他的一个朋友，在策展这个行业内属于“资深”辈的，平时他们也经常在一起探讨艺术和业务，他的第一次摄影展，也是这个朋友代为策划在一家叫旅行人的咖啡店举办的。有导师的引导，加上一知半解，他居然在如火如荼的书画市场折腾了小两年，有成功的案例，也有失败的案例。正好在他疲惫的时候，一个偶然的机会，他翻看微信朋友圈，看到了庞小点的一张摄影作品，看到摄影作品上的一个女孩，又毅然决然地重返了摄影圈，做了一名街拍者。

庞小点的这幅摄影作品并没有什么奇特之处，不过是通过照片试图反映某种现象，简单说，反映的就是在三里屯太古里广场上，那些街拍者的众生相。照片构图不错，在广场的灿烂阳光里，六七个拿着各种相机的摄影家，穿着那种人们寻常见到的摄影马夹，每人都配有一架夸张的相机，炮筒一样，又粗又长，有的端在手里，有的抱在胸前，有的架在胳膊上，有的把相机固定在摄影架上，还有一个单膝跪地、把相机搁在另一条支起的膝盖上。和这些众生相相映成趣的是，他们都目标一致地把相机对准对面走来的妙龄美女。那真是一个美女啊！白色的长裙，抹茶绿的一字领无袖小短衫，露出一截白白嫩嫩的小肚皮，赤着脚丫子穿一双黑色的高跟凉鞋，细腰、丰臀、青春、性感。这幅作品叫《太古里的阳光》，名字不错，一箭双雕，既反映了真实的阳光，也寓意女孩就是阳光。但是，让陈大块感兴趣的，并不是女孩太漂亮，而是作为漂亮女孩背景的一双男女，或者说是那个挽着男方胳膊的红衫女孩。作为背景，他们出现在主体人物的远方，影像较小，加上在他们的侧面，还有一个正在赶超的疾行者，其迈动的双腿像一道闪电，更显得他俩的次要。作为一个资深摄影师，他知道摄影作品中，为了反映广场的动感特征，这种背景人物的点缀又是必不可少的。陈大块觉得庞小点已经懂得摄影的门径和诀窍了。不知为什么，他在盯着这组人物欣赏时，总觉得哪里不对劲，又不知哪儿不对劲，仿佛有一种东西试图撬开他心里的某个疤痂，那些能映照过往的疤痂，是不易被揭开的。所以他习惯性地把一些东西永久地深藏、封闭。但庞小点的这幅作品，作品上的这个无足轻重的背景人物，总让他不能平静。正在他懊恼于不知因何无法平静时，猛然想起来了，那个红衣女孩太面熟了。陈大块感到心脏在猛烈地跳动，有一种无可名状的紧张和兴奋，立即把照片另存到电脑上，放大了看，啊？他惊讶了，没错，这个女孩和她的男友，是他在他们困难的时候，曾经资助过的。

于是，记忆的流水迅速泛滥，往日的映象出现在眼前——在医院的收款大厅里，看完医生的陈大块，准备交款取药。他的前边排着一对小情侣，女的瘦高，很病弱的样子，一直靠在男孩的身上。男孩染了半边的黄发，看起来对她很好，手里拿着病历和交款单，不时地安慰一下女孩，有时是轻声慢语，有时是用身体，搂搂她，或用下巴在她刘海儿上蹭蹭。他们的对话，陈大块偶尔会听到一句半句，谁在搞传销啦，谁发财啦，谁给谁买了结婚戒指啦，等等，话语都是温柔体贴的。陈大块本没有上心，但在听到“传销”一词时，陈大块还是敏感地恍惚了一下。在黄发男孩不断的爱抚下，女孩愁苦的面容得到了稍许缓解，对于移动缓慢的队伍，甚至还小声嘀咕一句：这么慢啊。终于挨到他们交款了。男孩问收银员，多少钱？收银员说，五千八。女孩惊讶了，这么多？黄发男孩泄气地从队伍里退了出来，朝陈大块说，你先结吧。陈大块想，钱不够？陈大块看到他们走到了一边。男孩把手机给女孩看了看。女孩也拿出手机，也给男孩看了看。两人默默地计算着。陈大块交了款，离开时，又看了看这对小情侣。他们衣着都很普通，面容很凝重，男孩倚靠在廊柱上，一脸的愁苦，女孩眼里噙着泪，一手扯着男孩的衣袖，一声不吭。陈大块熟悉这样的场景，他从前所做的营生，看惯了这样愁苦而绝望的面容。陈大块不愿意想起从前，不愿揭开心里的那块疤痂，快步离开了。走到收款大厅门口时，腿脚又放慢下来，然后，迅速转身，快步走到他们面前。女孩已经蹲到了地上，紧抿着唇，在默默地流泪。男孩依旧倚靠在廊柱上，侧着头闭着眼，不忍看女孩的样子。陈大块问，你们差钱？男孩看着陈大块，一脸错愕。女孩仰着头，也看着陈大块，也是一脸惊异。陈大块说，我可以借给你们。女孩再次愣神，然后突然崩溃，哭出了声，是那种强忍又忍不住的呜呜的哭声。男孩的眼睛红红的，说了句大哥，也哭了。陈大块说，还差多少？女孩哽咽着说，一千多。然后，女孩把两个手机拿过来，试图证明给陈大块看。陈大块没看，说，你点开收款码，我借你们两千，等有了钱再还我。转款时，陈大块看女孩的手在战栗，他心里也跟着战栗一下。他让女孩拍了他的银行卡照片，赶快走了。男孩追上来，要加陈大块的微信。陈大块说不必了。一起追上来的女孩受不了，哭声突然更响了。陈大块心里也酸酸的，跟他们挥一下手，迅速离开了。

说真话，陈大块并没有想过他们会还这笔钱。当初借出的时候，就没想过。虽然两年过来了，有那么两三次吧，偶尔会想起这对小情侣，也只是脑海里的一个闪念，还在心里暗自祝福过他们。

如果不是庞小点发在朋友圈里的照片，如果不是照片上那个女孩的突然出现，陈大块可能不会这么强烈地想知道这对小情侣的近况。照片上的红衣女孩太怪异了，一身好看的兴高采烈的服装，脸上的神情却适得其反，而她身边的男孩不是医院里的那个秀气的黄发男孩，而是面容粗陋、眼神惊恐的大个子。陈大块一眼就判断出来了。那么，她是被强制做着自己不愿意做的事啦？还是换男朋友啦？或者那对小情侣本身就在演戏？现在想想，医院里的那一幕倒是有点像一场骗局了。

书画策展工作既然不温不火，并且自己的信心也在日渐衰落，再这么耗下去也意义不大，何不重操旧业，继续搞搞摄影呢？就连庞小点都搞得风生水起的，成了圈内有影响的女摄影家了，如果重出江湖，找找从前的感觉，也是一大乐趣吧？

说干就干。陈大块通过微信，给庞小点通报了一声，拿出两年没怎么碰的相机，来到了三里屯，来到了太古里广场，加入到街拍的队伍里了。没想到陈大块的突然之举，引起了庞小点极大的好奇，平时基本不和他联络的庞小点，再三追问为什么。陈大块说不为什么，想拍片子了。但，庞小点不是这样想的，她觉得陈大块肯定有什么目的。庞小点想知道的、期待的目的，在她再三追问下，陈大块只好实话实说：想找一个人。

庞小点听他讲了事情的来龙去脉后，有些失望，觉得他所说的目的，不是她期望的。他不过是对她照片上的一个背景人物感兴趣，这算什么呢？有点闹着玩儿的意思。她失望之余，替他分析一通后，一语道破道，你被骗了，那对小情侣，不过是骗术笨拙的小骗子而已。

两年来，陈大块在书画策展界奔走，遇到了各色各样的人，其中也不乏骗子，不乏说大话不办事的白大狂，还有挂着各种头衔的无知无畏者，剩下的、愿意配合的“大师”，也不过是水平一般的画匠，根本就谈不上什么艺术。但陈大块不相信庞小点的话，不相信那对小情侣是骗子，他从庞小点的摄影作品上看出了某种端倪，从红衣女孩的眼神里看出了某种难言之隐，某种惊恐和不甘，联想到在医院里听到的他们的对话，陈大块总觉得他们遇到事了，更大的事，无法解决的事。陈大块有这样的预感。

2

一连两天，陈大块都没有拍到有价值的照片。太古里广场仍旧人来人往，街拍者依旧长枪短炮对准一波波时尚美女。而他对拍美女兴趣不大，或者只是装模作样地拍拍。他目光所及，不仅是在美女身上，还盯着那些来来去去的帅哥，特别是情侣们。他期望能看到那对小情侣的其中之一。

这两天里，关心他的只有庞小点，她时不时地在微信上问一句，有收获啦？

他有时回她一句，有时什么也不回。回和不回，庞小点都会笑话他，讥讽几句，不是说，靠街拍去捞两个骗子，亏你想得出。或者说，骗子上钩啦？要么就来一句，我看你不是去找骗子的，你是去勾引美女的，三里屯那么多美女，又漂亮又有钱——当心啊，她们中也有绿茶婊的，你玩不过她们。

陈大块被她说急了，干脆怼她道，就是骗子，就是绿茶婊，我也要找到他们。

庞小点调侃道，切，早知道你这么好骗，姐早就下手了。

隔着手机，陈大块都能感受到她的欢乐。

说笑几句之后，陈大块便把话题扯到正题上，认真地说，你在太古里拍了那么多照片，能不能都发给我看看？

都发给你？庞小点在“都”字上加重了语气。

是啊。

从我照片上找两个小骗子？庞小点奚落道，你是要索回两千块钱呢还是要找他们干一架？

都不是，就是想弄个明白。

不信，弄个明白不是你的作风，你不是个好奇心重的人。

陈大块觉得庞小点的话是有所指的，就是说他对她不好奇嘛。陈大块想想，也确实，庞小点确实没有引起他过多的好奇，或者说，好奇的不够，还不足以对她穷追下去。但陈大块不想接这个话茬，而是说，你几时回来？回来说一声，请你吃大餐。

别打岔，问你呢，你是不是另有图谋？

哪有那么多图谋？等找到他们你就知道了。陈大块说，你的照片是重要的线索——几时回来啊？

陈大块这几天经常看她的朋友圈，知道庞小点去连云港的海上云台山拍片去了，许多片子都是云雾缭绕、波诡云谲、山海相拥的绝世美景。陈大块还不知道，庞小点已经于昨天晚上乘高铁返回北京了。

干吗？庞小点警惕地问。

就是吃饭，没别的事。周六能回来吧？周六晚上，中 8 餐厅，可以吧？

庞小点说，周六？为什么要周六？还有三天啊？太久了，等不及啊，就不能今晚？

陈大块惊讶地啊一声，说，回来啦？看你朋友圈，今天还发一波连云港海上云台山的照片呢——今晚就今晚，五点半，中 8 餐厅，不见不散啊。

微信聊完之后，陈大块都等不及到晚上了。他好久没见到庞小点了，都忘了她现在是什么样子了。他只知道庞小点算不上好看，放在人海里，根本引不起别人的注意，换一句话说，就是街拍者，都不会拍她的。但，因为她拍到了一张特殊的照片，陈大块就不得不求助于她了。陈大块相信，在她无数张关于太古里广场的照片上，一定还会出现那对小情侣的影像的。与其说陈大块迫切想见到庞小点，还不如说他想尽早看到她更多的照片呢。

陈大块不到五点就到中 8 餐厅了。

在等待庞小点的时间里，陈大块再次习惯性地进入她的朋友圈。她发在朋友圈里的图片大都是摄影作品。陈大块饶有兴味地看着，一张一张地欣赏着。不得不承认，庞小点要么有过人的摄影天赋，要么就是有高人指点，她的摄影作品，确实非同寻常，无论是光影、角度，还是构图，都恰到好处，都是上乘之作。特别是在太古里广场上的这组街拍，更是显出她抓拍的技能、对现场情绪的把控和对影像的敏感。陈大块略略有些后悔，后悔离开摄影圈太久了，有点赶不上潮流了，真的要向庞小点讨教讨教了。

庞小点像是知道他心思似的，甫一照面，就说，明天你还要去街拍吗？明天我也去，和你打个伴，不反对吧？

当然。陈大块想，两人拍，拍到那对小情侣的概率就更大了，为啥要反对呢？

寒暄过后，这才有时间互看几眼。陈大块感觉这两年白过了，庞小点居然一点没变，还是朴素的打扮，裙装 T 恤，素颜淡眉，缺少光泽的、略显疲惫的脸和注意力一直不太集中的眼神，就像昨天才见过似的。要说变化，就是平常得比两年前更平常了，嘴角牵起来，始终是一副漠然的似笑非笑的样子。陈大块内心里笑一声，嘴上同步地说，你没变。

陈大块说完就后悔了，这么久没见，不夸两句就算了，开口就说没变，什么意思？说她事业上没有长进还是情感生活的倒退？总之不像是好话。

你也没变。庞小点倒是不计较，散淡的眼睛闪了几闪，说，欢迎回到摄影圈——嘻嘻，我都好久没去街拍了——三四周了吧？街拍的人还多吗？收获大不大？我不是说那两个小骗子，你拍不到他们的。

真叫你说对了。陈大块说，不过你的片子上可能还有，什么时候发我啊？

什么时候都可以——照片太多了，上传给你会慢死的。你有没有U盘？我有U盘，拷贝给你吧。我这人别的不行，就是有个好习惯，把每天的照片都整理在一个文件夹里，一个文件夹里有几十张上百张不等的照片，光是在太古里的照片，至少有一百个文件夹，估计有上万张了。

这么多？陈大块暗暗钦佩庞小点了，这才像个摄影家嘛。陈大块隐隐地觉得，当初对庞小点的看法是带有偏见的。那时候真看不出她能一直坚持下来。

那时候啊，她不但不像个摄影家，还像个失魂落魄被人抛弃的小女人，穿一件租来的宽大的军大衣。军大衣里是一袭短打，牛仔短裤，黑色T恤，戴一顶仿佛捡来的棒球帽，背着一架佳能相机，和许多摄影家一起住在一家民宿酒店里。陈大块连续几年都要来内蒙古草原拍秋景，无论干什么工作，都一年不缺，都喜欢到这个叫军马场的小镇上，所住的民宿，有一个好听的名字，全称叫“诗想人民宿酒店”。这次住下后，离天黑还有一段时间，便出门转转去了。他顺着军马场唯一的一条街，来到西边的一处岗岭，岭上是一片规模不大的白桦林。

军马场周边的草原，属于山峦地形，起起伏伏的碧绿向远方逶迤而去，像巨型的海浪，动感十足。此时，草原上的黄昏就要到来了，暗红色的夕阳染红了天际，也把草原渲染得如同一幅重彩油画，绿的、黄的、赤的，几种大色块的颜色交错着，宏大而壮观。那片染尽夕阳红的白桦林周围，有几个人在拍照。陈大块也信步走了过去。他知道这儿的景色并非最美，明天一早出发去的一个叫上清泉的地方，才是创作的最佳之地。这时候来拍照的，大都是小试一下牛刀，相当于赛前热身、餐前甜点。

就是在这片白桦林里，他看到了庞小点。

庞小点靠在一棵粗大的白桦树上，拿着一架相机在对焦距，看样子是在拍远景。怎么连镜头都没有呢？靠自然焦距，拍出来的远景会缺少层次感的。再看她的装束，陈大块确认她是一个菜鸟了。这种小菜鸟陈大块见多了，无非是附庸风雅而已。陈大块并不想打扰她，准备从她身边绕过去。但她却突然惊叫起来了，挺吓人的那种叫，尖啸中带着恐慌和疼痛，而且一迭连声持续不断。陈大块也被她吓着了。看她周围并无其他人，料想是遇到了什么麻烦事了，便向她跑了过去。

怎么啦？陈大块大声地问。

她坐到草地上了，把相机扔在一边，抱着大腿，由尖叫转为呻吟，脸都青了，并不很大的眼睛睁得很大，充满了惊惧。她看他过来了，扯一下军大衣，盖住腿，缩着脑袋，把龇牙咧嘴的狰狞样子藏在大衣的衣领里，泪流满面地说，马蜂……啊……它蜇了我！

陈大块想笑又不敢笑。虽然才是八月下旬，草原的八月可不是南方的八月，也不是北京的八月。草原上的八月，已经有秋凉的感觉了。陈大块想，你这短裤T恤的装扮，也太草率了吧？租一件军大衣倒是明智之举，可挡得了冷风，挡不住马蜂啊。如此细皮嫩肉的大腿可吃不住马蜂的蜇啊，会疼死人的。

带药了吗？陈大块问。

她摇头，看了眼他挂在脖子里的相机，知道他也是来拍片子的，同类相惜的情感油然而生，心里一委屈，哭出了声。

他从腰包里取出一盒清凉油，说，用这个试试。

她接过清凉油，背过了身，说，这个能行啊？

总会止些疼吧——我有药的，在宾馆里——你住哪？

诗想人。

那就好了，我也住那里，赶快回吧，要及时用药的，不然会肿成一个大馒头。陈大块还是偷偷看了看，并没有看到她具体伤在哪里，只看到她身体扭曲着，在埋着头处理，肥大的军大衣几乎遮住了她的全身。

你是摄影大师？她问。

爱好者。

她简单收拾一下，急切地说，都肿了……怎么办啊？这个蜂子真讨厌，钻到裤子里咬我。

蜇，不是咬。

你还咬文嚼字？她试图站起来，却大叫一声，腿一软，单腿跪下了。

陈大块下意识地伸手去扶她。

她一手打开他的手，又准又狠。

陈大块被打疼了，在心里自嘲道，活该，想趁机揩油？他在身上擦擦手，止止疼，讨好地说，用了药，好受点了吧？

好个鬼啊，你那是清凉油好不好？清凉油能治百病啊？你这个大骗子！她自知打得太狠了，而且是下意识的。这会儿说话，口气里虽是抱怨，却带着幽默和感激，甚至还有点撒娇和淘气。

她费力地站起来。这次她不是要拒绝陈大块的帮扶，而是主动伸手去找陈大块。她揪住陈大块的衣服，依附在陈大块的身上，一步一步地往前挪，挪出白桦林时，停住了，乞求地看着陈大块，喘息着说，谢谢啊……累死我了……

再坚持一会儿。陈大块鼓励道。

坚持不动了，你把我扔在这儿吧，等会儿我爬回去。

那怎么行？陈大块试探着问，背你走？

我很重的……九十斤……

不重。陈大块虾着腰，让她趴到背上。

她惊叫一声，赶忙说，不行不行……挤着了……疼死了……你走吧，死在这儿算了，真倒霉！

还是架着吧。陈大块哄她道，回去了才能治疗啊，来，坚持……忍着点。

陈大块架着她，一点点向前挪了，第一次来吧？

是……

这个季节了，怎么能穿短裤呢？晚上都要穿羽绒服的。

我怎么知道……别再怪我了，后悔死了都。她又哽咽了。

黄昏的草原上，出现一个怪异的景象，一个身穿军大衣、忽闪忽闪着不时露出洁白的小腿肚子的年轻女人，被一个身材高大的男人半抱半架着，深一脚浅一脚地艰难行走，终于在天黑前，来到了军马场的小街上。

回到诗想人，陈大块把她送回房间，又去小街上买来一瓶醋，交给她，让她清洗肿胀的地方。

她看他拿来的“药”不过是一瓶醋时，真是哭笑不得，这什么人啊？是来搞笑的吧？先是清凉油，这又是一瓶醋，还一副煞有介事做好事不留名的样子，靠，看来谁也不能指望了，都说女人的脸变得快，男人的心变得更快——不是不是，这哪对哪呀，人家不过是偶遇，能有什么心？谁也不指望了，听天由命好了。

没想到还真有效果，疼痛感减轻了。这才想起来要去感谢他。一瘸一拐地到他说过的房间去敲门，没有动静。服务员说，3 号房间的客人出去了。

出去？这会儿他能去哪里呢？她回到自己的 7 号房间，半躺半卧在床上，在心里琢磨着他，因接触时间太短，对他无法有更多的想象，想着想着，居然模糊了。等他再次敲门进来时，发现他手里拿着相机。正是她的相机。慌乱中，她把相机丢了。她这才对他局部地信任了，同时也觉得这是个心思缜密的人，便又聊了几句，还互通了姓名，互加了微信。然后，便一起出去吃饭，各要了一碗牛肉面。

吃面时，聊得开心，还发生了让她感到不可思议的事，他把自己的一个镜头送给了她，并告诉她，这是佳能 EF70 - 200mmf，中长焦的。她不知道中长焦是什么功能的镜头，感觉值很多钱的。

再次回到诗想人时，她听他大谈了一通摄影方面的理论和技巧，才像真朋友一样地对他说了实话，自嘲自己真的是菜鸟，是第一次来草原，也是刚买的相机，什么都不懂，包括草原的气候，所以才被蜂子蜇了。本来以为摄影是个简单的事，手机都能拍出好照片的，何况相机呢？但没想到会这么复杂，还需要特别的镜头，还要讲究光影啊角度啊什么的。临了，她奇怪地问，干吗要送我这么高级的贵重的镜头？

陈大块一时语塞，真的没有什么好理由，思忖一会儿，说，感觉你需要它。

可能是气氛已经很轻松了。庞小点审视着陈大块，眼神里既有感谢，也有好奇，随口说道，知道吗？你这叫无事献殷勤，让人感觉非奸即盗啊，至少有骗子的嫌疑哦，是不是经常这样骗人家姑娘？

是吗？陈大块说，会骗你什么呢？骗财还是骗色？

她笑声更响了，快乐地说，一，本姑娘没有财，二呢，本姑娘这样的丑瘦丑瘦，还怕你骗吗？你倒是想想自己，会不会被我骗了……开个玩笑啊——看你这人挺有趣的，是个大善人，是不是经常送人家东西？

也送过，但不是经常。

哦，都送过谁呀？说来听听。

陈大块想不起来送出过什么，大善人也不敢当，但迷途知返的事有过，不便说。突然想起不久前在医院里借过两千块钱给一对小情侣，就把这个故事讲给她听了。

她乐了，说，你做不成骗子了，你是被骗了！

陈大块半信半疑，会是这样？没看出来呀？

骗子要是叫你看出来，那还叫骗子？骗子专骗善良人。我就问你啊，两千块钱还你啦？

没准备让他们还的。陈大块嘴上这样说，心里真的犯起了嘀咕，他们会是骗子？

这次聊天，陈大块除了猜对她是摄影小菜鸟，还大约猜对了她独自一人跑到草原，一定是遇到什么事了，是排遣心情来了。难道不是吗？她有时候表现出很镇定的样子；有时候又会愣神，甚至六神无主；有时候呢，又嬉皮笑脸地调侃，有点玩世不恭的意味。总之，都不是真实的自己。是啊，谁都会有自己的心事，她不说，遮掩着，他也不便问。她在取笑了他遇到的是小骗子之外，也不是没有问他别的事嘛。

两人就这么互相保留着疑问，任时光的流水一天天地漶漫，也任互相的疑问淹没在漫漫流水中。

关于“骗子”的事本来已经淡忘了。没想到，两年后，会在庞小点的朋友圈里发现了小情侣的其中之一，穿一件漂亮红裙子的女孩，还有她更换的男朋友（？）。更没想到会在三里屯街区的中8餐厅里，和庞小点再一次讨论这对小情侣。

我就问你啊，庞小点说，既然不想讨回两千块钱，还为何要找他们？

这已经不是庞小点第一次问了，微信上就问过。陈大块想了想，说，我也说不清楚，我是感觉，他们有可能遇到更大的事了，就是遇到更大的困难了，或者有可能……出事了。

庞小点看陈大块严肃、凝重的神情，觉得他不像是开玩笑，觉得他可能真的预感到了什么，便说，好吧，你需要什么照片，随便到我电脑里看吧，不想看就拷走，回家慢慢看。

3

陈大块和庞小点穿过太古里广场，走过三里屯街区——他们要步行去地铁十号线的团结湖站，然后从宋家庄站转亦庄线，到小红门下车，就是庞小点家的小区了。陈大块急于拷贝她的照片，只能跟着她走。按照陈大块的推测，在庞小点那么多的照片里，一定还会有那个瘦高女孩的身影，就是发现黄发男孩的身影也是有可能的。如果他们多次出现在庞小点的照片里，就说明他们经常在太古里一带活动，只要坚持守候，就一定能找到他们。

到了庞小点家所住的小区时，陈大块又犹疑了，时间不对，半夜三更，去一个年轻女人家看照片，合适吗？连他自己都怀疑是不是心怀不轨了，何况庞小点呢？可庞小点并没有什么不自然的地方，反而大大咧咧地走在前边，不同光色的路灯忽明忽暗地照耀在庞小点的身上，谜一样地亦真亦幻。在不断闪现的灯影里，庞小点腰肢摇曳，荡漾着迷人的风情。陈大块好久没有和女人如此切近地相处了，也几年没有谈恋爱了，现在的这种状态，倒是有一点男女约会的意思。但他心里怎么没有一点蠢蠢欲动的欲望呢？蠢蠢欲动，就是有无数条虫子在心底里爬，就是那种欲罢不能、欲说还休的感觉，可他居然找不到那种感觉了，当然，也不是平静如水。

庞小点家住在十六层。这是一座商住两用的小区，房子的格局不算好，挑高两层的那种。进门的底层是客厅、厨房、卫生间，楼上是连通的一个大间，用作卧室兼书房。陈大块一进屋，就觉得冒失了——尽管是庞小点请他来，显然也不是预先准备邀请的，客厅的沙发上随意地散落着换下来的裙子、T恤、蕾丝文胸等衣服，花花绿绿、拖拖拉拉的，甚至还有从沙发上耷拉下来的几条丝袜。门边的楼梯上也挂着花色驳杂的内衣、连衣裙。陈大块的眼睛看着那些女人的小衣服时不知如何安放了。庞小点倒不介意，她甩了鞋子，对陈大块说，你不用换鞋。然后，赤着脚跑到沙发边，两条胳膊伸开，一搂，把那些衣服搂成一团，扔进卫生间的一个大竹筐子里，旋即退出来，请陈大块坐到刚刚腾空的沙发上。

陈大块坐下后，心还悬在空中，那种还没有消退的冒失感，被沙发上扬起的女人味满满地覆盖了。

庞小点没有坐，站在他对面，说，电脑在楼上，我去拿下来啊。

说罢，便顺着楼梯咚咚咚地跑到楼上了。

陈大块只听到一些声音，脚步声，拉抽屉、关抽屉的声音，还有翻动书页的声音，挪动椅子的声音，这些声音杂杂乱乱，干扰了陈大块。陈大块努力镇定一下情绪，在客厅看了看，从门口的一堆鞋子里，没有发现男人的鞋子，这说明她是一个人独居（他早就料到了）。屋里有淡淡的香水味，洗发香波味。客厅的正面墙上，就是电视机的上方，是一幅摄影作品，就是她得奖的那幅。这幅作品的拍摄过程，陈大块可以说是亲历者和参与者，知道她是怎么拍出来的。

那是八月的草原，八月草原上的风里夹裹着清新的草香，草香里走来的是庞小点一瘸一拐的身影。庞小点被蜂子野蛮地蜇了以后，经过醋洗和一夜休息，疼痛感可能减轻了不少，第二天一早就去她头一天傍晚去过的白桦林了，大约是要完成她未完成的心愿了。陈大块想喊她回来，让她跟他们一起去上清泉。上清泉那个地方，有军马场一带最好的草原，一条浅而宽的河流从远处缓缓地流来，流经一片沼泽，一片季节湖，潆洄一番后，又向远方流去，像一条玉带飘动在色彩绚烂的初秋的草原上。而那一带的白桦林随山岭起伏，十分的浩瀚和壮观。更为重要的是，那里是当年军马场的主要牧区，至今还有数百匹纯种的战马，只要凑足十个人，每人肯出二百块钱，就有人赶着那群骏马在空旷辽阔的草原上奔驰了，而骏马奔驰的背景，就是一大片叶红皮白的白桦林了，就算用傻瓜相机，就算用手机，就算随便拍拍，都能产生美感十足的摄影作品。而在这个千载难逢的机会面前，庞小点却特立独行地去那片小小的白桦林了。

但陈大块没有随着人流去拍骏马，他是在半道上返回了。他觉得有必要去指导一下菜鸟庞小点，镜头都送给她了，如果不能利用，不是白送了嘛——乐于助人的思想，是他经历过一些事情之后，近年来才逐步形成的，虽然不是刻意要达到什么目的，潜意识里，与别人方便已经烙印在他心上了，何况对方还是个心事重重却假装放松的年轻女人呢。

果然，他在白桦林里找到了她。

她腿伤了，居然还能爬树。陈大块看到她时，她正趴在一棵五株连体的白桦树上，举着相机在拍摄。陈大块不觉暗暗钦佩她了，精神可嘉啊。

她也看到陈大块了，惊喜地说，来啦？

陈大块说，怕你再遇到蜂子。

哈，多虑啦，一早专门去了买条牛仔裤，蜂子钻不进来的——你什么意思啊，好像还想我被蜂子蜇一下似的，看我笑话啊？

陈大块已经看到她新穿的牛仔裤了，还有套在T恤外的一件纯棉的格子衬衫，应该也是新买的，牛仔裤和格子衬衫都显得特别肥大，她像是被装在衣服里了。她脖子上还围了一条丝巾，蓝色的，就像上清泉草原上那条流动的河流，就差蒙面了。陈大块看她滑稽的装扮，想笑又没敢笑，疑惑地问，爬树干什么？搞创作？

什么搞创作啊？别那么文绉绉的好不好？拍照片。

怎么不带长焦镜头？

就昨天晚上你教我那几下子，还没学会呢。不稀罕那个大家伙。我这相机很好，瞧我这些片子，太佩服我自己啦！

陈大块知道，初学摄影者都很自信。他要维护她的自信，说，欣赏欣赏你的片子。

好！她要从树上下来。可她在树上腾挪了几下，居然无法下来了。

陈大块说，怎么上去的？

她哭笑不得地说，就上来了呗。

那就下来呗。陈大块说罢，把她挂在树上的军大衣取下来，摊开在地，又举手接过她递下来的相机，说，跳。

她脸红地说，你太高看我啦——我也想跳啊，可胆量不允许啊——你接住我啊。

还没等陈大块准备好，她就冲着陈大块扑了下来，仿佛跟他有仇似的，突然而迅猛。

陈大块猝不及防，被她扑倒在身下了。

她从他身上爬起来，红着脸，哈哈大笑了。

陈大块没有爬起来，而是坐到了军大衣上，取过相机，说，欣赏你的作品啊。

庞小点也坐到军大衣上，故意和他作对似的，说，看看我的照片。

庞小点便把相机里的照片一张一张倒给陈大块看。

陈大块一连看了十几张，都是一些普通的片子，近景是白桦树的树叶或枝干，远景是草原，能感觉到草原早晨通透的阳光和薄雾，还能感觉到清新的空气。有几张片子里，出现了一个人影，小小的身影，像一个墨点，陈大块看那身形和周围的环境，就知道是自己了。她倒是有心，拍了这么一张片子。不过说实话，也就这张片子还能看出点意境来，辽阔的色彩驳杂的草原上，一条白练一样弯曲、飘逸的小道上，一个人在孤独地前行，那不断向两侧延伸的白练，像是他舞动的飘带。

她得意地说，怎么样？漂亮吧？

不错，有点感觉。

她不服气地说，什么叫有点感觉？我要从中选一张投稿，你信不信我能得大奖？

你要是没有亲戚当评委会主任，就别说大话了吧。陈大块还是没忘记打击她一下，同时也是实话实说，虽然照片不错，得奖是那么容易的吗？

谁能料到，就是她这组照片里的一张——直白地说，就是他挥舞白练的这张，获诗想人摄影大赛大奖——民宿酒店自己主办、评比的一个奖。这倒是出乎陈大块的预料，他根本就没看大厅里的“诗想人摄影大赛征稿启事”。但也不能说这不是一个奖，有奖状，有证书，而且，诗想人的冠名也让人想入非非，不知道的人，会觉得这是一个品质不错、意义非凡的大奖。这幅作品能得奖的重要原因，可能和名字有关，庞小点很好地借用了一箭双雕的法则，给作品取名为《诗想者》。

在庞小点的家里，陈大块盯着墙上的这幅作品，感觉有点恍惚，那个影子是他吗？他被她一直挂在家里？他就是那个诗想者？

楼上的杂沓声越来越大了，也越来越频繁了，然后是庞小点的声音，U盘找不见了。真奇怪，一直就在眼前的，怎么不见啦？大块，要不你上来，就在电脑上看片子吧。

陈大块说，上楼吗？

是啊，你以为我和谁说话？我不想把电脑拿下去了，麻烦。

陈大块心里有点忐忑，因为庞小点第一次叫他大块，而不是陈大块。多一个字，省一个字，加上口气的细微差别，陈大块有一种被“不当外人”的感觉了。

楼上的格局和楼下完全不一样，很大的空间里，除了一张大床、一个单人沙发外，还有一张简易的写字桌。笔记本电脑就在写字桌上。楼上比楼下还要乱，大床上有一床素净的夏被随意地折了三折——这是唯一规整过的东西。床上还有三个枕头，陈大块的目光在三个枕头上游移，心里涌起了一点点波澜。确切地说，应该是两个睡枕和一个抱枕。一个睡枕是枕头的日常状态，另一个睡枕，立起来，当成了靠背，或者，担当的是靠背的功能。抱枕是圆滚滚的修长式的。从枕头的摆放上看，她睡前要靠在床头上的，干吗呢？看书？床头并没有书，也没有电视可看——电视在楼下呢，那就是看手机或者平板了。陈大块心里的波澜泛滥了一会儿，目光从床上扫过。床边的单人沙发上，更是堆满了凌乱的衣物，都辨不清是什么衣服了，乱得真够可以的。倒是一个橱架子上，那一件件闪着光泽的摄影器材，包括三架相机、几个镜头和折叠式三脚架，摆放得特别整齐，像是要随时列队出征一样。

乱死了，庞小点说，家底子都叫你看了去。

听庞小点的口气，并没有怕看的意思，仿佛故意要叫陈大块看似的。

白炽灯下，她的笑很明媚，脸色很干净，细密的雀斑越加的清晰，特别是屈身时V领那儿出现的浅浅的乳沟，让陈大块有点慌乱。陈大块第一次觉得庞小点并不难看，甚至有着小女人的楚楚动人，也第一次在庞小点面前感觉紧张和不自在。

陈大块坐下后，在庞小点的指示下，开始操作电脑。应该说，庞小点的文件档案做得不错，不像家里这么乱。文件夹一年一个，再以月分，再以天分。他记得有红衣女孩那张照片的拍摄日期，就点开了那天的文件夹，一百多张照片，一下子出现在电脑屏幕上了。他一张张地看，除庞小点发在朋友圈的那幅，别的照片上都没有再出现瘦高女孩的影像。陈大块再打开一个文件夹，还是一百多幅。当点到第三个文件夹时，陈大块说，这么多啊，要是都看下来，会不会要到明天啊？会不会让我崩溃啊？

不急嘛，慢慢看。

到天亮也看不了几个文件啊，我还是想办法拷贝回家慢慢看吧——明天，明天一早我再来，我带U盘来。

好的。庞小点说，真是怪事，平时不用的U盘，满眼都是它的存在，要用它了，又躲起来了，讨厌！不过你还可以再看一会儿，现在才十点，十一点半还有地铁呢。

4

陈大块没有等到十一点半，因为他回家要转三次地铁。虽然在亦庄线小红门的最后一班地铁是十一点半，但再从十号线转六号线时肯定就没有车了，回家很不方便的。所以，刚过十点，陈大块就告辞了。庞小点也没有送他，只在门空里伸出头来，关照陈大块，明天早些过来，拷贝好照片，再一起去街拍拍。

庞小点故意把街拍，说成街拍拍，口气里带有一点调皮。

陈大块走出楼洞，走到小区的便道上，不由得仰头，望一会儿她家的窗户。他记得她家窗户上的窗帘是墨绿色的，是不是墨绿的呢？此时的光色并不能辨清窗帘的颜色，它已经严密地闭合起来了，一点光亮都没有透出来。她在干吗？洗浴？还是休息，还是……突然，窗帘被撩开了一条缝，三角形的，透出一束乳白色的灯光。陈大块赶快躲进一棵香樟树的阴影里，心口嘣嘣地狂跳，觉得自己的鬼祟被她发现了。陈大块努力平静着心跳，再次看时，窗帘又合上了。

第二天一早，陈大块早早出门了。

太早了，还不到七点就到了庞小点家的小区了。

陈大块站在昨晚躲藏的那棵香樟树下，再次看看窗帘。窗帘还是紧紧地闭着，清晨的太阳照在窗帘上，刺眼而明媚。陈大块有点不好意思上楼了，这么早，会不会扰了她的美梦？便给她发微信，我到了。

她没有回复。等一会儿，还是没有回复。

陈大块自知来得不合时宜，便在小区里走了几圈，其间又给她发了一次微信，夸她小区的风光好。庞小点还是没有回复。陈大块不想再在小区里绕圈了，进了电梯，来到十六楼她家的门口，按响了门铃。

片刻之后，响起楼梯的震动声，门上的猫眼也暗了一下，然后是哗啦一声响，门开了。

才几点啊？还让不让人睡觉啦？庞小点睡眼惺忪地露出半个身位，把自己让到一边。

陈大块看到庞小点是光着脚丫子跑下来的，头发鸡窝一样地散乱着，穿一身小碎花的抹胸睡衣，脖子、肩和锁骨露出了很大的一片白，睡衣里的乳房虽然不算丰满，却也有形有状的精致。她退站在客厅里，看着他，脸上是微微的笑意。她没有料到他会这时候来，显然比他还拘束，抬起右手，五指当梳，不停地理着头发。陈大块只敢在她胸前一扫而过，真心觉得不好意思，便把手里的U盘在她面前举一下，既是掩饰自己的心慌，也是在说，这么早就打扰，是因为急啊。

上去拷吧，我洗漱去了。庞小点一副无可奈何的口气，丑态都叫你看了去，你这人啊。

陈大块不好意思，脚都踩上楼梯了，又侧身问，那我……上去啦？

上啊。庞小点朝他一笑道，电脑没关，你直接操作吧。

陈大块再次来到庞小点的卧室。心里忐忑着，比昨天晚上还忐忑，或者说是昨天晚上忐忑的继续，一个女人的卧室，能放心大胆地对一个男人开放，说明什么？就算是热恋中的情人也不过如此吧？陈大块悄悄走到窗前，把窗帘撩开一条缝，朝小区里看去，那棵高大的香樟树尽收眼底。陈大块再次心慌了一下，觉得昨天晚上他迟疑不决地朝她家窗户仰望时，一定叫她看到了。

看就看到吧。陈大块手一抖，拉开了窗帘。大面积的阳光透了进来，把卧室照亮堂了，也照亮了她的广场一样的大床。陈大块的眼睛再次在庞小点的床上停留了下来。这是一张有特色的床，床垫又软又厚，席梦思的那种，大约睡上去就会陷没了吧？床上的床单被压成了人形状的皱褶，那应该是庞小点睡过的地方。那个人形状的皱褶，只占用了大床四分之一的地方，好奢侈啊，也好享受啊。陈大块有一种冲动，想在她睡过的皱窝那儿躺一躺，随即又觉得太下流了，有这种想法真是不应该啊，无异于玷污了她。陈大块的目光赶快逃离了大床，思维同时出现了短暂的短路，怎么会有这种龌龊的想法呢？

陈大块强行把目光拉回来，看一眼手里的 U 盘，走到写字桌前，准备干活。

让陈大块惊讶的是，笔记本电脑上，正插着一个U盘，豇豆红色的U盘。

怎么回事？莫非这就是她昨天没有找到的U盘？明明就在电脑上啊？她是真的没发现还是故意而为之？陈大块没有立即换上自己的U盘，好奇心让他先打开她的U盘。她的U盘里东西不多，除了一篇她自己谈摄影的文章，还有几张照片，一个男青年的照片。男青年不算太帅，由于显得太过成熟，拘谨得有点老气横秋。这是谁呢？他的前夫或前男友？

陈大块不愿多想，把U盘拔下来，插上自己的U盘，开始倒照片了。

照片确实很大。屏幕上有两个小漏斗，他看着一片片树叶从这个漏斗向那个漏斗接力地飘过，知道这真是一个漫长的过程。陈大块靠到椅背上，吁一口气，一边听楼下的动静，一边再一次观察着房间。房间他昨天就观察过了，刚才又观察了一遍，现在他只是对她书架上的书感兴趣了。书不多，大多是摄影专业的书和摄影名家的画册，也有零星的几本文学书，都是《解忧杂货店》一类的通俗小说，还有几本谈美食的图文书。这些都不是陈大块感兴趣的。但有一本《经济学里的厚黑原理》，让陈大块眼睛一亮。他抽出书，翻开来，看到扉页上有签名，不是庞小点，是一个叫李刚的人，购书日期很早了，不是两年前，是四年前。陈大块心里再次想，李刚是什么人呢？U盘里的照片就是李刚？陈大块想起两年前的军马场，在那家小吃店吃面时，他曾问过她从事什么职业。她一笑道，女人应该比男人更好奇吧？我都没问你是干什么的，你倒还问起我来了。陈大块觉得自己年纪比她大，反而比她显得稚嫩了，便没有再问，至于她的婚姻，就更不便问了。如今，这个念头再次冒出来。那么，她多大啦？“80后”？最大的“80后”也四十了，最小的“80后”，也三十出头了。她不像是最大的，也不像是最小的。她这种年龄，离婚后就很难再找了，高不成低不就吗？那她又是从事什么职业呢？嗨，不知道也罢，就如他自己，也不是不愿意提起从前的职业吗？谁都有自己的隐私，他从前从事的工作，不是不可告人，总之不值得炫耀。庞小点的隐私也可能和他一样不愿提及啊。他想让自己平静，别乱想了，可总觉得自己是在鬼鬼祟祟地做着不正当的勾当，总觉得试图在偷窥人家的秘密。

不消一会儿，庞小点上楼来了。庞小点梳洗过后，显得清爽而干练，虽然依旧赤着脚丫子，依旧穿着睡衣，脸上难得地有了光泽，淡淡地搽了浅色的口红，可能还画了眼影，只不过口红和眼影都不易察觉罢了。

是不是很慢啊？她声音里带有抱歉的意思，仿佛慢的原因都是因为她，都是她的过错似的。可能是看到陈大块点头了吧，又说，都怪我，要是找到U盘，夜里会帮你拷好的。

陈大块听了她的话，瞟了眼桌子上的U盘。

在陈大块的目光指引下，庞小点也看到那个豇豆红色的U盘了，她紧张地惊喜道，U盘？找到啦？你在哪里找到的？

它就插在电脑上的——我也刚发现。

真是怪了，昨天晚上都要找死了，它居然就在……它真的是插在电脑上的？庞小点把U盘拿在手里，惊诧地看着陈大块，做了个插的动作，哈……太神奇了，太神奇了……活该你多跑一趟。庞小点把U盘攥在手心里，放在胸前，掩饰着内心的尴尬，轻松而愉快地转移话题道，昨天你也没有发现啊，操作了半天电脑，什么眼睛。你慢慢弄吧，我去做早餐啦，煎几个荷包蛋怎么样？还有牛奶、面包、黄油、果酱和干果，麦片也有，想吃可以泡一碗给你，虽然不怎么有味，营养价值高的啦！

陈大块很少吃这种西式的早餐。他早上最喜欢煮面条了，放点海鲜酱油的面条。但他也不拒绝面包果酱。陈大块用汤匙吃着牛奶泡干果时，感觉对面的庞小点一直盯着他看。陈大块便抬起眼睛和她对视，说，有事？

庞小点说，我觉得你很神秘。

哦？

你不觉得吗？从军马场分手后，两年了，我们一次都没见过面。对了，你好像约过我一次——对不起啊，不是好像，是确实约过，但我不知道在忙什么大事，爽约了。后来，只在微信上互相点个赞什么的，一共也没有几回……为了一个女孩子，你要下这么大的功夫去寻找，也是让我钦佩和纳闷的。当然当然，你说过了……我不信你那是真话。我只是觉得你神秘。你借陌生人两千块钱，赠送另一个陌生女人一个高档的相机镜头。你像是没有正当的职业——我猜的呀，却似乎并不缺钱。这些难道不神秘吗？你说是借助，突然又怀疑起人家行为不端，又暗中查人家，是不是？不过我会帮你的，我也觉得……这事蛮好玩的。

5

下午，陈大块和庞小点一起来到太古里。他们是来拍片子的。

今天不是周末，又不是下班时间，从太古里广场上穿行而过的帅哥靓女不是很多，街拍者也不多，只有两个摄影师。

看到太古里广场略略冷清的场面，庞小点安慰陈大块道，六点半以后，才有好风景。

陈大块知道她所说的好风景，不仅是指陆续而来的街拍者，还有那些下班后出来逛三里屯的青年人，他们会出入各个酒吧、歌厅或时尚的品牌店，会三三两两成群结队地穿过太古里广场，他们或步履轻快、神情怡然，或衣着华丽、昂首挺胸。特别是女孩们，衣着简洁而经济，是街拍者所喜欢的。

陈大块已经把相机架好了。庞小点在靠近工人体育场北路的道旁树下，也在准备器材。陈大块心里有事——本不想来街拍的，他想在庞小点家把照片拷贝完。但庞小点说要来，他也不好意思说不来。如果放在前两天，他肯定会毫不犹豫就来街拍的。现在的情形不一样了。现在的情形，是要把庞小点电脑里的照片全部拷贝完毕，再一张一张分辨。他觉得这个工作比来街拍更为迫切，也会更有可能发现新线索。他已经在庞小点家忙了整整一上午了，还吃了她家的早餐，又吃了午餐，还在她家的沙发上午睡了二十分钟。如此地打扰人家，要是不听她的建议，感觉对不住朋友似的。到了太古里广场，陈大块心境又变了，觉得还是值得一来的，好好拍几张片子也不错。

庞小点架好了相机，还跑过来看看陈大块的器材准备得怎么样了。陈大块早上是空着手到庞小点家的，他现在的相机，是从庞小点家拿来的。庞小点担心他会生疏。

现在的庞小点，和两年前军马场草原上的菜鸟庞小点已经不可同日而语了，相较于陈大块，情形完全反过来了，庞小点完全有资格指导陈大块了。庞小点说，现在还不是最佳拍摄时间，可以到树下躲躲阴凉。她不管陈大块同意不同意，就把他的相机，连同三脚架，一起搬到了她的相机边上。庞小点说，这样好，咱们可以说说话，我可以告诉你怎么拍——你笑什么？我不是有优越感啊，哈哈，你可别多想，我不是要在你面前卖弄，我不过就是比你多拍了几年街拍而已。我给你调整下角度，机头朝这个方向好，背景漂亮，你看，三里屯街上的绿树，还有绿树后边的酒吧，有层次的……你再笑我就不好意思啦……你去买两瓶水怎么样？不要饮料，我只喝纯净水。

他们坐在树荫里，喝着水，等着“最佳时机”的来临。

就在他们有一搭无一搭闲聊的时候，毫无预兆的，天空突然暗了下来，随即，翻滚的乌云从北方涌来，雨点瞬间砸向路面。陈大块和庞小点奔过去，拿了相机就往太古里广场北侧的各色时尚品牌店奔去。

他们躲在一家时装店的廊檐下，看到广场上的雨点溅起的水雾，看到还有一两个人从水雾里奔跑而过，又慌张又狼狈的样子，真让他们感慨，这天气怎么说变就变了呢？这突如其来的大雨，并没有打消庞小点拍照的兴致，反而让她倍感兴奋，她把相机对着狂雨肆虐的广场，对着打着漩涡、快速流动的雨水，对着不时穿过的行人和快餐小哥的送餐车，不停地按着快门。

本来以为，这雨来得急，走得也急。未承想，毫不客气地一直下到了天黑。街拍是拍不成了，拍出来的雨景，对陈大块来说，也没有什么意义。他们便要了一辆滴滴专车，回到了庞小点的家。

要不要冲个澡？庞小点一进屋就说，又跟了一句，没有男人的衣服给你换哦。

陈大块说，不用。你忙你的吧，我上楼干活啦，早干完早回家。

庞小点看着陈大块上楼之后，一头钻进卫生间冲洗去了。

庞小点吹干了头发，问陈大块，真不洗啊？

陈大块说，真不用。

还有多久拷完？

快了，还有最后一个文件夹。

好。庞小点说，雨好像停了，我跑累了，不想做饭，等会儿请你去外边吃。

要请也是我请你啊，总不能让你一天请吃三顿吧。

客气啥呢，你要敢来，我天天请。

等我找到线索了，天天请你吃。

听懂了，找不到线索就不请了，是不是？

不是不是，找不到也要请。陈大块说，跟你说话真难，处处都是套路。

我可不敢套路你啊，都是你自己说的，中国人说话可是要算数的。庞小点喜欢这样的说话节奏，充满机趣和欢喜，还让人轻松愉快，便继续道，说话不算话，裤子当小褂，到时候让你天天请我吃大餐……要不我煮面给你吃吧，现在就煮啊，煮好面，你差不多也拷完了，吃了饭走，省得半道上还要吃，骂我是个小气鬼——我猜你回家后肯定要熬个通宵把片子看完的，怕是没时间吃饭啊。

有可能哦。陈大块说，煮面吃可以啊，那就谢谢啦！

煮面是庞小点的拿手戏，切点葱花，抓一把虾米，放油锅炸炸，加水，开锅后下面，再放一把小青菜，打个蛋花，一大碗面就煮好了。正好，陈大块也从楼上下来了。陈大块轻松愉悦地把 U 盘在她面前举了举，看桌子上只有一大海碗的面，说，你不吃？

在家不吃晚饭，减肥。

这么瘦还减肥？

没觉得我比两年前胖多了？

没觉得——还不到两年吧，那时候是八月，现在才六月——也差不多两年了。我分点面给你吧，这一大碗也会撑死我的。

撑不死！庞小点随手从沙发上拿起相机，继续道，你好好吃面，我看看片子——随便抢拍几张雨景，说不定能有好玩的哦。

接下来的场面是这样的，陈大块吃面，庞小点翻看相机里的照片。可能有几张还比较满意吧，嘴角上牵起了笑意，瞥一眼陈大块，想和他分享喜悦，又怕耽误他吃面，只好再一次自我欣赏。终于等到陈大块把面吃完了，庞小点便把相机往他面前一送，说，看看这几张片子，太棒了！

挺不错的。陈大块看片子上即时的雨景，雨景中奔跑的人的神态和情态，说，你看这一幅，这个送外卖的小哥，后边应该是他的电车吧？他一条腿从电车上还没来得及拿下来，踉跄得都要趴到地上了，仿佛自己是一把伞，要挡住瓢泼大雨似的，这目光，急切、紧张、恐慌，还顽强，感觉少跑了一步，餐就送不到了，就要被罚款了，哎呀……

陈大块突然惊叫一声，愣住了。

怎么？庞小点把头别过来，看着相机，你认识他？

就是他！

……啊，那个骗子？找到啦？

找到啦！陈大块真是太兴奋了！

太好啦……亏我吧，哈哈，明天再去太古里，他一定还会出现在那儿的！庞小点也来情绪了，仿佛这几天不是陈大块在找人，而是她要千方百计找到那对年轻的情侣似的。

第二天的太古里广场上，陈大块和庞小点早早就到了。这次他们没有带相机来——他们是来太古里守候、寻找那个雨中的送餐小哥的。庞小点已经不知不觉被陈大块带进他的节奏里了，表现比陈大块还起劲，天没亮就打电话给陈大块，约好九点到太古里。庞小点更是早到了半个小时。

说起来真是顺利，那个送餐小哥，在十一点半的时候，果然出现在广场上了。当陈大块和庞小点迎上去时，他并没有认出陈大块来，还取出几袋盒饭，绕开陈大块和庞小点，带着小跑走了。看来送餐小哥太忙了，哪有时间多看一眼闲人啊。

送餐小哥回来时，陈大块一手逮住了他，认识我吧？

小哥先是迟疑，后是惊呆，再后是惊讶，赶忙说，认得认得……

送餐小哥脸色大变，露出愧疚之色，对不起啊大哥，还欠您两千块钱……真要谢谢大哥啊……我这就还钱，微信转给您。

别急，陈大块说，聊几分钟可以吗？知道你很忙，就几分钟，你女朋友……应该是女朋友吧？她怎么样啦？

男孩脸色立刻阴郁了，眼泪随即汪在眼里，我哪知道啊，我也在找她啊！

你在找她？庞小点露出不屑的微笑，觉得他的话，是骗子的一贯伎俩。

是啊，找她好久了，急死我了……

怎么回事？慢慢讲。陈大块说，还碰了一下庞小点胳膊，让她别多问。

那次我们看完病……我带桃桃回家休息——她叫胡桃桃，要休息半年……大哥，我还有几份餐要送，送完再和您说可以吗？您电话告诉我，我打您。

陈大块说了一串数字，又说，也是我的微信号。

小哥拨了号，说，大哥我不接单了，半个小时后我就来。男孩骑上电动车，迅速离开了。

在太古里的阳光里，陈大块和庞小点互相望着，几乎同时说，怎么样？

你先说。陈大块说。

是骗子吧？庞小点说，你相信他还会来？连我都看出骗子的把戏了，还胡逃逃，哈哈，可不是？逃了。

不是这样吧，陈大块说，恰恰相反，他肯定会回来的，而且，如我所料，他们遇到大困难了——你没看到他的眼神？我相信他的话，他把女友弄丢了。

哦，你怎么知道？是不是丢过女友？

这个社会，谁还不丢几个女友？陈大块看着庞小点。

你看我干什么？我又不是你丢的女友——你要帮他找回来？

等会儿听听他怎么说。

不到半个小时，男孩果然回来了。

男孩讲了他遇到的奇异的经历。那次他和女朋友一起去医院看病，女朋友在门诊做了一个手术，手术虽然不大，需要在家静养半年。为了付房租和女友的开销，他打了两份工，白天在公司做保安，晚上送外卖。半年后，女友的病虽然好了，一时又找不到工作了，成天唉声叹气，还发脾气。他也因为做保安时老打瞌睡被辞退了，专送外卖了，收入也不高，生活一直很艰难。女友也急啊，跟他说，有一个朋友有赚钱的门道，她要去看看。他拦不住，就让她走了，可这一走，就没了踪影……手机也联系不上。

男孩讲着讲着，眼里汪满了泪。

陈大块说，一点线索都没有吗？

没有……我怀疑他是嫌我穷，离开我了。大哥，您是好人，加您微信了，您通过一下，我把钱转您。

陈大块通过了微信，说，钱先不急，我帮你找找看……你女友叫胡桃桃？等我找到胡桃桃再还钱吧。桃桃说她的那个朋友，你知道男的女的？姓什么叫什么？

不知道，我当时没问。

住在哪里？

好像是……燕郊，我也不知道在燕郊哪里。

想想，还有什么线索。

男孩摇头，不停地抹泪。

桃桃是哪里人？多大啦？

贵州铜仁下溪乡人，属猪，25 岁。

陈大块又把手机里的相片调出来给他看，就是庞小点拍的、发在朋友圈的那张。陈大块把照片放大，问他，是桃桃吗？

是她！大哥，照片是哪来的？我能见到她吗？

陈大块告诉他照片的来历，让他别急，会找到桃桃的。又问了他的姓名、籍贯和住址，让他等电话，就打了个车，和庞小点走了。

他们直奔燕郊去了。

这会儿，庞小点相信男孩不是骗子了，也相信陈大块真的能找到那个桃桃了。但是，陈大块雷厉风行地拉她去燕郊，还是让她吃惊，就凭这点线索，能找到那个桃桃？陈大块是什么来头？有什么魔力？会有这么大的本事？她曾说陈大块是个谜，多少带有调侃的意思，现在，这个谜就真实地在她身边了。她看看身边的陈大块。陈大块正在手机上划拉着，反复划拉着，可能是在找微信号或手机号，看出来有点急，车内的空调她都感觉到冷了，陈大块额头上却沁出了汗珠。庞小点提醒他，可以搜索的。陈大块说，是外号，忘了叫什么了。直到车子过了通州，陈大块才找到了号码。陈大块急速地按了一连串的数字。电话通了，陈大快说，喂……对对，是我，我是大块，你好啊大葵花……那是，没事找你干啥？是这样的呀大葵花兄，我有个亲戚，目前在燕郊，很可能落入你们那一行了……我知道你洗手不干了，但是我也知道你还和他们有联系……我呀？我不是在和你联系嘛……这才像兄弟啊，哈哈，你记一下啊，胡桃桃，女的，贵州铜仁下溪乡人，属猪，25岁……不敢肯定，但我有预感，可能是被她老乡拉进去的，有人在三里屯一带看到过她。她能偶尔出来，说明是熟人引的路，老乡的可能性最大……当然当然，越快越好，我人在通燕高速上呢，十来分钟就到了……喝酒先不急啊，你给我把人带出来了，我请你吃大餐……好，好，有兄弟这话，我就满意了。等你好消息啊！我把车停在燕郊火车站广场上。

陈大块、庞小点和滴滴车，在燕郊火车站广场上等了约一个小时。其间，陈大块接了两个电话，庞小点听出来，都是那个叫大葵花的打来的。陈大块虽然没说什么，只是哼哼哈哈应几声，但是，庞小点也听明白了，胡桃桃找到了。庞小点非常惊喜，觉得也做了件有意义的事，并且从内心里更加钦佩陈大块了。她悄悄地审视着陈大块，觉得这个人不但神秘，还很仗义，再细细一想，也是个简单的人，性情中人，有趣的人，人畜无害的人。庞小点正想往深处想，看到广场上急速驶来一辆红色的奥迪Q7，鸣了声喇叭后，徐徐停到了滴滴车的边上。

陈大块下了车。

陈大块打开奥迪Q7副驾驶一侧的车门，迎出来一个女孩。

庞小点也看过胡桃桃的照片，一眼就确定是她了。虽然，她面容憔悴，但还是能一眼认出来的。

胡桃桃也认出了陈大块。

胡桃桃嘴角咧咧，没有哭出来。

陈大块跟她说了几句什么，她才哭了。她一把揪住陈大块的胳膊，上了滴滴专车。

在滴滴车上，胡桃桃不说话，只是不停地哭泣。陈大块也没有安慰她。庞小点更是不知道怎么安慰，也不知道她这一年多都经历了什么，只能紧紧地握住她的手，给她传递一种能量。

滴滴车今天赚了笔大生意，驾驶员也哼起了小曲，行车更是格外的顺利，一路上没有堵车，过了东六环，过了通州，过了东五环，过了东四环，开上了东三环，从长虹桥拐上北京体育场北路，稳稳地停在了太古里广场边。

送餐男孩早就接到陈大块的微信通知，已经在广场上等候了。

记得我跟你说的话吧？陈大块跟胡桃桃说。

胡桃桃含泪地点点头。

陈大块和庞小点都没有下车，他们看到，太古里广场上，两个年轻人奔跑到一起，互相紧紧地拥抱了。

你跟她说了什么？真的还要那两千块钱？庞小点奇怪地看着陈大块。

不是。陈大块口气坚定地说，我让她报警。

6

本来没有这次军马场草原之行的。

昨天他们从太古里离开以后，才感到肚子饿了，才想起来中午没吃饭，才让滴滴车停下来，找了家路边的小馆子，叫了三个菜，还要了一瓶红酒，既是填饱肚子，又算是庆祝。

庆祝什么呢？庞小点诡谲地问。

陈大块倒是不含糊，庆祝我重操旧业，也庆祝我们再度相逢。

听着怎么像庆祝二婚一样？

不，是复婚。

两个人都要笑喷了。

举杯碰了下之后，陈大块认真地说，摄影这个活，还真是要常练练的，拳不离手，曲不离口，用在摄影上，也合适。看了你那么多的照片，很震撼，也很有感觉。我想去一趟军马场草原，就明天，七月就是旅游旺季了，学生很多，旅游团队也多，趁六月人少，可以撒野地拍。知道吧，我查过了，今春雨水多，草特别好。你愿意一起去吗？

这算是邀请吗？

当然。

当然。庞小点不假思索地说。

一场说走就走的旅行，就这样开始了。

军马场的街道，还和两年前一样，一条干净的柏油路横穿而过，路两侧是平房或两三层的小楼，稀稀落落的，能从各条巷子里，望见小镇外的草原，望见草原上零星的或成片的白桦树。草原是绿的，很绿，油晃晃的绿。白桦树也甩开了枝叶，像英俊潇洒的少年。小街上几乎家家开店，有几家门口还摆着烤炉，在烘烤牛肉干。有人骑着高头大马，从街上悠闲地通过，嘚嘚作响的马蹄声，给小街增添了些许的威武和雄壮，也莫名地让陈大块心里充满了底气。

陈大块和庞小点走在小街上。

庞小点嗅嗅鼻子，说，我怎么就喜欢闻这种味呢，有点香，也有点膻，还苦甜苦甜的。

陈大块说，香和膻我能闻出来，苦甜苦甜是什么味？我怎么闻不到？

那是你嗅觉不灵敏。庞小点说，就是牛肉干味，你想闻出来就闻出来了，你不想闻出来，什么味都闻不出来——我怎么觉得我的话很有哲理？别不小心成个哲学家吧？问你呀，上次我突然离开军马场，你怎么也不问问为什么？

庞小点的话又回到两年前了。那天晚上，也不过是他们认识的第二个晚上，已经是第二次吃牛肉面了，还聊了一些摄影上的问题，主要是庞小点问，陈大块答。当然，也有陈大块主动陈述的时候，比如，对于智能手机的出现，他对时下的摄影界就表现了足够的担忧，表示他想放弃自己少年以来就追求的摄影梦，准备干点更实在的事，做一名策展人，进军书画市场。庞小点对这个话题没有兴致，三兜两转，又回到摄影的话题上了。庞小点关于摄影的疑问有一骡车，现在想来，也不是什么高深的问题，都是些常识性的小知识。那时候的庞小点，确实还是个新手。她来军马场，来草原，也确实是想逃避什么的。简单说，她和同居男友之间产生了严重的裂痕了。她出来，寻找新的爱好，一是想让自己冷静冷静，也让男友冷静冷静，看看有没有修复裂痕的可能。没想到的是，男友冷静得比她快，在她和陈大块一起吃了牛肉面、回到诗想人的房间后，男友微信她，提出了分手。这样直接也好，断了她的念想。她一夜未眠，第二天凌晨，就早早离开了军马场，搭乘开往北京的大巴车，回京处理和男友之间的财产分割了。她在奔驰的大巴车上，想和陈大块告个别，具体为什么突然回京，可以不说，但打个招呼应该是起码的礼貌吧。但是，她把微信写了一半时，就没有兴致了，自己心情不好，哪有心情去照顾一个刚认识的人的感受呢？再说了，人家也许并不需要她这种礼貌呢。如果他发现她的不在，在乎了，问了，再说明一下也不迟的。她就把写了一半的微信删了。事实是，陈大块也没有问。陈大块没有问，说明他并不在乎她，也就懒得再提这事了。两年以后，当她知道陈大块那么热衷地帮一对素不相识的陌生情侣后，一种被冷落的感觉再次涌上心头，好奇心也让她想更深入地了解陈大块了。

啊？你怎么不问问？庞小点从她的思绪里走出来，故意难为他，说，一个大活人，突然从你身边消失了，就算不关心，也会好奇吧，何况你还送了人家一个贵重的镜头啊。

我知道你有事。陈大块说，一个好看的小女人，冒冒失失地跑到草原，对摄影一窍不通又抱着个相机，肯定有什么事吧？我哪里好意思问？问了也不一定得到答案，即便是有答案也不是我想要的答案，那不是自讨没趣吗？

庞小点对他的回答一点也不满意，可又找不出反驳的理由，便说，你就一点也不……不好奇？庞小点把“关心”两个字临时换成了“好奇”。

没想那么多。陈大块是说真话，他确实没想那么多，那时候，他刚刚经历一场情感上的变故，他隐瞒了半年的秘密，被漂亮的女朋友发觉了。女朋友知道他赚钱的模式是一种不正当的手段后，毅然决然地离他而去。他想挽回，可并没有勇气再面对女朋友了。他们是在一个摄影展上认识的。她不是摄影爱好者，但她是画家，在798搞过多次画展。她也一直以为他是一个有成就的摄影家，没想到摄影只是他的副业，是业余爱好，他的主业，居然充满了欺诈和诱骗，他甚至还试图把她的闺蜜发展成自己的下线，弄得她在闺蜜面前很没面子。这次失恋，对陈大块打击很大，让他知道，并不是有钱就能赢得一切，也不是有钱就能摆平一切。在痛定思痛之后，他坚决退出了那个圈子，也让自己生了一场大病，休整了几个月。在医院里资助那对小情侣后，还一直没有从伤感和失落的情绪中走出来，这才有了那次草原之行。而他决定做一个策展人，最初的动机，居然也是想给女友留下他痛改前非的印象。可惜女友从此和他再无联系，有一次，他尝试着给女友发一条微信，发现他已被对方删除了。陈大块心里有些五味杂陈，但也只能把她给删除了。

你后来……就是我走后，又去上清泉啦？我看你在微信朋友圈里说过，厌恶摆拍的。庞小点又问。

没有。说出来你不信，我那时候心情也乱的，对什么都反感。

和你认识后，看你那些片子，就不想再去拍那些烂片子了，就下决心改行了。陈大块没有说出当时的真实想法。

为什么？

哪有那么容易成功的事？陈大块要赶快转移话题，我是回京后，才看到诗想人群里的评奖信息的，才知道你那张片子获奖了。

我那算是什么奖？一家小旅店自己搞的，虽然冠上全国的头衔……算了，你别奚落我了……这么久了，庞小点怨艾地说，这么久才联系我，而且还是因为一张照片里的人……

咱们微信不是一直互相点赞吗？

那算什么联系。庞小点感觉这次草原之行，也不会有什么好收获了，没有收获也算是收获吧，便把话说个透，我知道你从前是干什么的了，你是传销组织的大佬，后来金盆洗手了，对不对？你不用回答，是我不好，我不该乱问，我应该看破而不说破……要不，你怎么会判断出桃桃落入了传销组织？嗨，我就是嘴碎，不提这个了。再问你一个事啊，好好的策展人，怎么又改行啦？而且是改回头了，好马不吃回头草的，看来你也不是什么好马。

没有改行，我要继续做策展人，而且，经营范围要扩大，不仅做书画方面的策展，还要搞摄影展，还要搞其他艺术品展示。再说了，摄影也一直没有丢下的，不算是改回头或重操旧业？

此话当真？

当真。还有一个事，我也想做。

啥事？

帮你搞一次影展——我昨天晚上翻翻你的片子，发现你的片子好丰富啊，搞好几个主题展都没问题。第一个主题就是人，展名我都给你想好了，行走者的状态——你那些街拍的镜头太出彩了，会引起轰动的。

哈，那我会不会很快出名啊？要出名了怎么办？这事你先别声张，让我考虑考虑哈。

他们一路说笑着，住进了诗想人民宿酒店。稍事休息，天色还早，订了晚餐，便出去拍片子了。

仿佛是约好似的，他们不约而同地沿着小街西行，很快穿过小镇，走进了草原，再走一程，便是那片面积不大的白桦林了。草原上的天空和北京的天空是不一样的，天特别的高，特别的蓝，那徜徉的白云也特别的白。傍晚的草原，温度适宜，还有凉风轻轻地吹拂。草原上的草确实比往年要茂盛、厚密，各色小花开放在无边无际的绿里，疏密有致，点缀得恰到好处。白桦林也似乎比两年前扩大了一些，粗壮了一些，有许多鸟儿在林子里飞上飞下。搞摄影的人都知道，黄昏来临前，是摄影的最佳时间。林子里已经有三四个摄影者了。这是一拨儿专门拍鸟的人，他们架好相机，坐在小马扎上，一动不动，静候着鸟儿们进入他们的取景框。这通常都是老手。如果是新手，会端着相机追着鸟到处乱跑。老手就不一样了，不在乎拍多少，在乎精，自然飞进镜头里的鸟，神态是不一样的，气质也是不一样的。

受他们的感染，陈大块和庞小点也寻一处地方，趴着不动了。由于只是把这时候的拍照当成正餐前的小点，所以他们都没有带三脚架，只好手托相机，对着某一个固定的点。这样的效果并不好，一来是很快就累了，胳膊和手腕酸痛；二来会不由自主地跟着鸟的跳跃轨迹而移动。所以，他们只是开头认真一点，接着便随意地乱拍一气了。而庞小点更是夸张，在草地上趴着，或仰躺着，滚来滚去的，让陈大块有点担心，庞小点没有吸取上次被马蜂蜇的教训，虽然没有穿牛仔短裤，却也穿了条长裙。女孩身上有香水味，会招蜂引蝶的，就不怕马蜂钻进裙子底下？陈大块想。

你拍片也不专心。庞小点说。

我怕你再被蜂子蜇啊。陈大块说。

你想多了，看，本小姐早有预防。庞小点得意地拉拉裙子，露出裙底的秋裤。

陈大块乐了，说，低估你了。

陈大块还没有说完，脸上的笑突然凝固了，随即惨叫一声，扔了相机，跳起来，在自己的大腿上，又是拍打又是抖动，他呀呀着说，有东西咬我……啊啊啊啊……

庞小点没有替他着急，反而乐了，一边乐一边举着相机拍。

陈大块也顾不得什么了，跳着背过身去，把裤子脱了——在他左腿膝盖的上方，明显鼓起了一个红点，有豆粒大。

耍流氓啊，哈哈哈！庞小点丢下相机，从随身的小包里掏出一瓶清凉油，说，我有药。

陈大块接过清凉油，也哈哈笑了——两年前，那盒清凉油她又带来了，上面是他亲笔写在口取纸上的“清凉油”三个字。

这叫物归原主。庞小点说。

他们的笑声，惊飞了林子里的鸟。那些鸟扑喇喇地飞起来，飞到林子的上空，在黄昏的暗紫色里，在蓝天的映衬下，格外的好看。那几个拍鸟者，终于按捺不住，抓起相机，追踪着飞鸟一阵狂拍。而陈大块并没有拍，他也没有在受伤处搽抹清凉油，而是狠狠地扑向了庞小点。毫无防备的庞小点，比一棵小草还柔弱地被他压倒在草地上了。惊魂未定的庞小点憋着嗓音说，别……那边有人……

躺在草地上的庞小点，感到陈大块的鼻子已经碰到她的鼻子了，还感觉到陈大块嘴里呼出的热气整个儿笼罩了她，让她窒息。庞小点果然窒息地闭上了眼睛……

许久之后，当他们平静地躺在白桦树下的草地上，眼看着天幕上被白桦树的枝叶打散的星星时，庞小点突然哧哧地笑了起来，那是甜美的、幸福的、从身体里发出的笑，有点淫荡，也有点享受。陈大块听到她的笑了，但更感觉腿上被虫子咬一口的地方，有一种麻辣辣的刺痛。刺痛好像唤醒了陈大块隐藏很深的思维，他握了握庞小点的手，隐隐地感觉到，从发现庞小点街拍的照片后，接下来一系列的行为，直到刚刚发生的让草原和夜晚都颤动的激情，似乎都是他处心积虑的精心设计，虽然自己浑然不觉，但他的身体语言不会撒谎，最终还是在梦开始的地方，完成了梦想中的仪式。

陈大块也发出了和庞小点一样的笑，虽然附和得有些晚，但还在同一个节拍上。

7

两个月以后，在三里屯一家叫旅行人的咖啡店里，举行了一场摄影展。

在茶社或咖啡店里举行规模不大的带有先锋或现代意识的画展或摄影展，是近年来流行的一种策展方式。此时在旅行人咖啡店举行的这次摄影展，只有四十幅作品，作品清一色都是夸张的人像，画面主人全是在自然状态下被抓拍的，没有经过导演的人为摆拍，使作品更生动也更有趣味。

在展览第三天的下午两点多钟时，陈大块的手机发出了震动声。还在睡梦中的陈大块被手机震动闹醒了，他伸手摸手机，却摸到了庞小点的胳膊。庞小点把他的手推开，翻了个身，又睡了。陈大块继续摸手机，终于摸到了。陈大块看是旅行人咖啡店的老板，小声问，什么事？

老板兴奋地说，作品又被订出去三幅了，你要价是不是太便宜啦大哥？三天被订了一半。这三幅更是搞笑，知道是谁订的吗？说了你也不信，一个送餐小哥，你光屁股在白桦林里痛苦地跳啊跳啊那幅，还有太古里广场上的雨景，还有一幅什么，我忘了，好像也是太古里广场上的街拍，对了，叫《太古里的阳光》。剩下的，我要不要涨价？

不涨价，一千块钱一幅，不少了。陈大块小声而坚定地说。

妈的，老子佣金少拿了啊？

陈大块冲着手机笑一声，挂断了，心里不屑地说，财迷！

陈大块没有立即起床，也没有叫醒庞小点，而是悄悄地打开手机相册，翻看他昨天在太古里广场街拍时拍到的一张照片，照片上是一个急行的女孩，背着一个画夹，下巴微微地扬起，傲慢地瞥了一眼镜头。陈大块感觉她当时没有认出他。陈大块心里既失望又庆幸。他看了看身边熟睡的庞小点，把那张照片删了。

2020 年 3 月 9 日初稿于东胜神洲傲来国花果山下秀逸苏杭

2020 年 3 月 22 日改于北京像素荷边小筑

蓝围巾

1

车子发生了剧烈的颠簸。

其实不是车子发生了颠簸，是吴小丽的心情发生了剧烈的颠簸。吴小丽坐在副驾驶的位置上，沉默着。她已经沉默好久了。好久是多久？好久也没有多久，不过是在朝阳北路和草房西路交叉口的地方，到这里只有两个红绿灯的距离。两个红绿灯就让她感到好久，那确实就是好久了。随着车子一起颠簸的，是在她眼前花花绿绿凌乱飞舞的碎片，吴小丽知道，那是她气炸了的肺，那些肺片在她心窝里撞击着，缤纷着，狂舞着，就要从她的脑壳中冲出来了。但，她还是听到一个声音在说，冷静，冷静，冷静，冷静，身体是自己的，不能因为别人而气坏了自己的身体，不管他是谁，哪怕他是高天，你最亲近的男人，也不能生气。吴小丽便不生气了。说不生气就不生气，这也是吴小丽的本事。吴小丽感觉到车子又平稳了。

车子刚过盐河大桥，高天又开骂了。高天骂人从来没有这么狠，这么毒，这次却是句句伤人，句句暗含着隐喻。其实不过是因为屁大点的事。屁大的事是多大的事呢？就是吴小丽少说了一句话，或迟说了一句话——吴小丽要搭高天的车回家。她今天累坏了，她手下的一个老师下午请假，她帮她顶了两节课，晚上又连着自己的两节课。她累得有点撑不住了，疲劳得死的想法都有了，便让高天来接她。高天是她丈夫，自己搞一家装潢材料店，进货送货，也是蛮辛苦的。她本来不想打扰他，带有点随意和撒娇的口气在微信里一问。高天就说正好要回家，接你。高天来接她时，刚好过了八点。她上了高天的面包车后，紧张一天的心情便松弛了下来，人却更加的疲惫了，几乎是瘫在了副驾驶的位置上。此时路上的车辆不多，行人更是寥寥无几，车况破旧的面包车发出哈哈啦啦的声响。车过常营公园时，她突然想起一件事，急促地说，呀，错了错了……我要去阳光美苑……掉头掉头，去阳光美苑！

阳光美苑是一个小区，下午请假的小葛老师就住在阳光美苑，吴小丽要把下午学生写作的作文带给小葛老师批改，讲好就放在门卫室的。

高天听了她的话，声音、腔调立即变了，你怎么不早说？真是的，魂掉啦！吴小丽听高天的话难听，带着一肚子的火气和愤怒，便不再吭声。吴小丽想，确实怪自己，从阳光美苑经过，也是顺路的，和从常营公园经过的路程一样，到家的距离也一样（走在正方形的不同的边上）。高天冷着脸，气未消地减速、掉头后，依旧不依不饶地说，屁眼大心掉了，提前说一声不能啊？害什么病？吴小丽息事宁人地说，不过就耽误几分钟而已。高天愤怒地嚷道，几分钟？说话轻巧，也不怕闪了腰，几分钟？十分钟也有啊，半道上掉头危不危险？啊？平白无故的，为什么要耽误几分钟？你的时间是时间，别人的时间就不是时间啊？吴小丽懵了，不知道高天为什么发这么大的火，脱口而出道，你喊什么喊？高天说，什么喊？谁喊啦？明明是你错了，还怪我喊，多少次了，都是这样，丢三落四的，天天不知想什么鬼事！吴小丽的怒火就腾腾地往上冒了，车子就开始颠簸了，剧烈的颠簸了。吴小丽委屈啊，就算是自己错了，这又算多大个错啊，不至于遭来这样的训斥和怒骂啊。吴小丽忍着，不跟他发火。她知道，两股火烧到一起，就很难扑灭了。她现在要弄明白的是，高天为什么发这么大的火，肯定不是因为她迟说了半句话，肯定还有别的原因。别的原因是什么原因呢？吴小丽的脑子里迅速地检点着这些天来自己的言行和举止，她想不起来自己说过什么过头的话，也想不起来做过什么出格的事，前天夜里，她还主动向他示爱呢。他也迎合了她，虽然他有点草草了事，有点应付差事，至少还没发现他有什么异常啊！仅仅隔了昨天一天，情形怎么会发生如此大的变化？

吴小丽感觉到车子不颠簸的时候，阳光美苑就到了。吴小丽把包里的一叠作文本掏出来，开门下车。对于这位请假的小葛老师，吴小丽还是挺喜欢的，本来她教的这个小作家班，是个低幼班，有二十多个孩子，以二年级学生为主，也有个别一年级的学生，不太好教。但半学期教下来，生员不但没有减，还增加了六人，说明她的教学成果得到了家长们的认可，也说明她诗人的特殊身份也是有助于教学的，她的能力得到家长们的口口相传并吸引众多的家长带着孩子来报名。所以，她本想去小葛老师家看看，问候一下——小葛老师下午请假时，口气很急，也有点紧张，吴小丽担心她家有什么特殊的事。现在看来，吴小丽自己都自顾不暇了，只能按照小葛老师的吩咐，把作业本放到门卫室了。

吴小丽返身向面包车走来时，她都不想上车了，不想再看高天那张脸了。但吴小丽只是在心里犹豫了一下，还是径直走向了面包车。

重新拉开车门，上了面包车，本以为高天怒气也会消了些，甚至不再那么生气了。如果他真不生气了，她倒是要好好问问他，心平气和地问问他，为什么发这么大的火。但她只在上车时逮了他一眼，发现他依然脸色铁青，嘴唇灰紫。车子启动时，吴小丽感觉到他火气似乎更盛了，车子不仅猛烈地抖一下，还疯了似的向前狂奔而去。这是以前没有过的。车子很快就飞驰到非中心了，在等最后一个红绿灯时，他又开腔了，以后别让我接你了，我服侍不来！吴小丽心里有一万匹“草你马”在奔腾，不接拉倒！谁让你服侍啦！但她还是把狠话忍住了。高天在开车，开车的人不能惹，就让他发泄吧。

2

吴小丽轻手轻脚地回到家里，两岁多的女儿已经睡了，婆婆从女儿的房间出来，问，高天呢？吴小丽说在地下车库停车了。吴小丽尽力让自己的表情保持自然的状态。但婆婆还是看出了吴小丽脸色的不正常。婆婆顿了顿，说，停车还不是便便的，磨蹭什么呢？吴小丽不搭婆婆的话，不想让婆婆知道他们吵架了，便去看了眼熟睡的女儿，在女儿的脸上亲一下，回自己房间了。吴小丽的意思是，婆婆要是问起来，就让高天说吧，看他怎么编出吵架的理由来。她刚才在车库下车时，看到他还在气头上，便自顾走了，不准备责问他了，直接去电梯间回家了。高天喜欢在车库抽烟。这会儿说不定正在抽烟，也说不定在反省自己呢，脚前脚后就应该上来了。跟老人住一起就这点不好，连吵架都不能吵个痛快。可五分钟过去了，客厅里还没有动静。吴小丽不想让婆婆操心，也不想让婆婆担心，便给高天打电话。电话都打通了，对方不接。吴小丽一连打了三次，都不接。吴小丽的火气又腾腾往上冒了，这要闹哪一出呢？被他骂了一路，反而是他受了委屈似的，究竟谁是受害者啊？

吴小丽走出房间，穿过客厅时，看到婆婆呆呆地坐在沙发上，连电视都不开。吴小丽知道敏感的婆婆已经觉察到他们闹矛盾了，便故意自言自语地说，又躲到车库抽烟了，我去找找啊。

非常奇怪的是，车库里没有高天，车子里也没有高天。吴小丽在高天经常抽烟的地方没有看到高天，甚至地上连烟屁股都没有。吴小丽从车窗望进去，还推了推破皮烂肉的面包车，车身颤抖几下，发出几声类似于放屁的喘息声。高天！吴小丽喊了一声，没有人应。人呢？吴小丽又喊，高天！车库响起微弱的回声，仿佛是他故意躲在某个角落里，悄悄地回应。吴小丽在车库里走了一圈，四下里张望几眼，连高天的影子都没有。真是怪了，能躲到哪里去呢？吴小丽不放心，再次来到面包车前，车底下、车顶上都望了望。明知道这些地方不会有高天，她也要望望，仿佛高天已经变成了一粒尘埃，会落在车子的任何一个地方。

气愤中夹杂着失落的吴小丽，生了一阵闷气后，再次在车库里巡视一圈，依然不见高天的影子。莫非还在面包车里？吴小丽第二次透过车窗玻璃向车子里望去时，这回她看得仔细了一点，从后车座一点点地看过来，她看到座位底下有一个陈旧的小塑料桶，还有一两本杂志和一根绿色的包扎线，后排座上有一本书，是作家牛三洋的小说集《爱与希望的小屋》。牛三洋也曾送过她这本书，是签名本。驾驶座上搭着一条白毛巾，白毛巾的中间一带在高天后脑勺的长期磨蹭下呈现一种肮脏的褐黄色。靠方向盘一侧车门上的工具箱里，露出一朵艳丽的蓝色的花。吴小丽的眼睛在这朵花上停留时间略长一点，那不是花，是什么？仔细一看，吴小丽看清了，是围巾，是一条围巾的一角。围巾怎么会在这里？吴小丽想了想，这不是她丢失的围巾吗？她丢失的围巾怎么会在高天的车子里呢？于是记忆的潮水开始泛滥，许多纷乱的琐屑往事瞬间便蜂拥而至，吴小丽的心里突然惊悚般地抽搐一下，高天暴脾气的根由一下子找到了。没错，就是因为这条围巾。这条围巾是她忘在了作家牛三洋家的。大概两周之前吧，牛三洋说准备搬家了，书房里有许多旧杂志，适合少儿阅读，可以搬到她的学校里，充实阳光教育的图书阅览室。这真是天上掉下来的馅饼啊！吴小丽开办的“阳光教育”是一家小学生作文的培训机构，腾出一个角落作为图书馆，正需要大量图书呢，有人主动捐赠，真是求之不得啊。吴小丽就带着小葛老师一起来到了牛三洋家。小葛老师似乎非常崇拜牛三洋，初见牛三洋的时候，就喜悦地说她听过牛老师讲课。牛三洋被小葛老师的美艳惊呆了，对这个崇拜者又是拉手又是寒暄，就像久别重逢的亲人一样。此后的小葛老师，在和吴小丽一起挑杂志的时候，就一直处在亢奋的状态中，牛三洋也不时地提出自己的意见，一些看起来不适合少儿阅读的杂志，经他建议，也被挑中了，小葛老师拿不准的杂志，也虚心地请教牛三洋。经过一个上午的挑选，他们把适合小学生阅读的杂志，装了十几个箱子，几个袋子，又捆了三大捆，搬到了楼下，打的运回来了。就是在这个过程中，吴小丽把围巾遗忘在了牛三洋家的，遗忘在哪里呢？沙发上还是书房里？其实，吴小丽是在搬书后没几天就发现丢了围巾的，可怎么也想不起来丢在哪里了。一条围巾，带有装饰性的绉纱长围巾，实用功能不大，冬天用它来御寒显然不够，只有在早春或深秋季节里，可以随意地圈在脖子里，显得轻松而休闲，并尽显女性的柔美。丢了就丢了，她也并未上心。可万万没有想到，围巾会出现在高天的车子里。吴小丽这下完全明白了，几天前，牛三洋知道她老公是搞装修材料的，有一辆运货的小面包车，便请她帮忙，连人带车一起用，帮他把书运到新家。高天一定是在帮牛三洋搬书的时候，发现了这条围巾的。高天并不知道她和小葛老师曾到牛三洋家挑书这回事，看到疑似老婆的围巾在别人家出现，他一定是想多了，想歪了，受不了了。他悄悄把蓝围巾带到自己的车子里，是作为他们不轨行为的证据的。但为什么忍了三天而没有发作呢？不需要细想，吴小丽就知道高天发怒的触发点了，牛三洋的新家也在阳光美苑。当吴小丽让高天把车子掉头，到阳光美苑给小葛老师送作文本时，他敏感而自卑的心理承受能力就到了极限了，爆发也就理所当然了。高天之所以没有直接把围巾的事亮出来，是他多少还有点理性，意思是让她自己反省，也是给她留点面子。

没错，情况就是这样——高天对这事太在意了，太上心了。

吴小丽有些为难了，找到高天要不要解释？怎么解释？实话实说会不会越描越黑？其实如果高天把事情亮明了，直接追究围巾的事，她反而好解释，拉来证人小葛老师就行了。可高天也会说小葛老师是她聘用的老师，谁知道是不是串通一气啊！再说，围巾落在沙发上也并不一定是发生在搬书那天啊！这个高天只顾发脾气了，并没有提围巾的事，让吴小丽也不好主动挑明。但是，是死是活人得露头啊？以为缩头就能当乌龟啊？

吴小丽的心情完全变了。十几分钟之前，她还对高天莫名其妙的火气深感愤怒呢，现在的情形却发生了大转折，她替自己担心了，同时也同情高天了——高天能憋到现在，直到她要他返回去阳光美苑时才爆发，可见他这几天一直在忍受着折磨，心情该是多么的郁闷啊！吴小丽再次放眼整个车库。车库里除了一排排停放整齐的车辆，并无其他人。但不远处有一辆红色的宝马似乎有点异常，车身在有节奏地颠簸。莫非高天会在那辆车子里？别逗了，这是有情趣的情侣在玩车震了。但不知为什么，吴小丽突然紧张起来，觉得自己不该看破别人的隐私。这时候，婆婆的电话打来了，说高天到家了。吴小丽在往电梯间走去的时候，又看一眼那辆宝马。宝马颠簸得更欢快了。

吴小丽回到家里，看到高天正在客厅看电视。吴小丽没有停留，保持固有的神态，一头扎进卧室了。

3

吴小丽和小葛老师在微信上交流。吴小丽说，作文本拿到啦？小葛老师说拿到了，正在批呢。吴小丽说，辛苦你了。又说，家里的事忙完啦？小葛老师说，唉，哪里忙得完啊！吴小丽说，就是，家里的事就是琐碎、啰唆。小葛老师没有接话。吴小丽本想问问她家里有什么事的，小葛老师不往下接，她也不好再问了。吴小丽听说过，小葛老师的婚姻早就亮起了红灯，她丈夫原是一所小学的校长，因为和一位漂亮的女教师暧昧了好几年，夫妻关系一直紧张，传说正在协商离婚呢。但这种事情，当事人不说，别人不好问。吴小丽就说，别太熬夜了，早点睡。小葛老师回了个点头加微笑的图案。吴小丽想了想，觉得她该问的话还得问，便假装突然想起了什么，说，对了，还记得我们两人在常营天街买的蓝围巾吗？上面带有更蓝的小图案的那种，我们两人每人一条。小葛老师说怎么不记得？你还说你就喜欢到天街买东西呢，喜欢吃天街的各种小吃呢。吴小丽确实说过，她还记得小葛老师开了句玩笑，说怪不得吴老师喜欢来这儿嘛，天街，高天的天，原来是你老公的街。吴小丽倒是没有注意到这个巧合，经小葛老师提醒，觉得还真有点天意（又是天）。吴小丽说，真是出鬼了，我那条围巾丢了，葛老师你记不记得我们那天去牛三洋老师家搬书？小葛老师说记得啊，怎么丢啦？吴小丽说，就是呢，找不见了，那天我戴围巾了吗？小葛老师说记不得了。嗨，丢就丢了呗，我的也不知弄哪去了，旧的不去，新的不来，这都到三月了，也要用不上了，哪天我陪你再去一趟天街，买条更漂亮的。吴小丽不是这个意思。吴小丽是想确认一下，她的围巾是不是丢在了牛三洋家。看来，什么事都看得开的小葛老师也记不得了。是啊，自己的事都忘得一干二净，哪里能指望别人的记忆啊。

第二天的早餐桌子上，吴小丽家的气氛照例还是怪怪的，各人吃各人的饭。高天昨天的气还没有消散，脸冷得像冰块，手一抹就能抹下一层白霜来，猜想他吃饭也是味同嚼蜡；吴小丽也是假装平静，心里七上八下的不自在；婆婆在全力对付她淘气的孙女，吴小丽虽然不时地帮一下婆婆，也是心不在焉、粗枝大叶的。

吴小丽吃完早饭要到学校去，中午有五十几个孩子寄托在她学校吃午饭，饭后写作业或午睡。有很多事情都要她亲自过问，买菜啊，食堂的伙食啊，教室和宿舍的卫生啊，学生的管理啊等。吴小丽还有一个私事，她要找小葛老师，跟她借那条蓝围巾——这也是突然而生的想法。当初她俩在天街买围巾时，这种款式的一共两条，而且都是漂亮的海蓝色，两个人在试戴时，伶牙俐齿的服务员说你们两人皮肤白，脖子长，很适合戴这款。估计天街的那家时尚店已经没有这款围巾了，跟葛老师借一条，她应该不会不借吧？但是，为什么要借围巾？借了又起什么作用？吴小丽也完全没有想好，她大致的心思是这样的，高天不是在牛三洋家捡了条蓝色围巾吗？高天不是怀疑这条围巾是吴小丽遗忘在牛三洋家的吗？高天你错了，那条围巾确实和吴小丽的围巾很像，或者说大体一样，但那不是吴小丽的围巾，吴小丽的围巾正在她的脖子上呢。吴小丽虽然知道这种想法有点自欺欺人，也实在是无聊，但也没有别的招了，或许能起到一星半点的作用呢。什么作用？就是让高天心里舒服一点呗。

在一间空旷的教室里，吴小丽和小葛老师面对面地坐着，面前的课桌上，放着两杯冒着热气的咖啡。吴小丽不喜欢喝咖啡。吴小丽只是在前台放一台法国进口的自动咖啡机，算是给老师和学生家长准备的福利。但吴小丽今天也倒了一杯，跟小葛老师的那一杯就形成了某种呼应。小葛老师看着吴小丽也喝咖啡了，突然紧张起来——从来不喝咖啡的老板，也装模作样地来一杯，似乎还要正儿八经地谈论什么，啥意思呢？

吴小丽看着面前这位小葛老师，觉得她真是个美人坯子，眼睛惊惊诧诧的明亮，嘴唇饱满、红润而水灵，天然的性感，鼻梁也是有模有型的，而年岁更显年轻，看起来不像有三十出头了，看起来比她要小很多。吴小丽坐下后，跟她一笑。看她拘谨地两手叉在一起，手指绕来绕去的，眼睛有点躲躲闪闪的样子，又一笑，这才开口说话，早上忘跟你说了，想让你把那条蓝围巾带来的，才又想起来，你的那条丢了。小葛老师听后，脸突然红了，更加拘谨地搓手，把手从桌面上拿到桌肚子里，又从桌肚子里拿到桌面上，说，我那条围巾啊……你那条丢了，我的那条……前阵子不知抓到哪里了，找了几天都没有找出来，这突然又冒出来了……吴老师你说你那条……丢啦？吴小丽说就是呢。吴小丽听小葛老师的话吞吞吐吐的，也突然觉得自己的行为有点怪异，就算自己的围巾丢了，也没必要跟自己的下属借一条围巾啊，如果实在需要系围巾了，难道自己就一条围巾？再去买一条也行啊。事实是，她有好几条围巾，仅绉纱质地的，就有三条，那条豇豆红的也是她经常系的，另外，还有好几条小丝巾呢，哪里需要向同事借啊？吴小丽想到这里，决定改变主意了，说，找到就好……我说嘛，我的丢了，你的也丢了，这也太巧了……没错，也许哪天不小心，我那条也从哪里冒出来呢。对了，你那个小作文班，又要来两个孩子了，家长们都说你教得好。吴小丽的表扬，并没有让小葛老师高兴，相反的，她的面色还有些凝重。她低下头，想了一会儿，像是下决定似的，说，吴老师……我没那么好，我经常请假，影响工作……你可以找比我更好的老师。吴小丽一惊，小葛老师怎么说出这样的话？这是撂挑子不想干的意思啊，怪不得这两天她的行为反常嘛，昨天的请假，微信里说到围巾，她也敷衍着说不知道弄哪儿去了，今天又说找到了，现在看来，她是要辞职了。昨天的请假，说不定就是面试去了，面试成功，不就要走了嘛。吴小丽的坏心情一下就在脸上呈现出来了，一时不知说什么好，刚好手机响了，一看，是牛三洋打来的。牛三洋这时候打电话来，不会和围巾有关吧？不会是高天去找牛三洋麻烦了吧？

吴小丽赶快离座，提着心到隔壁阅览室接电话去了。

4

牛三洋并未提围巾的事，也没有提高天，他是又整理出一批适合小学生阅读的书和杂志来，说家里的新书房实在放不下，卖破烂又太可惜，要继续捐给吴小丽的培训学校。吴小丽感谢了他，同时又想问问，那天高天帮他搬书时，是不是捡了条围巾？话到嘴边又忍住了，觉得这样问不好，如果他要是早发现她的围巾遗忘在他家了，早就会告诉她的。如果是被高天捡到了，高天也不会让牛三洋知道的。在那样的场合，高天只会像特工一样把围巾悄悄地藏在身上。所以，问了也是白问，不会得到她想要的任何信息。

接完电话的吴小丽，脑子有些乱。小葛老师要在这时候辞职，也是添乱，要找她好好谈谈的，不能让她走。而且，看起来，她也没有坚决要走的意思，有点语焉不详含糊其词，更没有一定要辞职的充分理由。可是，待吴小丽回到教室里，小葛老师已经不在了。吴小丽透过窗户寻找小葛老师，走廊里没有，隔着走廊的是厨房，从厨房的窗户里，她看到小葛老师已经在厨房里帮忙了。吴小丽心里感叹着，优秀的人就是眼里有活。但是，厨房里人多，不便于谈话，再说了，看她忙碌的样子，哪里像要即将辞职的人？以前有几个老师，辞职前一点迹象都没有，打个电话人就不来了。像她这样，犹犹豫豫，肯定是误解了什么，以为她请假给学校教学带来了拖累和影响。其实，这点影响不算什么的，吴小丽也不会介意的。吴小丽没有立即找小葛老师谈话，还有一个目的，是让她再冷静冷静，也许辞职的想法只是一时的闪念，一时的冲动，没准这会儿正后悔呢。吴小丽也需要冷静冷静，她屏住呼吸，想了想自己的事，一时不知从何想起，总之，她的心情有些乱，不，是完全乱糟糟的，完全没有了头绪。刚才在阅览室接电话时，看到上次搬来的三捆书还有几个袋子，放在角落里，没有拆开。何不利用这点时间，把书摆上书架呢？她有这方面的经验，烦恼时，找点事做做，分分心，烦恼便会减弱很多，甚至自动消散了。

说干就干，吴小丽把捆着的杂志拆开，把书刊一本一本地往书架上摆。当她打开一个袋子时，吴小丽看到袋子里的东西了，她非常悚然地惊了一下，伸手一摸，呆了，拿出来一看，更呆了，袋子里居然是一条蓝色的围巾，正是她丢失的围巾。她心跳突然加快了起来，甚至手也战栗了，仿佛那不是她曾经的心爱的围巾，仿佛是一条蓝色的毒蛇，正咬了她一口。吴小丽好久才回过神来，小心地拿出围巾。吴小丽已经明白了，她的围巾并没有丢，既没有丢在牛三洋家，更没有被高天捡到，是她把围巾放进了一个纸袋子里了。这个纸袋子里除了这条围巾，还有一本书，牛三洋送给她的一本小说集签名本。那么，高天车上的蓝围巾和后车座上的书又是怎么回事呢？高天又是因何而恼怒呢？

吴小丽心里“咯噔”一声，心脏断裂一般，在恍然明白的同时，尖锐地疼痛一下，天啦，围巾和书，都是小葛老师的。围巾和书，都是小葛老师遗落在高天的车子里的。

几个小时后，吴小丽戴着失而复得的蓝围巾，坐在办公桌前翻看牛三洋的小说集。吴小丽在戴上围巾时，已经冷静下来了，她理智地想了想，不能像高天那样以刀对刀，以枪对枪，而是要换一种方式，一种很策略的方式。吴小丽坐一会儿，又站起来，又坐一会儿，然后，再次站在镜子前，看了看镜子里的自己，她确实适合这款围巾，这种绉纱的质地，加上可心的蓝色，很称脸。她在镜子前走了几步，腰肢故意地摇曳几下，镜子里的少妇便有些调皮和俊俏。可她此时的心情并不平静，她不知道这种方法能不能震慑住对方——她已经在朋友圈里发了一张戴围巾的读书图了，喜欢点赞的小葛老师一定会看到的，高天也会看到的。

当她坐下来重新读书时，根本读不进去了——其实读书是假，她是在等小葛老师来辞职的。她倒是想听听小葛老师说说为什么要辞职了。也许小葛老师并不说，但她可以帮小葛老师说，遗落在高天车子里的围巾和那本牛三洋的小说集，正是你小葛老师的。那天在牛三洋家，牛三洋也签了一本小说集给她。那么围巾呢？当吴小丽向她打听围巾时，撞破了高天和她的秘密。她如惊弓之鸟，只有辞职这一条路了。至于高天的怒火，她也想明白了，那是他的一种掩饰，一种事情败露后的气急败坏。他的发怒，他的喋喋不休，实际上是一种心虚的表现，是外强中干，是狗急跳墙！

在这个漫长的下午，吴小丽在短时间内，想象着高天和小葛老师的交往过程，比如，在某一天，高天正开车在路上行驶，正巧小葛老师要回家，他便货也不送了，专程捎上了她；比如小葛老师和高天早就认识，或早有故事，一直隐瞒着她。小葛老师曾多次和高天相约在车子里。吴小丽的脑子里，多次出现昨天晚上在地下车库里看到的那辆宝马，那种疯狂的颠簸。但吴小丽还是从愤怒中，给自己找点空隙，她善意地想，高天车子里的书，可能是牛三洋送给高天的签名本，那条围巾也许不是围巾，也许是很像围巾的一块擦车布，隔着脏兮兮的玻璃，谁能看得清楚呢？吴小丽马上又否认了这个想法，哼，连鬼都不信！

奇怪的是，小葛老师并未来找她谈辞职的事，她也没有等来高天的电话。

5

该来的还是来了，吴小丽还是等来了高天的电话。

整个下午，吴小丽都处在恍惚的状态中——当她理清了一些事情的来龙去脉后，当事情的真相逐渐浮出水面后，她不再愤怒，反倒是有点冷眼旁观的意思。吴小丽已经想好了，今天晚上，她还要高天来接她，她要看看高天接下来的表演。吴小丽预想中的情景是这样的，她戴着蓝色的围巾，围巾在白皙的长颈上随意地兜一圈，两圈也行——就两圈吧，小葛老师就喜欢绕两圈啊。把围巾在胸窝部位窝一个好看而松散的结，再拿着牛三洋的小说，就像现在这样，坐在副驾驶的位置上假装阅读——其实不过是要把围巾和书展示给高天看。高天会是怎样的反应呢？他会继续联想到车门上的围巾吧？继续联想到小葛老师落下的书吧？是更加的暴怒呢，还是屁也不敢放？如果他和昨天一样的怒不可遏，喋喋不休，她也不做任何解释，只微笑地看着他，甚至还哼着小曲——她不是要更加的激怒他，而是要让他知道，你那不过是拙劣的表演罢了，你也可以继续这样的表演，还可以变出新的花样来，但你的底裤已经露出来了，底细已经尽在掌握中了。或者暗示他，收起你那一套吧，你那狗急跳墙、先下手为强的一套把戏已经过时了，没人在乎你了。

就是在吴小丽想入非非的时候，她的手机响了起来，居然是高天打来的。吴小丽冲着手机轻蔑地一笑，接通了。

高天说，是我……

知道是你。吴小丽的口气不咸不淡的，有一种“其中意味，自己体会”的意思。

吴小丽等着他说话，可却是长时间的沉默。吴小丽听到对方的气息越来越粗。吴小丽知道自己的态度起效果了。

小丽，有个事情，必须向你说明……不不不，是道歉……昨天我的脾气不好，说了许多难听话，我以为你已经知道了……你当然……已经知道了，我不该隐瞒这么久，其实三个星期前，事情就发生了，我也是被逼无奈，只好把店抵出去了……实在是没办法啊。我想挽回，就没有告诉你真相。我以为牛老师不会说的……他找我帮他搬书时，我跟债主打了一架。昨天，牛老师又借我的车用了，是他自己开走的……他知道我正在处理事情，就没让我帮他。他还关心了我的事，我给他讲一点……你们公司的小葛老师也在场，她是被牛老师请来帮忙的……你让我去接你时，听你的口气，我就知道了，他们把我的事告诉你了……小丽，请你原谅，都是我不好……

什么呀？吴小丽一头雾水了，你说什么呀？牛三洋什么都没跟我说！他要说什么？

啊？这样啊？……所以，我要向你道歉……店被我抵押的事，还有昨天冲你发火……都怪我……你还在学校吧？我晚上去接你……我以后，就在你学校打工得了，不去逞能和你比个高低了……

吴小丽听明白了。

没想到一场看起来疾风暴雨式的风波竟是这样的结局。吴小丽又陷入另一种迷茫中。高天这是怎么啦？好好的生意，为什么就做不下去了呢？欠了什么债？欠了多少？为什么要欠债？为什么不让她和他一起面对困难，而是要抵押上自己辛苦打拼多年的店铺？高天是个生性好强的人，总害怕没有吴小丽挣钱多。这样的结局，当然是他难以接受的了。吴小丽便暗暗发愿，要对高天好，特别是高天的事业处在最低谷时期。

但是，小葛老师的举止，同样让吴小丽不能释怀又感到迷茫。有必要辞职吗？牛三洋借了高天的车，车子里落下了小葛老师的围巾……就算小葛老师和牛三洋一见钟情了，就算他们迅速发生了什么，暧昧了，激情了，也不应该辞职啊？且慢，谁说他们暧昧啦？牛三洋借了高天的面包车，自己开车搬书，小葛老师帮她的偶像干活，落下一条围巾能说明什么啊？乱想什么呢？

小葛老师突然就出现在吴小丽的面前了，她惊讶地看着吴小丽，大声说，吴老师，你戴这款蓝围巾真的很漂亮啊！

2019 年端午节第二天初稿完成于东胜神洲傲来国花果山下

2019 年 6 月 12 日上午修改于北京团结湖畔

朱拉睡过的床

1

朱拉和无数带有耀眼学历的青年人一样，想找个拿钱多又自己喜欢的工作——多么现实而本分的想法啊！可是，在当下却有点难。钱多的岗位，看不上他（也干不了）。他喜欢的岗位（工作），不是钱少，而是根本就没有。

朱拉喜欢什么工作呢？

说起来一点也不高人上，他喜欢电脑绘画。这当然不是他所学的专业了。但所学的专业只是为了毕业。他喜欢干的事就是在电脑上制作一幅幅美术作品，画各种真实的、变异的造型，彩色的，黑白的，色块的，线条的；所画的效果，有时是水粉的，有时是油彩的，有时又是水墨的，有时是各种技法混杂的，而且以系列画居多，比如他的一套系列作品《肉》，都是切好的一块块猪肉，五花肉，肋条肉，糟头肉，肥肉，瘦肉，一应俱全，细看，原来他想表现的，不过是一块块石头而已。他的另一个重要的绘画套系，是人体的一个部分——屁股，那可是一百个不同的屁股啊。不过这个套系还没有最终完成，还差十来个惊世骇俗的屁股。这些作品，属于现代派当中的无逻辑画派。“无逻辑画派”是他独创的一种全新的绘画形式，也就是他所喜欢的工作了。但是，这个他喜欢的工作目前只有他一人在做。如果他要靠这个工作来糊口，只有自己成立一个公司，既当老板又当员工，而且要有销售，才能满足他。可他又没有这个能力（财力）。这么多年来，他所画的作品，即无逻辑派的代表作抑或是开山之作，至今还卷成几个卷，放在他的床肚底下。当然，他的异性朋友吴小块那儿也有一些，电脑里的半成品更是不计其数。说到这位朋友吴小块，她曾多次给过朱拉许多善意的建议，其中一条，就是让他在朋友圈卖画。朱拉很难听得进别人的建议。但吴小块的话，他都是百分之百地执行。吴小块的建议，他不用考虑就照办了，结果呢，上传的几幅画，只不过是赚了吆喝，根本无人问津。偶尔遇到一两个脑子进水的家伙，问他的画多少钱一幅。他会把球踢给对方：“你说。”对方开了个价（很低廉），他便不再回复了。因为这个价格过于低廉，简直是对他画的污辱，或是对他无逻辑画派的污辱，也就是对艺术的污辱，他连跳楼的心都有了。于是，他心里便大面积地悲伤起来，又暗暗迁怒于吴小块的多事。

吴小块算是了解朱拉了。吴小块的另一个建议就是让他先找一份工作干着，不论什么工作，先干着再说，活下去最要紧。活下去的意义，大于艺术的意义。凭他的简历和艺术成就，他确实也干了好多种工作，比如某杂志社的美编，比如某私立少儿培训学校的美术老师，比如某动漫公司的设计师，等等。这些工作，无论哪一种，只要他认真干了，保住饭碗应该没有问题。他确实也认真干了，可饭碗还是保不住——是他自己砸了自己的饭碗。说起原因来，倒是让人十分可笑。什么原因呢？一个字，怕。许多人在生活中都有一怕，有的人怕蛇，有的人怕蚯蚓，有的人怕猫，有的人怕狗，有的人怕猪，有的人怕老鼠，有的人怕布条。这都没有什么，不足为奇，不以为怪。可他是怕头发，确切地说，怕长头发，女人的长头发。这就有点不合常理和常情了。世界上只有两种人，男人和女人。而女人显著的外形特点，就是一头长长的美丽飘逸的秀发。什么都可以怕，独独不能怕长头发。可他偏偏还就怕了，你说奇怪不奇怪？怎么办呢？实在没有好办法。这里要补充一点，朱拉怕长头发，并不是说他怕女人。如果让他填简历，他会写上，性别：男；爱好：女。但长头发多半情况下又是留在女人头上的，更何况，他的异性朋友吴小块也是长头发呢。

朱拉很快就通过网络又找了一份工作，一家文化公司的插画师，面试已经通过，他只提出一个要求，即，不和别人共同拥有一间办公室，如果没有单人间，就独立一个隔断（不是普通公司那样的隔断，而是相对封闭的一块）。他这个提议是有风险的，因为他没有解释说怕地上会飘落着人的头发，特别是会有女人的长发（听起来太无厘头了）。好在负责招聘的美女经理并没有问他理由。经请示董事长后，下周一就可以上班了，试用期两个月。试用期期间，月工资五千块钱。期满后，如果双方愿意，就可签正式工作合同了，工资是可观的八千五。但是，离下周一还有三天的时间啊，他已经身无分文了。朱拉便使劲盯着招聘他的莫经理，想问问她，公司能预支工资吗？莫经理被他期待的眼神吓着了，心里慌了一下，挺一下丰硕的胸，问：“还有事吗？”朱拉就不想问了，他听出了对方口气里的厌烦，问了也白问。可这三天怎么过呢？“肚里自有三天粮”，小时候他祖母这么说过，意思是说不吃不喝能坚持三天。三天是个极端的时限，过了三天，就饿死了。真能扯，“肚里自有三天粮”不过是说说而已，谁愿意拿自己的身体开玩笑呢。朱拉一路想着，回到了家，自然就把目光瞟向那张显眼的床了。那是不由自主的一瞟，然后就后悔了，怎么一点志气都没有啊？又想着卖床啦？

是啊，不卖床，吃什么？吃床腿啊？

卖！

朱拉听到自己心里的一问一答，还有那声果断的“卖”，铿锵有力，掷地有声。这是朱拉卖过的第几张床啦？他也记不得了。不是第八张就是第九张，抑或是第十张。卖第四张或第五张床的时候，他曾发誓，再也不买床了，不买床，不就不卖床了吗？没有床，还卖个鬼啊？就睡房主家的床吧，有什么床睡什么床。如果没有床，就打地铺嘛。可他做不到，搬到新家，第一件事就是买了一张木结构的折叠床。后来这张床没有卖，随他搬过一次家，再一次搬家时，扔了。

现在，朱拉要卖的床，不是折叠床，比折叠床要高级多了，是一张沙发床。放下靠背是床，可以睡觉，很舒服；掀起靠背，就当沙发用了。而且质量相当不错，价格当然也不错了，近一万元。之所以买这么高档次的床，是被自己逼出来的。你不是爱卖床吗？每次卖床不都是白菜价吗？不心疼吗？这次买个昂贵的，看你还舍得卖？

不停地换床，是朱拉的毛病——他自己也认为是毛病。他算不上是个有洁癖的人。因为房主准备的家具，电视柜啊，衣橱啊，桌子啊，茶几啊，沙发啊，马桶啊，淋浴器啊，包括厨房的各种用品，他都能用，唯有床，他不能睡房东提供的任何床，无论是单人床，还是双人床，无论是木床，还是铁床，无论是软的铺海绵垫和弹簧垫的床，还是硬的铺棕垫或木板的床，他都不能睡，必须自己买一张新床。他睡在别人睡过的床上，不仅睡不着，仿佛睡在无数个人的影子上，灵魂也被前边睡过的人给睡了去，紧张，惊悚，恐怖，盗汗，失眠，各种状态都会有。吴小块认真地帮他分析过，像分析他害怕长头发一样，先假定他小时候受过某种伤害，再抽丝剥茧，条分缕析。分析和论证的结果，是他从小至大并未受到过什么伤害。他来自贵州的深山大川里，小时候什么“床”都睡过，在溪流的拦水坝上睡过，在浓密的树荫下睡过，在坚硬的大石坡上睡过，在斜伸出的树枝上睡过，在自家的牛槽里睡过，在猪圈墙上睡过，甚至在悬空的扁担上睡过，假定这些都是床的话，他睡过的稀奇古怪的床有无数个品种。读初中时，睡的是地铺，二三十个男生挤在连通的大地铺上；高中是上下铺，十八个人一间的宿舍；大学也好不到哪里，六个人一间的上下铺，那些床，不要说睡过无数茬学生了，就是同学之间也是互相交换着睡的，他和上铺的同学就每人一学期地轮着睡了四年。

所以，卖床买床，买床卖床，对于朱拉来说，不过是简单而日常的操作罢了。何况又即将面临搬家的形势呢。虽然这张床很贵，如果急于出手，也卖不出好价钱，损失肯定是很大的，但也顾不得那么多了，能卖个三五百块应个急，已经是烧高香了。

朱拉在一堆脏衣服里，翻出一件相对干净的长袖T恤，在鼻子上闻闻，虽然有各种含混不清的异臭味，但基本上是自己的气味，还能接受得了，便草草了事地往身上一套，开始给床拍照。他从不同的角度给床拍了不少照片，自己也坐在床上自拍了几张，采用的全是美颜效果。然后，利用这些照片，编了个公众号，发到了朋友圈，又发到了各个群里。他手机里的微信群不少，三四十个有了吧，微信好友也有两千多人，大都住在北京东区一带，这么庞大的一个基数，区区一张床，应该很快就被抢走了。所以他这次采取的是竞价的方法，即底价三百，每次出价不低于五十，最高者得货，无论北京的，还是外地的，运费自付。

然而，理想很丰满，现实很骨感，虽然朋友圈瞬间点赞者有一百八十多人，却没有一个人出价。评论的表情更是五花八门，应有尽有，有献花的，有献啤酒的，有献咖啡的，有献吻的，还有一个献猴子的，献笑哭的也有好几个，就是没有一个出价的，就更不要说打赏了。而那些平时异常活跃的群里，更是一片安静，他的卖床的推文，很快就被更多的推文淹没了。这让他深感失望。

“出什么幺蛾子？”吴小块用微信给他发了条消息。

朱拉看了看，没回。他不知道怎么回。

“告诉姐，是不是没钱啦？”吴小块总是一针见血。

“那你发个二百块钱的红包啊，姐。”朱拉只是听到自己心里的声音，然后苦笑一下，没有说出来。他知道她不会给他一毛钱的。

他心里的声音，隔着城市嘈杂的时空，传到了吴小块的耳朵里。吴小块微信回复的速度很快：“别指望姐救济你啊，姐可不是救济站，别想美事了，你就是饿残废了，也别想姐给你一毛钱。”

朱拉回了条：“又想我感激你啦吧？我不差钱的。”

“姐就是要逼逼你，好好找份工作干，你浑身都是宝藏，要利用好，好好利用。卖床装不了可怜，而且没人会买你的破床的。你看看微信圈里，什么都有卖的，有卖自己睡觉的床的吗？你怎么不去卖身？这么大个人了，也不动动脑子，赶快撤了！”

“我是觉得扔了可惜。”朱拉回复了一句，明显的底气不足。

“为什么要扔？为什么要扔？为什么要扔？重要的事说三遍，听说谁搬家把床扔啦？床是大件，是耐用消费品，是家的主要组成部分，扔了床，就相当于扔了家，家都扔了，那搬家公司不是失业啦？晚上到常营天街，姐请你吃顿大餐，顺便给你洗洗脑壳子！你这脑壳子全是污垢，不洗不行了。”

朱拉像是闻到饭香似的，乐了。常营天街不是一家饭店，而是汇聚了多家饭店，全国各地的特色菜都有，而且常营天街离吴小块所住的阳光美苑不远。而且那地方和他即将上班的大圣文化公司所在地草房，相隔只有一站地的距离。

2

吴小块真是个好姐姐，她不仅负责请客，还负责交通——她叫了辆滴滴快车，把朱拉送到了常营天街。在滴滴车上，朱拉把竞价卖床的微信推文给删除了。朱拉在删除那篇推文之前，还想，如果有人出价，无论多少钱，一定出手。可并没有人出价，只是那些五花八门的留言又多了几条。命该如此。朱拉想。

朱拉来早了。现在才是下午四点十分。四点十分，许多单位还在上班，饭店甚至还没有营业。吴小块也在上班，她在国贸一家涉外大公司里做翻译总监，每天要审查译员们送上来的厚厚的材料，五点半才下班。五点半是高峰期，路上堵车，至少七点多才能到。朱拉在常营天街的各家饭店门口向里张望，还嗅嗅鼻子，试图闻闻店堂里的菜香味，随即就暗笑自己没出息，还是沉不住气了。虽然吴小块让他随便找一家好吃的店点餐，可总不能四点十分就吃晚餐吧？再说了，到了就点餐，点好了又吃不得，坐等两三个小时等她，这对他来说也太残忍了。

朱拉决定到附近转转。去哪里呢？就去北京像素吧。他即将供职的大圣文化公司，不就在北京像素的高层里吗？不用参观办公室了，反正下周一就去上班了。北京像素和阳光美苑不太一样，北京像素是商住两用的社区，绿化好，干净、敞亮，和小区相连在一起的非中心里，还有一条清澈的人工小河绕着楼盘弯弯曲曲地流淌，终点是一汪碧水盈盈的袖珍湖泊，湖边错落有致地分布着亭廊阁榭，像园林一样精致、漂亮。上次他面试结束后，在小区里勾留了小半天，特别喜欢这里的环境，想着下次如果再搬家，也在这个小区找房子住，一定很愉悦。于是他专门去“链家”中介考察了一番，看了看房价，也不是想象的那么贵，合租房里的大间也就四千五，小间三千五，都在他承受范围内。这会儿，朱拉再次走在北京像素的林荫道上，抬头看了看一幢幢高楼，正想着他的家会在哪幢楼里的时候，一只大白猫突然出现在他面前的砖地上，撒娇地打了个滚，更是友好地跟他叫一声。朱拉看这只大白猫慈眉善目很可爱，便也学着它叫一声，慢慢向它靠近。大白猫也不怕他，竖起尾巴，在他脚脖子上蹭了一下。朱拉抱歉地说："对不起啊小白，大白，美白，大美白……叫你什么好呢？反正我没带好吃的，我自己都断炊啦，啊啊啊啊，哪能喂得起你啊？你这么帅，该去有钱人家啊，怎么成了流浪猫啊？"大白猫似乎听懂了他的话，白了他一眼，也没再纠缠，就自顾慢悠悠地走开了。

后来，朱拉坐在非中心临水的一间长榭里，看人工湖。长榭上爬满了绿色的藤蔓，十分养眼，湖里有几枝莲荷，叶子嫩黄嫩黄的，刚蹿出水面，像新嫁娘一样羞涩；有两只小个子的水鸟，芦花色的，在莲叶间寻寻觅觅，卿卿我我，相互逗趣，似乎不是在找东西吃，似乎是恋爱中的少年。而临湖的商务楼的影子，正落在湖面上，有点神秘。朱拉知道非中心并不神秘，"大圣文化"也在隔壁高高的楼层上。想着自己就要在那里上班了，说不定会常来这儿小坐的，心里便跟着安静、平和而美好起来。

长榭里又来人了，是个小姑娘，牵着她年轻美丽的妈妈的衣襟。小姑娘看到睡着了的朱拉，对妈妈做了个小声的手势，从他面前悄悄走过去了。那只大白猫跟着又来了，敏捷地跳到他身边，竖起尾巴，在他腿上蹭一下。朱拉醒了。他揉揉眼，很吃惊，在这么短暂的时间里，居然睡着了，他把长榭下的美人靠当成了床，不知不觉睡着了。说来真是怪，他坐在这里，相安无事。如果睡着了，他所坐的美人靠就是一张床了。他知道这种关系不合逻辑，但这块心病就是改不了。他警惕地在“床”上审视一眼，“床”是干净的，可以说是一尘不染，可心情还是复杂起来，纷乱起来，怎么可以在这里睡着了呢？这样的“床”按说他并不反感，就像出门在外，住进宾馆一样，不是也习以为常吗？但这些年对床的挑剔还是让他心存警惕，莫名其妙地厌恶起美人靠来。但来不及过多地纠结于美人靠了，因为梦境和现实让他一时间有点错乱——那只猫出现了，在美人靠的下边，离他有一两米的地方，露出猫的半个身子。这不是梦里的大白猫，是一只小黄猫。它很小，很瘦，是个小奶猫。不过他确实在睡着之前见到过一只大白猫的。大白猫怎么会成了小奶猫？他在四周迅速扫了一眼，也并没有小姑娘和她年轻美丽的妈妈。这个梦境有点怪异，难道是某种暗示？什么暗示？暗示什么？朱拉一时间无从想起，但又被这个梦境纠缠着。朱拉看一眼腕上的手表，刚好五点半。就是说，他从进来，到睡着的时间很短暂，而梦里的事情似乎很繁复，特别是大白猫和小奶猫之间的现实和梦境的交替，是什么预兆呢？是好兆头还是坏兆头？小黄猫很惊恐，胆怯地看着朱拉，做着欲逃的架势。朱拉朝它友好地“喵”一声，它很快地蹿进了长榭后边的绿树丛中，不见了。朱拉突然有种亏欠了小奶猫的感觉，觉得吓着了它。朱拉冲着修剪整齐的绿树丛，再次“咪咪”地唤两声，并没有换来小奶猫的回应。朱拉心里的亏欠便大面积地散漫开来。

美人靠上有一小袋奶油夹心饼干，一袋两组、一组两片的那种。朱拉看着饼干出神，仿佛包装纸里的香甜味已经漫溢了出来，诱得他嘴里生津。可是，哪来的饼干？刚来时怎么没看到？是那个小姑娘留下的？她知道有人饿肚子？那明明是梦境啊？哦，小奶猫有可能也是冲着饼干来的。朱拉伸出胳膊要去拿饼干。突然觉得是不是有人在考验他？伸出去的手又缩了回来，四下张望了几眼。小区里似乎到处都是人，又似乎没有一个人。不，不能吃，你以为饿了就能乱吃东西？朱拉听到自己心里的声音，要拿它去喂猫，喂那只小奶猫。

朱拉撕开塑料包装，拿着夹心饼干，到处寻找那只小奶猫。朱拉开始是在长椭附近“咪咪”地唤着，一声又一声，并没有小奶猫的踪影。后来又沿着湖边的步行道寻找，还是没有，就连他刚进来时向他撒娇的那只大白猫，也不知哪儿去了。不觉间，他寻找的范围渐渐扩大，来到了北京像素小区的主干道上。主干道两边停满了小型车辆。远远的，他发现一辆小车下，躺着一团毛茸茸的东西，还没有走近，就看清是一只猫了。那是一只花狸猫，正在酣睡中。再看，隔着不远的一辆车下，还有一只猫，是黑猫。他甚至发现，在路边绿化带边，有两三只放猫粮的小型容器。至此，朱拉知道了，北京像素里有许多流浪猫，而且，看起来，专门有人投食，它们生活水平还不错。如果这样找下去，或许能找到那只小奶猫，就是邂逅大白猫也是有可能的。

哈，真是想什么来什么，前方一辆黑色轿车下，不正躺着一只大白猫吗？

是不是那只爱撒娇的大白猫呢？朱拉有点紧张，无中生有地紧张。还隔着三四辆车子的距离，他就弯下了腰，观察那只大白猫了。它和别的猫一样，也在享受下午觉。他半蹲着走了几步，样子非常滑稽，怕惊醒了大白猫的好梦。走近了黑色轿车，他依旧这样半蹲着，绕着车身转了几圈，从不同的方向，观察了大白猫。没错，它确实睡得很死，四仰八叉的睡姿过于风骚了些。朱拉立马想到自己刚才的睡姿，那应该是什么样子呢？在观察中，朱拉还发现一个有趣的现象，这些猫咪，都喜欢睡在好车子底下。先前的那只花狸猫，是睡在奔驰车下的。那只大黑猫，睡在宝马车下的。这只大白猫更会选，是一辆迈巴赫 62，豪华版的，款式不要太精致了，就算在北京这样的大都市里，也算得上凤毛麟角。朱拉正惊异于这些猫为什么会择名车作为“床”的时候（虽然它们只是睡在车下的砖地上），迈巴赫的车门突然打开了，一个高挑的女人站到了他的面前，身体相距可能不到半寸，仿佛不是从车子里下来的，仿佛是从天上掉下来的，或从地里生长出来的，那种“打墙鬼”般的迅捷和突然，把朱拉吓呆吓傻了。呆傻中的朱拉还没有反应过来，只见一片黑色，像疾风一样铺天盖地地向他面部砸来了。朱拉敏感地意识到，那是她一头瀑布般的长发。朱拉试图躲闪长发的攻击，显然已经来不及了，躲闪的动作倒是做出来了，但长发的攻击速度更快，结结实实地抽到了他的脸上，并伴随着“嗖”的一声尖啸。朱拉应声倒进身后的灌木丛里。朱拉挣扎着，试图要爬起来。突然有人抓住他的手，把他拉了起来。

“对不起对不起……”正是那个长发女人，用力把朱拉拖出了灌木丛。

朱拉的脸上火突突的，还处在蒙圈状态中。而对方拉他时，那悬垂的秀发，再一次挂到了他的身上。这次攻击和前一次相比，虽然温柔了很多，但他的心还是悬了起来，人还没有站稳，就来了一个夸张的后跳步，脱离了她秀发的攻击范围，同时一迭连声地说“对不起对不起对不起”。朱拉的对不起是发自内心的，虽然对方的秀发吓着了他，但他觉得自己吓她在先。一个大男人，围着人家的车子，以怪异的姿态（大猩猩般半蹲着），跳跃着不停地巡视，安的什么心呢？朱拉当然可以解释他不知道车里有人了。车里没有人就可以这样吗？至少也是对豪车的不敬吧？

女人脸上的红晕消退了，她也恢复了常态。她看他拘谨而慌张的样子，想笑又没敢笑出来，说道：“吓着了吧？”

“不不不……”朱拉没有说下去，把紧攥在手里的已经成粉末状的夹心饼干扔给了从车底一边伸懒腰、一边走出来的大白猫，快步离开了。

3

在常营天街的南京大排档里，朱拉的脑子里一直闪回着那个女人的模样。说实在的，他是回忆不起来了。朱拉只记得她的一头长发，太长的长发，一直拖到屁股上。而且上部三分之一是卷曲的，下部又是直发，似乎还有几缕酒红色。朱拉害怕女人的长发是有条件的，如果这长发披在女人的头上，远远近近地看见，他并不害怕，相反的，还要多看几眼。如果长发出现在食物里，如馒头里或菜肴里，他会立即呕吐；如果出现在桌子上或地板上，他会立即躲开。他看过一条新闻，说有人体检时，发现胃里有一团头发，他浑身就不停地战栗，胃里不舒服，多天不自在，仿佛那团头发就在他的胃里。但从轿车里突然出来的女人的那头长发，他总觉得哪里不对劲。对了，问题找着了，别的女人的长发，都是上部分是直发（烫后新长出的），下部分是卷发，而她是反过来的。莫非有这样特别的爱好？把上半部烫卷了，而保留下半部的直发？这样的审美超出了一般人的习惯啊，这让他联想起自己的绘画风格。她的这番操作，也是无逻辑派啊。哈，说不定她也是一个艺术家呢，她的艺术追求和自己有着某种契合和交集呢。但，即便是朱拉把一切都往好里想，他刚才还是被吓着了。想着当时的狼狈，当时的不堪，不仅食欲全无，心里的恐慌仿佛又回来了，不，根本就没有消散，而是在发酵。

“怎么吃饭也三心二意啊？”吴小块说，她的口气真是个好姐姐。

“吃饱了。”朱拉随口一答，思绪还沉浸在回忆中。

“才吃多点啊？还没有花花吃得多。”花花是吴小块喂养的一只波斯猫。吴小块的大毛眼已经狐疑地在他身上逡巡好几遍了。她把一块炸豆腐塞进嘴里，夸张地咀嚼着。她的吃相一点也不像平常那样文雅。吴小块自顾自地吃了一会儿，终于还是憋不住了，说：“我就不理解了，让你早点点餐吃，怎么等到现在？现在都八点多了，快九点了，我就问你，这四五个小时，你都干什么去啦？”

“……在，在等你啊。”

“再说一遍？”

“等你啊。”

吴小块“切”地轻笑一声，放下筷子，端详着朱拉。吴小块就这么看着他，中途还抬起手，拢了拢自己的长发。吴小块说：“你以为我相信你？”

切，爱信不信。朱拉在心里说。

朱拉在吴小块的目光下有些紧张，这么盯着干啥？又不是一幅画、一个雕塑，值得目不转睛地欣赏。朱拉有话要说，关于工作，关于卖床，还有关于找房子搬家。但吴小块对此不感兴趣，她只关心他这么长时间干什么去了。朱拉不想提下午在北京像素里被一个女人长头发欺负的遭遇，也不想提猫（吴小块是爱猫的），他想把话题扯远一点，比如说“你家花花会不会成为流浪猫”。但他没说。没说是因为吴小块回答他的话他已经猜到了，“你流浪了我家花花都不会流浪”，吴小块一定会这样抢白他的。

朱拉没敢和吴小块对视。吴小块的目光怪诞，闪闪烁烁、深不可测。还是在甫一照面时，他就发现吴小块的长发又长了不少，在她拢头发时，似乎还有生长——她的长发随时都在生长，也很漂亮，一个大发夹随意地绾着，搭在后背上，那长发是经过特殊软化的，柔顺、爽滑而有光泽。吴小块一直是长发，哪怕朱拉最怕女人的长发，吴小块也没有要迎合他而改变自己的发型。当然，吴小块的长发不曾吓过他，但却在她家被长发吓过。那还是他们刚认识不久后，也就是三四年前的某个暮春（或初夏）吧，没错，就是现在的这个季节，他们一起去参加一个朋友举办的私人艺术展。这是一个主题展，展品全部是砚，天然的砚，确切地说，是砚石，一种像极了砚的石头。也许有人会称为奇石展，但这样的称呼显然有违艺术家的初衷，所以艺术家笼统地叫作“现代艺术展”。朱拉和吴小块被一块块奇异的砚石所吸引，有的砚石简直是鬼斧神工，不经任何人工的雕琢，天然的就是一方砚了，比有意雕刻打磨还精致，如果谁有兴趣倒上点墨水，就可以舔笔写字了。观看完朋友规模不小的砚石展出后，他们开车去吃饭，转了三四家饭店，都没有吃上饭，不是不好停车，就是要排队等候。吴小块只好把车开进了阳光美苑的自家车库里，乘电梯到了自己家，和朱拉一起，把冰箱里的食物拿出来，自己做好吃的。此时的朱拉和吴小块认识时间不长，也就两三个月吧，虽然很熟悉了，但还没到恋人的程度上，或者介于恋人和朋友之间的那种关系吧，也或者只差一句点破的话或某个细微而实际的动作，就成恋人了。而这次由普通的饭局，被邀请到家里，有可能会发生突破性进展。比如吴小块，她就使出浑身解数，要做一道由她发明的叫“菜包肉”的菜，就是把调好味的新鲜肉馅子，用大白菜叶子包裹起来，排列在盘子里，淋上菜油、滴醋、胡椒粉、海鲜酱油等调料，放蒸锅里蒸熟即可食用。朱拉和吴小块认识以来，多次下过馆子吃过饭，几乎每一次，吴小块都要有意无意地吹嘘她厨艺有多高，都要亲自掌勺给朱拉做一顿菜包肉。朱拉喜欢吃肉，吴小块也喜欢吃。二人不仅艺术趣味相投，连饮食习惯都相投。但不得不说，这次吴小块的菜包肉做砸了。吴小块做的菜包肉鲜香嫩滑，口感极佳，一口咬下去，汤汁溢在嘴里，鲜不鲜？鲜，怎么个鲜，说不出来，只能说其妙无穷啊，只能说是美食中的上品啊。朱拉一口气吃了两个。当吃到第三个时，他突然停止了咀嚼，先用手捂住嘴，紧皱眉头，然后从嘴角拉出一根头发来，长长的头发还没有完全拉出来，他就忍不住吐了……真是狼狈而尴尬啊。同样狼狈和尴尬的还有吴小块，她也被朱拉的呕吐物恶心得呕吐了。这顿饭当然是不欢而散了——朱拉怎么好意思再待下去呢？他只说一句“我最怕长发”的话就夺门而去了，一路吐着，跑到小区的花圃里继续呕吐，不仅把吃进去的菜包肉都吐了出来，还把胆汁也吐出来了。吴小块虽然内疚，但朱拉的表现也太夸张了，一根头发，犯得着这样吗？就算是头发，也是经过高温蒸过的，什么病菌消除不了呢？再说了，这根头发，也或许是吴小块自己的头发呢。不，不是也许，就是吴小块的头发。吴小块认识自己的头发，并且，她在自己偶尔做个饭时，也会在饭菜里发现自己不小心遗落的头发，她从来都没有觉得恶心。吴小块觉得，朱拉过分了，太过分了。朱拉也觉得自己反应过度了，就告诉吴小块说他最怕头发了，从小就怕，还无端地编造出几段他被头发加害的故事来，让吴小块听了都觉得恶心。从此吴小块知道了，他怕头发，尤其怕长头发。

“开心吗？”吴小块突然说，严肃的表情中，略带着调侃，眼神也鬼祟起来。

“啥？”朱拉还没有从回忆中走出来，嘴巴半张着，下巴塌下来，瘦长而白净的脸更显瘦长了。

吴小块没有再说话，而是隔着桌子，伸出手，把手伸到了朱拉的肩膀上，在朱拉的肩上捏一下，从他的圆领T恤上扯出一根头发来。

吴小块理着这根足有半米长的头发，隔着桌子，展示给朱拉看。头发的一半是弯曲的，另一半是直的。

朱拉的脸色霎时青了，惊恐地往后躲一下，身体下意识地挺直了，如果不是椅背挡住了他，他就后仰着从椅子上跌过去了。

吴小块的表情是一种轻蔑的、鄙夷的混合体，抑或堪比看透人间一切事物的蒙娜丽莎式的微笑，包含的内容既丰富又复杂，让人心里发寒发虚。吴小块算不上美人，如果把她的五官单独拿出来，用艺术家的眼光来剖析，她的每一个器官都比常人有所异样，眼睛大，黑眼珠多；鼻子肥，鼻翼略微向两侧扩张；嘴大，唇厚，上翻，肉感；耳朵奇小，耳垂却不小，且白皙的仿若透明体。但是，她很会整合，她把这些器官整合到一起，就协调了，虽经不住细细打量，放眼一看，大方而大气，加上皮肤细腻，挺让人舒服的。此时，她像是向罪犯展示证据一样，把赃物（长发）展示给对方看。

朱拉惊呆了。他确实惊呆了。他知道这根头发是怎么回事。但他怎么跟吴小块解释呢？实话实说？看吴小块现在的神情，她不会相信的，弄不好，还越描越黑。但不解释肯定也不行啊，那她就相信这根来历不明的长发一定隐藏着不可告人的暧昧。谁都不是傻瓜，男人的肩膀上有一根半截卷曲半截酒红色的女人的长发，意味着什么呢？这是不言自明的。能说清楚又说不清楚的话，就是朱拉现在的情状。

好在吴小块也并非得理不饶人。她把长发绕在手指上，一圈一圈地绕着，绕成了一枚戒指。她把戒指抹下来，放到桌子上，突然抬起头，问：“她也是一个长发女孩？”

朱拉一时不知如何回答。吴小块这句话的套路很深，说是也不行，不是也不行。

“啥时候搬家？”吴小块不想逼他，立即换了一个话题。

“……”朱拉听到她的话了，同样的无从回答。可能话题转换太突然了吧。他喉咙里只发出一点声音，无法描述的声音，“咕”或“噗”或“唔”，或只是咽了口唾沫，虽然表述不清，却心生感激地想，姐姐就是姐姐，她不计较了。但，姐姐的眼里却闪着莹莹的光，那是泪光。朱拉心里一软，歉疚地躲开了她的目光。

“你不是换一个工作就要搬一次家吗？”吴小块又进一步说，“啥时候搬？先把新房子找好了再搬好不好？看你朋友圈里的那几幅照片，多好的一张床啊，还能当沙发，可别再扔了，搬过来照样用。”

“晓得了。”朱拉极不自然地把目光望向了别处，还想着如何向她解释头发的事。

“最近搞什么创作？”吴小块处心积虑地要把他从尴尬中拽出来，“我好久没欣赏你的作品了，无逻辑派，嘻嘻，无逻辑派……嘻嘻……无逻辑派的概念不错，你将来要靠这个传世的。我那里还有你一卷画哦，将来你成名了，我可就发大财啦！”

吴小块的话音里充满了快乐，可朱拉却快乐不起来。吴小块一般不在吃饭时讨论他的作品的，可见她的心里一定是在强忍着什么，克制着什么。而且她的快乐，她的“嘻嘻”的笑，都给人一种假象，只有眼里的泪光是真实的。至于她提到的一卷画，他已经淡忘了，经她一说，倒是让他有话可说了，便恍然道："还有好多哦，再送你一卷……都送你得了，反正我要搬家了，扔了也可惜。"

"你以为我就不扔了啊？你都不当好东西，别指望别人拿它当宝贝哦。哪天姐不高兴了，都塞进垃圾桶里，当废纸。对了，我可不拉这个人情，多少钱？开个价！算了算了，开什么价啊，五百二十块，就是我爱你的意思啦，嘻嘻，现在不都流行这个嘛——满意了吧？"

"加两个零吧，姐，我在……在在在……在北京像素又重找到房子了，要预付房租呢。"

"做梦去吧！再见！"吴小块一点情面都不给他。

4

老实说，朱拉不喜欢这套房，一室一厅倒是合适，价格也合适，但，朝向不好，西向，背阴，看不到小区里的好风景，从窗户看出去，直接就是大马路了。最关键是卧室里还有一张床。这张床不错，九成新。据中介说，原租客是一对年轻的小夫妻，床是他们新婚的主要家具。很可惜，他们新婚只三个月就离了，男的净身出户，女的留守半年后，考取助学金，出国读书去了，能搬的，都被闺蜜搬走了，只有这张双人大床，实在搬不动（也可能搬了也没地方放），就扔下了。中介还不无得意地告诉他，省得买床啦！朱拉真想说："老子出一百块，你拿走吧！"朱拉没说，他出不起一百块，也不想得罪小中介，更不想放弃这间小户型的房子。一来这是像素小区里唯一的房源了，二来这种小户型的房实在难找——他讨厌和别人合租。他给自己的工作和生活做了规划，上班就好好做个插画师，下班就全心全意搞创作，他的一些新构思、新创意，如果不及时画出来，过一段时间就忘了。所以单独有一间属于自己的小天地，太有必要了。

交了定金，拿了钥匙，朱拉看时间还早，没有回去。他突然想到新公司去看看。虽然今天是周日，新公司肯定没有人，但他还是想去看看。他面试时没有看清新公司的办公布局，只知道是在十九层，只知道一层楼的三分之二都贴有“大圣文化”的招牌，但，他会在哪一个办公区呢？或者他拥有哪一个单独的隔断呢？朱拉已经有了规划，上班后，除了做好公司的本职工作，他要继续把没有完成的“屁股”工程完成。如前所述，他计划中要画的一百个非凡的屁股，经过这些年的坚持不懈的工作，已经完成了八十九个了，还有十一个就可告竣了。画一百个不同角度、不同造型、不同年龄、不同肤色并能呈现出不同语言的屁股，是他多年的追求，这个工程挑战性很大，屁股的雷同性、惯常性、呆板性，都给他的工作带来难度，但他都克服得差不多了，还差一个就九十了，过了九十，就接近一百了。他已经构思好的一个画面，是很震撼的，即一面很大的紫色的墙体上，只有一扇白色窗框的窗口里，一个女人肥大而饱满的屁股，从窗口里挤出来，满满地卡在了窗户里，张扬而动感十足地朝着大街，为什么是紫色的墙，为什么是卡在窗户里，为什么是女人的屁股，他只是凭自己一时的灵感，他只需抓住一时的灵感就可以了，和他之前所有成功的屁股一样，他对这幅画充满期待。

等这幅画完成之后，他期盼着即将供职的新的岗位，新的环境，新的人事交往，还能给他带来新的更多的灵感，他就有可能一鼓作气地把余下的十个屁股都完成。然后，然后，然后他就要画“我睡过的床”系列了。这个系列的难度有可能比一百个屁股的难度更大。但没有难度，“无逻辑画派”还有意义吗？没有难度，还能标新立异、扬名立万吗？新租的房间里的那张大床，还留在那个房间吧，也许能给他带来某种联想和启发呢。至于他自己的沙发床，他决定听从吴小块的建议，不卖了，一起搬过来，就放在客厅里。他要把客厅当卧室，把卧室当成工作室兼储藏间——有了这个想法并做出决定之后，他又得意了一番，只有他才有这种超出常规的想法和决定。朱拉的心情非常的好，感觉就像完成了一件大作品一样的舒服。所以，他是怀着十分愉悦的心情，来到了像素小区的灯色里，不知不觉就来到南区五号楼前，大圣文化公司，就在这幢楼上。

电梯厅的门厅虽然逼仄，但朱拉的好心情还一直延续着。不知是什么原因，电梯只开了一个。朱拉按了上行键后，便习惯性地看手机了。朋友圈对于朱拉来说，一直都是可看可不看的，老实说，没有他特别关心的朋友，或者是没有值得他关心的朋友，即便是点赞吴小块，也是程式化的。而吴小块偶尔发的“随感篇”，文字幽默风趣，还算有点意思，比如现在，她就发了一条微信：“午睡也做梦，总会梦到大而破败的房子，总会梦见睡在风光奇异的床上。我怀疑，是不是中午吃得不好？是不是衣服穿得太便宜了？是不是长得不好看？是不是需要恋爱了？是不是洗澡太频繁了？是不是太胖了？是不是要做头发啦？是不是因为在家不穿拖鞋？是不是水星和火星逆行了？是不是缺少必要的鼓励和夸赞？是不是家里的沙发要换了——好吧，下午买沙发去！”朱拉不及细看，快速点了个赞。朱拉点了赞又后悔了，她真的要去买沙发的话，会不会叫他去帮忙？不会的不会的，说不定她还在为头发的事生气呢，她一定还在为头发的事生气，她发这么一通乱七八糟的感想，就是生气的一种表现。朱拉看一眼电梯，电梯才上到十六层，还在往上跑，还没有下来，他便一条一条揣摩吴小块那几个“是不是”，看看有没有一条是针对他的。似乎有（比如“是不是需要恋爱了”和“是不是要做头发啦”），又似乎没有。但“总会梦到大而破败的房子”是什么意思？难道和他这两天找房子有关？还是因为借给他钱而后悔啦？还有“风光奇异的床”，是什么床？床上会有什么样的风光？但总体来说，吴小块的梦，他仿佛也做过。

电梯还是下来了，是从十九层下来的。十九层，不就是他要去的楼层吗？谁也去了十九层？男的还是女的？是大圣文化的人吗？如果他早来一分钟，他就赶上和这个人同行了。

电梯一路通畅，门边的数字一路闪烁着，来到一楼。朱拉正准备进入电梯时，被电梯里冲出来的人给撞了一下，肩膀撞在了他的胸窝上，差点把他给撞翻了。

这要怪朱拉单向的思维了。他只想到会有人上行，没想到会有人下来——冲出电梯的是个女人。这个女人正是从十九层下来的——这个冒冒失失试图撞翻朱拉的女人，让朱拉感觉很面熟，除了是齐耳的短发，那身形，那眼神，那轻蔑的一瞥，像极了两天前拿长发攻击他的那个女人。那天他被揍翻在绿化带的灌木丛中，吃了哑巴亏之后，也做过反思，挨揍的原因，是女人以为他在偷窥。而他确实是被冤枉了。更让他倍感冤枉的是，她还把她的一根长发，遗落在战场上，被打扫战场的吴小块抓了个现行，让他又蒙受了有口难辩的不白之冤。但只隔两天，她的长发怎么又成了短发？而她的短发真是直爽，整洁而有形，色泽也自然而柔软，肯定是经过精心打理的。

她撞了一下朱拉，丝毫没有抱歉的意思，径直从朱拉的身边走过去了。

朱拉虽然被撞了一下，肩膀撞在了他的胸窝里，他却觉得是自己挡了她的道，想着要给她道歉。他没有急于进电梯，而是打量着她的背影。她的背影很美，肩也美，就是通常所说的美人肩吧。她走路有弹性，好看。短发跳跃着，欢闹、快乐。白色的服帖而得体的套裙打在腿弯上，也是欢闹而快乐的。她的套裙质地太好了，水一样地滑下来。裙子是裹住屁股的那种，尽管有衬裙，同样的白色内衣依然隐约可见。他迅速想到他的系列作品“屁股”，三层白衣包裹的屁股，他还没有画过，特别是如此纤腰肥臀——这倒是个好模特儿，是不是越普通，越被忽视呢？他的思绪正高速运转的时候，向高大的玻璃门方向亭亭走去的女人突然停住了，转身，回头，重重地蛰了他一眼——她可能也发现了这个男人的可疑之处吧——他们的目光在电梯厅的空间里相遇了，产生了强烈的撞击，又迅速向各自的方向弹了回去。朱拉觉得自己失态了，赶快往电梯里走，又恰逢电梯关门，差点被挤住。他迅速退回，重新按下按钮后，这才走进了电梯。就在电梯门即将合上的刹那，身后响起女人急促的声音："等下……"

来不及了。

朱拉慌张的一通操作后，电梯还是固执地上行了。朱拉只看到她跑过来的姿势，后悔错过了和她同在一个电梯间的机会。朱拉确定，她也认出他来了。她一定也非常好奇他为什么会再度出现。那么，她也是"大圣文化"的员工吗？完全有可能啊，否则，她为什么会从十九层下来？不对，她开那么豪华的车，一定不是普通的员工。莫非是老板？朱拉突然紧张了一下，若要真的是老板，这就太尴尬了。

朱拉以为那个女人还会上来的，他到了十九层之后，便在电梯口等了等，看电梯会不会随即再下去，再把她接上来。可电梯停在了十九层，没有再下去，说明一楼电梯厅没有人叫电梯。

十九层的结构是回廊型，朱拉在上次应聘时，已经视察过一次了，没有什么好看的。朱拉直接来到挂着"大圣文化"的招牌的门口，隔着琉璃门向里窥探，还轻轻推了推。门是锁上的。里面是个大开间，也没什么好看的，除了一个个隔断，他什么也没有看到，只是想了想，哪一个隔断是他的，靠外边的那些应该不是，因为主管知道他的想法。那么就是靠里边了，大开间离门最远的一个角落，就是放两个饮水机和咖啡机的地方，有一个拐角，像个离岛。要是在离岛那里就好了。

朱拉的思绪已经不在这里了。他赶忙走了一圈，又来到电梯口，电梯还停在十九层，说明并没有人要上来。朱拉想都没想，就按了下行键。

电梯迅速下行到一楼大厅。

一楼电梯厅里，仿佛还留下刚才他和女人相撞的两束眼神，那因碰撞而弯曲的眼神仿佛炸裂的闪电，虽然瞬间就消失了，但却深深地遗留在他的脑子里，迅速发散开来。他扫一眼空空的电梯厅，向自动玻璃门方向急行而去。

在北京像素小区的几条路上，他也没有找到她。朱拉有点失望，又不甘心，便耐心地寻找一圈——他是在寻找那辆迈巴赫62，找到这辆车，也就相当于找到了她。可惜小区里没有这辆车，在上次停车的位置上，被另一辆面包车占据了。倒是那几只猫，还懒散地分别睡在车子底下，照例选择的是豪华车。朱拉的心思全散了，以至于吴小块微信语音他，他都懒得听了。朱拉又到湖边的长榭里徘徊、踟蹰了一会儿，盼望着能邂逅她——他从来没有像现在这样盼望着一场邂逅。为什么呢？怀疑她是他的老板是一个方面，她迅速变化的短发是一个方面，当然还有可以入画的屁股……

5

部门主管刚跟朱拉交代完工作，不多会儿又回来了。主管就是招他进公司的莫经理。莫经理脸上的表情完全不是刚才公事公办的样子，而是有点讨好的笑意——她是来传达老板的意见的：“啊，朱老师，‘色’老板请你去一下她的办公室。”

莫经理的普通话真是不标准，把“石”念成“色”了，石老板成了色老板。

莫经理的那种笑也和“色”有关似的，她说完，继续色色地笑着，走在前边引路。朱拉也只好跟着，他立马就想到连续两次邂逅的那个留着怪异的长发随即又变成齐肩短发的女人了，她姓石？是老板？朱拉已经知道了，不知道的是，石老板为什么在他上班第一天就叫他，这个女人不仅发型怪异，行为也怪异。对于怪异的人，朱拉总有一种莫名的亲近和好感。难道不是吗？朱拉这两天脑子里全是她的怪异，她的发型，她的相貌，她的车子，她从电梯里出来冲撞他。而“怪异”这个词，也一度成了他的个人热词，意识里和潜意识里出现了太多次。是啊，那么好的长发突然剪成短发，一般人会舍不得吧？长发时，为什么要把发根部分烫曲烫卷？按说这种卷曲，在短发时，完全可以保留的，也会别有情调，那又为什么拉直呢？这样有违常人的做法有趣吗？有趣在哪儿？这真是个值得揣度的老板。朱拉同时又想，去办公室会谈什么事？加薪？还是要辞退他？加薪是不可能的，还没有转正呢，怎么尽想好事？辞退当然也是太无厘头了，要辞退直接通知他就得了，哪需要老板亲自过问？那么，还会有别的什么事？朱拉的心情飘忽而复杂，既期待又害怕，忐忑地跟在莫经理的身后。莫经理情绪饱满，精气神十足——这是写字楼里的经理们惯常的姿容。朱拉不觉也亦步亦趋地抖擞一下精神。

朱拉办公区的隔断果然是那块“离岛”，从那儿去老板的办公室，要穿过整个大开间。朱拉尽力让自己放松、自然，却总是感觉腿上不得劲，身体很轻，人要往两边飘移。其实两边小隔断里的员工，没有谁注意他这个新来的菜鸟，大家都专注地盯着电脑。朱拉跟着莫经理走出大开间，在回廊里拐了个直角，莫经理便略停一下，闪身到一边，站定，示意他，到了。又抬起长长的手臂，敲敲面前的玻璃门，推门，自己先进去，再等朱拉进去后，就退了出来。这一连串的动作，节奏感特别强，又一气呵成，真是太职业了。

办公室里空无一人，也并不豪华。但朱拉一眼就看到和他同款的那张床了，连颜色都一样。不，现在摆在老板这儿的，不是床，是沙发，而且比朱拉的沙发（床），多了两组单人的。朱拉有种会心的亲近感，瞬间消退了原有的小紧张——仿若到了自己的家里啊。

哪里发出了“哗啦”的响动，像极了抽水马桶的冲水声。

一扇小门被推开——那儿是一个隐蔽的卫生间。

朱拉看到了一张微笑的脸。

果然是她。

朱拉还是紧张了一下。她的面色不像第一次那么狰狞（他认为），也不像第二次那么惊诧，而是多了份温婉，虽然没有正眼看到他，眼神却照顾了他。那种照顾是似有若无而又牵连不断的，甚至是只可意会的。

“请坐！”她说，“新来的大艺术家！”

朱拉在一张单人沙发上坐下了。其实他更想坐那张长沙发——石老板显然更喜欢那儿的宽敞。她已经展示出优雅的坐姿了。

石老板的微笑和莫经理的微笑有着异曲同工的“色”，还有她一声亲切的“请坐”和“大艺术家”的称呼，一下子拉近了他们之间的距离。

“我早上研究了你的简历。”石老板收敛了笑容，话里强调“研究”二字，正色道，“考虑了一下，有个新决定，同时也是跟你商量，关于你的工作，下一步嘛……我看这样，你不用听莫经理的了——她已经给你安排工作了吧？不用听她的，你还是搞你那些创作，喜欢的创作，自由点，想怎么发挥就怎么发挥。你网上的作品，我搜了几幅，还有博客里的，都挺好，都是我喜欢的。只是……不妨再大胆一点，越大胆越好，到了年底，给你搞个个展，好不好？或者，我们合作……搞个大展，好不好？”

“好……”

“好！”

朱拉在说“好”的短暂的落音中，开始了犹豫，又听了石老板的“好”之后，立即就后悔那半个字的“好”了，真是太没有城府了，不应该急于表这个态啊！特别是她所说的“合作”“搞个大展”，是什么意思呢？她也喜欢画画？是个思想前卫的艺术家？这应该是好事啊，可他为什么觉得像是个套路呢？

石老板对他的表态很满意，这才笑靥如花地说：“我们以前认识吗？你不用回答，应该不认识，是吧？绝对不认识的。可我觉得怎么像认识好久似的？你像极了我从前的一个大仇人。当然，他死了，你肯定不是他。他也不是画家。他是拉小提琴的。你热爱音乐吗？但是，你在我车子四周转悠的时候，我还是他妈的挺紧张的……当然当然，我他妈后来又后悔了……你不会怪我吧？你为什么喜欢拿饼干喂猫？我从前收养的一只猫特别爱吃奶油夹心饼干，嘻嘻嘻，哈哈哈，真是太有趣了……它是要遇上你就好了，它他妈太能干了，什么都敢抓，苍蝇老鼠蚂蚱，还有蛇……你不会觉得我这个人很怪吧？我当然是个正常人了——你心里不要把‘他妈的’删掉，就算编辑也不能删，因为这不是骂人的话，不算是不文明的话，明白了吗？以后你会了解我的。我他妈的理想就是当一个有个性的画家。对啦，我从前可是画画的哦，现在受你的启发，又他妈的想画了。等有机会让你看看我的画，你一定会惊掉下巴的。”

她一口气说了这么多，并没有其中的某一句要朱拉来回答（虽然问号很多）。但朱拉完全听明白了，她是个画家，是一个会让朱拉惊掉下巴的画家。朱拉还明白，开场白的那一段“正色”的谈话，不过是假象，后边的这段充斥着许多问号和“你他妈”“我他妈”的长篇陈述，才是她的真实面目。这时候的朱拉，才对她略生了一点亲切感，觉得她他妈的才像个人。但，朱拉还是后悔着什么。

在离开石老板的办公室后，朱拉后悔的情绪不但没有消散，还进一步扩大起来。他应聘的工作是插画师，现在却成了专业画家。“专业”的画家他做得太久了。他寻求的理想的工作（拿钱多，自己又喜欢），就是想改变现状，看看在别人的指使下能不能胜任，能不能适应，能不能挣口饭吃。他最理想的工作，似乎就要找到了，不，已经找到了，文化公司的插画师，还有比这更理想的吗？没想到兜兜转转，又回到了从前，而且有人要和他合搞画展。也好，专业就专业吧，合搞画展就合搞吧，别瞎想了，都是好事呢，一鼓作气，把那最后的十个屁股画完才是硬道理。不，不是十个屁股，还有九个，因为他决定把三层白衣服里的屁股画出来，这幅画的难度不是屁股本身，而是那三层不同的白。屁股的美，在前边的画里都有各种各样的呈现，而三层白包裹下所呈现的不同的朦胧之美，还没有出现过。但画过画的人都知道，画三层不同的白，比画三层不同的黑更难。有没有捷径呢？想到这里，朱拉的后悔中又分解了另一个后悔，他后悔没有看清她今天所穿的衣服，真是奇怪，一向善于观察细节的他，居然忽略了如此大事，因为朱拉想看看，除去三层白里的屁股，她的屁股还会有什么样的呈现。也罢，看来最后这几个屁股只能草草了事应付了之了。那一百个屁股之后呢，就是“我睡过的一百张床”的系列画了，这更是他在意的。他和许多艺术家一样，没开工的作品才是最好的，没开工的作品，才是最值得期待的。

6

回到自己的办公区域，朱拉散漫的思绪不但没有收敛，反而像宣纸上的一滴淡墨，散漫如一朵云，一朵云又扩散成阴沉沉的天了。然后，然后就是发呆了。上班第一天，朱拉的状态居然是发呆，这是他没有想到的。他不知道这是好运气的开始，还是坏运气的开始，也许生活就是好运气和坏运气相互混淆无法理清吧。他理了理这几天的遭际，没有什么特别不正常的，似乎一切又不是太正常，也许生活就是界于正常和不正常之间吧。

在间歇性的发呆之后，朱拉开始在电脑上涂鸦，没有目的地涂，涂着涂着，涂成了一束头发。他被自己即兴的涂鸦吓了一跳。

他从未想到要画一束女人的头发。而且只是孤零零的一束长发，酒红色的，深绿色的皮筋随意而松散地绾着。朱拉恐惧长发，特别是在吴小块的不停的念叨下，对长发的恐惧，越发的敏感了。可是，哪一根神经又指使他涂出一束长发造型来？如此真实的造型提醒了朱拉，这不正是石老板剪掉的长发吗？他第一次见到（也是最后一次）石老板的长发不是绾成一束的，而是披挂下来，比庐山瀑布还长地披挂着。但是如果把这一束头发一根根地分解，那又的确是她的头发，每一根的上部分是卷曲的，像电话线一样的卷曲。朱拉看着眼前的作品，对自己即兴的涂鸦感兴趣起来，开始小心地打理和修订。朱拉要把细节处更细地表现出来，即整体上是一束头发，而每一根头发又要有不同的细节呈现。朱拉想，这是不是一个新的系列作品又要萌芽啦？

朱拉的手机突然震动起来——有人申请加他的微信。不是别人，正是石老板。石老板叫什么？石咪咪，是艺名吗？朱拉忍不住想笑，这个名字好，有趣，有个性，有调调。朱拉点了同意。一条微信随即出现："中午一起吃饭啊。"

这对朱拉来说，简直是惊喜了。

"好的。"朱拉觉得回复得太快了，一点城府都没有，最起码也矜持一下啊。同时又觉得，即便是同意，也过于简略了，仿佛不太重视似的，应该再附加点什么。隔了会儿，又补了句"谢谢"。还觉得不对。好在离中午已经很近了。或者说现在已经是中午了——过了十一点可不就是中午？

午餐在一家叫"布朗人"的餐厅里。布朗人是什么人，朱拉不知道，他也是第一次见到这个招牌。餐厅敞亮、整洁，人不少，比较安静。他们坐在临窗的一个小方桌上，等着服务员过来点餐——石老板已经把菜单推给了朱拉，让朱拉点。朱拉翻看菜单，菜名全是似是而非的，不明就里的，模棱两可的，仅看菜名，根本不知道是什么菜。

“他们家的招牌菜是龙门双杀，可以要一个。另外你想吃什么尽管点，主要是想听你谈谈话，谈谈艺术，谈谈打算。”石老板脸上的笑不像是做出来的，而是发自内心的，她继续说：“感觉怎么样？……我是说，对公司的印象——实际也就是对我的印象。因为公司是我的，公司的个性和特质，也代表了我。怎么样？说说？”

“好……”朱拉看石老板说话时把嘴角翘起来，舌头也就伸不直似的，心头紧张，一个“好”都没说周全。

“然后呢？怎么个好？好什么好？嘻嘻，你似乎只会说好，我做的公司当然好啦，不好就不是我的风格了。说说你的打算吧，或者……计划，我喜欢有计划的艺术家。”石老板的语速和语气，和刚才又判若两人了，嘴角不翘了，舌头也不团了，且和她在办公时相比，也完全变了。如果说在办公室时她还是公司的老板，现在则更像是老板了，而且貌似轻松中含着霸道，“对了，先让你看看我的画，从前的画，系列画哦。”

朱拉摸不透石老板的脾气，也跟不上她的表情变化，想着以后都要和一个你摸不透脾气的人打交道，心里就悬了起来，本想说不看她的画……那是不可能的，因为她已经把手机送到他面前了。手机屏幕上是一幅画，一幅工笔线描，当然是一个人体了。老实说，线描的基本功是有的，但造型却过于规矩，不客气地说，就是呆滞。他正想说“好”，石老板细长、白皙、经过精心保养的手指在手机屏幕上轻轻一划，又变成了另一幅，再一划，又是一幅，一连划了十来次，朱拉看了十来幅画，都是同一副面孔。这样，他就把“好”给憋了回去。不同的画却是同一副面孔，就这水平也自称是画家？还系列画。朱拉对系列画特别敏感，也特别在意，他一直都是主打系列画的。不同的画都生了同一副面孔，还叫画？还叫系列画吗？

“好吧？好吧？好吧？啊……真好！”石老板自己倒是不谦虚了，她一边划动手指一边自我感叹，“真好，真好，真好，真好啊，小时候外婆就说我有画画的天赋，就想看到我的画展，就预言我长大会吃这行饭，真叫她老人家说中了。可惜外婆去年去世了，本姑娘平生最大的遗憾就是没在外婆有生之年搞一回画展。”

朱拉觉得不回应一声是不是不礼貌？朱拉想起她说过合作搞画展的话，明知道有可能是套路，也只好说：“现在也可以搞啊，搞个画展应该不难的。”

“你说的？噢，我也说过……哈哈，好，正合我意。将来我们好好谋划谋划，你可得多帮帮我啊，不许打退堂鼓啊。来来来，点单点单，今天是要喝一杯的节奏啊！”

朱拉听了她的话，下意识地觉得自己是不是已经入套啦？好吧，管不了那么多了，点餐要紧。朱拉跟服务员招了下手。

在一秒钟前，朱拉还对石老板的画展产生想法，对喝一杯也有兴致，一秒钟后，他突然对笑容可掬的服务员产了兴致。这个服务员的身材太艺术了，朱拉还从未见过如此比例失衡的女孩，上半身都挺正常的，长相也说得过去，清秀可人，可下半身突然像刀削一样齐斩斩的——简单说，就是没有屁股，腰下面，直接就是两条细长腿了。朱拉正在画各种屁股，臃肿的、肥硕的屁股他画了不少，也画过小屁股，画过半边屁股，画过一大一小的屁股，画过一高一矮的屁股，甚至画过三角形和平行四边形的屁股，像这种不见屁股的屁股真是摧毁了他的想象力，这可是隐形屁股啊，怎么画呢？真是对他的画画功力来个真实的挑战了，小妹妹，你屁股长成这样，是认真的吗？

石老板对朱拉突然走神的神情很不满——她在他走神的时候，已经和他说了三次话了，朱拉都没有反应也没有回答。但又碍于老板的身份和服务员的在场，不便向朱拉使小脾气。最后，在朱拉点好了菜、服务员离开后，才忍不住说：“你眼睛真贼，发现什么啦？是不是见到陌生女人都要这样看人家啊？”

“啊？我……”朱拉并不想解释。对于刚才老板几次征寻这个菜那个菜的意见时，他也不是没听到，而是注意力全在关于屁股的想象上了。关键是，他似乎回答了她。确实，他只是直觉觉得不用回答或心里已经做了回答，好吃，或不好吃，好吃或不好吃，不就是一个菜嘛，至于那么郑重其事地问来问去吗？几个小菜的口感，在艺术面前，也太微不足道啦。但是，朱拉还是被老板的眼神吓住了。老板正看着他。老板是适合远观的那种大美人，脸上的五官像是没长开似的，相互往一起凑，如果不是皮肤太水嫩，或太会化妆，她算不上出类拔萃。特别是她那一双眼睛，带有一种天生的阴险和蔑视，这种眼神在微笑的时候，或在情绪好的时候，并不明显，可这会儿，却传递出令人不安的信号。为了躲避她的眼神，或为了掩饰这种不安，朱拉的眼睛又盯在了已经离开的服务员的屁股上了。好在朱拉马上就意识到自己的失误，立即抬起目光，大胆地和老板对视着，说："我想……我在观察细节，我的画会用上这个细节……没错，我有一个系列作品，大部分完成了，还差那么一点点，所以……"

朱拉没有说下去。他有点被老板的眼神震住了。

"哦，是吗？画什么系列？不会是美女的屁股吧？"石老板的笑带有明显的奚落。

"是……是屁股……对，不是美女的屁股，就是屁股，我画了几年的一个系列，很重要很特别的一个系列，一百个屁股。"

"……啊，还真是啊？为什么要画这个……这个，这个这个这个屁股？美吗？"

"美，只是一种呈现，艺术不仅是美的一种呈现，艺术……应该有多种呈现……"朱拉突然有点底气不足，尽管是在谈艺术，在女老板面前，谈论屁股，还是有点放不开的。这和艺术无关。

"耶，有意思。"石老板来了兴致了，她好奇地问，"系列画？一系列屁股？一百个各式各样的屁股？"

"对，一百幅。"

"耶，真是大工程啊，不同时期不同背景的屁股？哈哈哈，我在网上怎么没看到？微信里也没有。"

"没放出来。"

“我说嘛，能先睹为快吗？看来让你专职在家画画的决定太对啦，怎么样？我说吧？我很英明吧？”石老板立即又变了脸，“不许说不啊？我要先睹为快的，要看看一百个屁股都是啥样的……一百个屁股啊哈哈哈，我以为我的性格很分裂了，没想到山外有山，人外有人啊，朱拉，你他妈比我还分裂！”

朱拉想告诫她用词不当，不能用“分裂”这个词来评价他，他不配，她也不配。但朱拉说：“好多画还要修改，大改，还没达到我想要的效果。”

“还要改？屁股有什么好改的？”

“要改，改好了会给你看的。”

“好，好，好，改改也好，期待能改出花来……一百幅屁股，哈哈哈，我肯定会喜欢死了，我肯定……对呀，将来咱们搞画展时，你拿一百幅屁股，我拿一百幅肖像……就是一百张脸，哈哈，一百个屁股一百个脸，这画面太美啦，太有意思啦，想想都激动，真不能往下想啦！服务员，上酒！”

7

一百张脸对应一百个屁股。这是朱拉从老板那里听到的唯一的兴趣点。朱拉不怀疑自己的一百个屁股，那肯定是非凡的作品。他怀疑石老板的一百张脸了。老板的一百张脸的呈现方式，他能想象出来有多么的平庸和无聊，肯定无法和他的屁股相提并论。但这给了朱拉一个提示：既然老板需要他，可以向老板提要求了。

既然是专职画家了，既然有明确的任务了，为什么还要像其他员工一样天天打卡上下班呢？在家里上班，不是能出更多更好的作品吗？朱拉的这个想法一旦产生，就不可遏制，就在他心里一直憋着。终于在一周后，他给老板发了一条蓄谋已久的微信，内容无须赘言，就是申请在家上班。申请发出去了，心里的纠结也没有了，只等石老板的批复了。

现在，有必要回顾一周来朱拉的工作行状了，他并没有按计划完成“一百个屁股”的系列作品，换句话说，他这一项重点工作没有实质性的进展。当然，他也不是没在工作。他每天都在勤奋工作——不知不觉中，“头发”系列已经完成了第四幅作品了。这要完全归功于石老板，正是她的一头长发，正是她以一头长发为武器把他击倒在绿化灌木中，才引发了他的创作灵感的。她的长发在作为武器后，迅速变成了齐肩的短发同样给了他灵感。两天（抑或是三天）后，又变成了齐耳短发，让他的灵感几乎爆棚，这几幅画的创作也就让他特别的满意。上周，朱拉和老板一起在布朗人（一家时尚餐厅）用餐时，讨论的话题言犹在耳，那时候，她的发型还是文静的齐肩短发，没想到仅隔几天，在走廊里见到她时，她的发型就变得更短了，由齐肩，到齐耳了。齐肩和齐耳，虽然相差不大，却能看出她微妙的内心变化和对细节的精细追求，她喜欢短发，而且越短越想短。这种变化能说明什么呢？朱拉认真地想过（想到她说过的“分裂”一词），却没有结论，只是觉得，她的齐耳短发和齐肩短发相比，不是由文静变得更文静了，而是由文静走向了波俏的一面。

申请发出去了，却没有得到老板的及时回复，这让朱拉很是焦虑，本来工作效率就不算高，现在更是无心工作了。可他看了看时间，从发出微信，到现在，不过相隔二十分钟而已，二十分钟，品一杯好茶的时间都不够啊，急什么呢？不能这么焦急的，他想，她说不定还在考虑中呢，说不定没看到他的微信呢，说不定在忙别的事呢。谁都会有事的，不是吗？何况她还是老板。朱拉自我安慰一通后，在电脑上随意地点开一幅画，随意地修改着。朱拉就是有这么个好习惯，状态好时，思维极其活跃，各种构思和想象蜂拥而至；状态不好时，也能画，主要是对旧作进行无限的修改，怎么修改都行，完全是无意识的，随心所欲的。就在他灵活地操作着鼠标时，感觉身边一暗，以为有人来了，一抬头，什么人也没有。朱拉恍然一笑，觉得自己太神经质了，太不冷静了，太敏感了。但那心里的一暗或脑子里的一暗，确实是某种暗示，这不，手机随即震动了一下——有信息提示。朱拉紧张地拿起手机，果然是老板的回复——不是期待中的直接答复，但总算是回复了："在家画？"

"在家画。"朱拉的回复也干脆利落。

"家住哪里？"

"北京像素。"

"我是说你家，你的家……"

"北京像素。我家住北京像素。我就是说我家。"

"啊？哦……"

朱拉也哼一声。朱拉能感觉到她的惊讶，居然就住在北京像素，一个小区啊，近在咫尺啊，怎么就没有想到呢？切，就是要让你想不到。想到了算什么？那也太一般太平常了，什么事都让你想不到，越是看起来简单的事就让你越难想，那才叫牛呢。

"……自己的房？"她又问。

"不是。"

"租的？"

"是。"

"哦，这样啊。合租？"

"不，单租。"

停顿一会儿，她继续微信道："在家工作不是不可以，不过，这涉及公司的规定，谁都不能搞特殊。我考虑下吧。另外，我那天说的事，你考虑怎么样啦？"

朱拉紧张了，他想不起来她说过什么事？

"看看你的画啊，一百个屁股啊，先睹为快嘛。"

说过吗？朱拉确实印象全无了。不过他还是没有拒绝："还要再修改一下。"

"好吧，好好改，我很看好你这批作品的。如果是在家把这批作品改出来，在家上班不是不可以考虑。"

这就是决定了。她的决定就是"考虑下"或"不是不可以考虑"。这算什么决定呢？"考虑下"或"不是不可以考虑"真是不靠谱的决定，一般都会不了了之。朱拉便无心改画了。朱拉在画上随意绕了几个大圈圈，在大圈圈里点了一堆颜色，是大片的血红，又泼进了一桶白色，然后，像看到自己的血流尽一般，疲惫而无赖地瘫倒在椅子里。朱拉的脑子里立即出现了吴小块的身影——

这是一种本能的反应。朱拉遇到高兴的事时，立即想着要向吴小块报告，把欢喜和快乐与她分享；遇到不开心的事时，也会想到吴小块，向她倾诉心里的委屈或不快。早在几天前，吴小块就对他的工作提出过质疑，说哪有这种工作？没有任务也没有考核，什么专职画家啊？又不是政府机构，又不是职业画院，又不是文联，别是什么大陷阱吧？姐哪天去你那考察考察，别最后被人家卖了，还要帮人家数钱。这当儿，吴小块的话像时光重现，开始在朱拉的脑子里疯狂发酵起来，是啊，朱拉只想到了套路，没想到骗局。这是不是骗局？但，他有什么值得骗的？她又能骗他什么？想多了吧……想多了想多了。至于吴小块的考察，他倒是突然充满了期待。是啊，好久没有看到吴小块了。好久是多久？算算具体时间，并不长，几天时间而已，怎么会有好久的感觉呢？朱拉立即给吴小块发去了问候微信，又说："在哪儿？"吴小块真是好姐姐，立即就回了："在外边呢，出了个差，后天，也许是大后天，就回北京了，就到家了。怎么？工作不好？"朱拉不喜欢吴小块把什么事都看明白，自己就像一个透明体，在她面前简直毫无隐藏，有一点风吹草动，有一点心思，就会让她看透——虽然事实正是这样，但他不愿承认，也不爽，便没好声气地说："你工作才不好了。我工作很好！很好！很好！很好！听到啦？重要的事说三遍。"没想到吴小块接下来的话更气人，她洞察一切似的说："明白了，那么，等我回去，后天，大后天，或大大后天，我要找你谈谈。"朱拉简直是愤怒了。什么叫"明白了"？明白你个大头鬼啊！还后天大后天大大后天，还谈谈，有什么好谈的，有这么说话的吗？朱拉便不再理她了，觉得这个短信可能是个错误。过一了会儿，吴小块又来了一句：“怎么不说话啦？别怕，什么坎都会过去的，有姐呢。”朱拉冲着手机瞪瞪眼，发了个怒火的表情，又盯住了电脑屏幕，硬把思绪拽到了电脑里，拽到了画画的情绪当中，可他眼睛虽然盯在电脑上了，看到的却还是吴小块洞察一切的偷笑。“服你了。”朱拉自言自语道。

画画是不可能的了，心全散了，便打开网页，瞎游荡，任凭手机不停地叫唤，也不去理会。如此过了几分钟，莫经理匆匆走来，紧张而小声地对他说：“怎么回事？老板和你说话你怎么不理她？快看手机。”朱拉这才看手机。原来一直振动的手机，并不是吴小块发来的微信，而是老板发来的。老板好奇心太强了，先问她作品的进展情况，又要跟他要几幅作品看看。可能没得到他的及时反馈吧，老板发了一连串的问号，又霸道地说：“好吧，你不理我，不给我看，我坚决要看，追到你家也要看！”而最后一条直接说：“就这么定了，去你家看画！”朱拉有点蒙了，去家里？看画？从字里行间里，能看出她的怒气，那怒火都要燃爆手机了。朱拉这才知道惹怒了老板，闯下大祸了。是祸躲不过，他索性回复道：“欢迎欢迎欢迎！”老板没有再回复。朱拉知道不回复是真生气的表现，就像他不回复吴小块的微信一样。但是，真的一样吗？一个公司的老板，而且是女老板，会放下身架，去一个普通员工的家里？也许老板不过是一时气话，给他个下马威而已，并不一定真的要到他家。但朱拉的执拗劲上来了，心想，想吓唬我？以为这样老子就会给你作品看？不怕你到家里，有胆量就来吧。于是，朱拉把门牌号码发给了她。将了她一军，朱拉觉得这才过瘾，高兴地把这段聊天记录截了几幅图，发给了吴小块，然后又留言道：“真是遇到心机婊了，我又不是被吓大的，哈哈哈哈，她屁股大就能吓倒我啊？”

8

朱拉下班到家时，早已忘了老板要来家里看画这回事了（压根儿就没有把这事当真），他和往日一样，先在小区南门外草房地铁口附近的一家鸡米饭店吃了一碗鸡米饭，到家先是洗了个澡——朱拉有个好习惯，无论什么时候，一进家门，第一件事就是洗澡。朱拉把电脑打开，放他最近爱听的《我家住在新浦街》的歌，一边洗澡一边听。其实洗澡水扑打在身上的“哗哗啦啦”的声响，根本听不出效果来，有一句没一句的，断断续续的。但习惯就是习惯，改变不了的。他跟着旋律，时不时地哼上一句，他喜欢这首歌的民谣风格和旋律里那淡淡的挥之不去的忧伤。听着歌，洗完澡，他也不用毛巾擦干身上的水汽，而是裸着身体，在屋里走来走去，让其自然晾干，毛孔里就透出一种爽气。

就在他光着屁股准备在客厅里转悠一会儿晾干水汽时，手机响了。

老板打来的！

朱拉看是石老板的电话，第一反应是不妙，不好，不得了，接下来应该是她一顿劈头盖脸的批评了。

“喂，老板你好。”朱拉的声音里有点讨好。

“搞什么？门不开，手机不接，微信不回，在哪呢？说好的事怎么忘啦？”老板的声音绝对是老板的声音，口气里并没有体现太多的愤怒，也不是友好，连中性都算不上，语气中有一点点威胁，有一点点信任，也有一点点亲近，“我到了，在你家门口。”

“啊？我一直在……家啊。”朱拉说罢，有点慌神了。人都到门口啦？刚才还以为是打电话骂他来的，没想到没有骂，还真来了。朱拉望着门，向前移动两步，又退了回来，还光着屁股呢，怎么能这样去开门？他实话实说道：“等下啊老板，刚才洗澡没听见，对不起对不起，稍等稍等。”

朱拉扔了电话，跑到一堆衣服前，扒拉扒拉，挑了挑，无论哪件衣服，都是皱巴巴脏兮兮的，都不适合穿出去见客人。不过朱拉从来就没有一件标准的见客的服装，也从来没有一件干净的衣服。就是刚洗过的衣服，也是灰汤火色的，至少像是没洗干净一样。时间容不得朱拉过多地选择，他随便往身上套了几件，遮住体，就去开门了，仿佛不是要去见客，仿佛是慌不择路出逃一样。好在他在开门前的瞬间，冷静了一下，在自己的身上打量一眼。衣服确实选错了，不是他今天穿过的牛仔裤，是搬家时带过来的准备洗而未洗的那条，上面有些水粉或水彩的颜料（他曾经穿着这身衣服画过一个大型宣传画）。上衣是一件圆领子的长袖 T 恤。这件衣服，他在搬家时是确定要扔掉的，糊里糊涂中怎么又带来啦？那么也就是说，他所穿的衣服，都是从旧居地带回来的那堆里选出来的。那今天换下来的呢？朱拉已经身在客厅，他放眼一扫，看到了，原来就在客厅的沙发上。不，现在它不是沙发，是以床的姿态呈现的。朱拉觉得它这会儿还是以沙发的姿态呈现比较合适。朱拉便冲刺过去，三下五除二地操作几下，就把床变成了沙发，又两手一拢，把沙发上的被褥和脏衣服卷起来，送到了卧室（也是工作室），往床上（也是工作台）一扔，盖住了他刚才翻找的那堆脏衣服，那可是一大堆五彩缤纷的脏衣服啊。

开门时，经过一通急躁的操作之后，朱拉已经是一身热汗了。

“你好……老板，请进！”朱拉恭敬地说。

石老板并没有表现出焦急的样子，而是像她手下的莫经理一样，色色地笑着——也难怪莫经理喊她色老板了。在门打开之后，石老板身体略微前倾，保持微笑的同时，好奇地看一眼朱拉，又从朱拉的肩上向里望去，把微笑变成了迟疑，仿佛在说，可以进？

朱拉闪开了道。朱拉已经发现了，老板的发型再次发生了变化，不是齐耳的短发了，而是剪成了一个男士的发型。如果再向短里发展，就是寸头了。朱拉突然想到，莫非石老板有强迫症？短了还要短，短了还要短，如果这样，不是强迫症是什么呢？

“参观一下，不介意？”石老板说着，眼睛上下打量着朱拉，她把朱拉当成一件艺术品一样地欣赏了几眼，或者她不认为朱拉是朱拉了，她把朱拉当成了别的物种了，否则，怎么会有这样的目光？

“当然，当然……”朱拉往后退着，被她的目光吓住了。

“别动！别去！你别动啊！”石老板眼神放光，一脸严峻地举起了手机，“对，就这样保持不动……再自然点，自然点……好，别动啊……多拍几张啊。”

朱拉立住了，不动了，不但一点也不自然，而且特别紧张，简直就是僵住了。朱拉倒不是怕她，是屋里太脏太乱太差了，配不上她的照片。他后悔放她进来了，应该找个借口拒绝啊，比如说在外边了，比如说吃饭了，比如说约会了，随便什么借口都可以的，只要不放她进来就行。可鬼使神差地，还是让她进来了。进来就进来了，还照相是什么鬼呢？是要故意把这邋遢样子发朋友圈吗？朱拉这才发现她的眼神和表情是一脸嫌弃的样子了。

石老板对着他拍了几张之后，便看手机，一张一张翻看手机里的照片，看着看着，脸上露出坏坏的笑了。

“我这手艺！”老板得意地说，“我这手艺，我这手艺……真想我他妈点一百个赞！来来来，看看，来来来……看看，看看。”

有什么好看的。朱拉不想看。朱拉料想也没什么好看的。

但是，朱拉不想看也不行了，她已经贴到他身上了。她把手机放在朱拉的面前，强行给朱拉看。朱拉只好看了。石老板左手举着手机，右半边身贴着朱拉，半个小腹和胯抵在朱拉的身上，挺自然的行为举止。朱拉却感到极不自在了，又不能躲开。但老板并未让他看多久，手机一划，一划，过去了，再突然举一下手，又去别的地方拍了。石老板像是着了魔一样，对着窗帘拍一通，对着沙发拍一通，对着茶几拍一通，对着椅子拍一通。沙发上零乱的杂物虽然被收拾走了，还有一些遗留。而茶几上却是杂物成堆了，有吃剩的几个盒饭的盒子和饭盒里的剩饭，有方便面的桶，有拆了和没拆的调料堆成一堆，还有一个水果核。老板不知哪儿来的兴致，举着手机一通乱拍，看到那扇关着的卧室的门，一脚踹开，进了就拍。朱拉毫无防备，要阻止老板进卧室已经不可能了，她是一路拍着进去的。朱拉只好双手下垂，任其自然了。这时候，只听到石老板一声大叫，发出的，不知是“呀”声，还是“哈”声，抑或是“妈”——反正是一声大叫，然后就是感叹道：“漂亮，漂亮，漂亮啊大艺术家，漂亮啊，你他妈的这个小狗窝，太魔性了！”

朱拉听石老板的口气里有种夸张式的崇拜。

朱拉没有跟进去，朱拉以为她很快就出来的，可朱拉低估她了。她迟迟不肯出来时，朱拉也准备走进卧室，把她请出来。卧室，如前所述，朱拉刚一搬来时就把这儿当成了他的工作间了。朱拉属于自带体系的人，就像那些著名的篮球或足球运动员，由于自身力量过于强大，能迅速把一支普通的球队，变成有着自己鲜明个性的强队。朱拉也是这样的，他处心积虑地把已经当作工作间的卧室，强行制造出一种有别于他人的独特的氛围来。老板的感叹，让朱拉后悔没有把工作间的门锁上。没有锁上，就是对她完全开放了，就等于他刚才白收拾了，沙发上的脏物抱进工作间就失去原有的意义了。朱拉感到屋里的沉默了，沉默也不是好事，想着要不要跟她进去察看时，突然听到了一两声抽泣。没错，是抽泣声，石老板在大惊小怪的惊叹之后，居然是一迭连声的抽泣。石老板的抽泣也是夸张而异于常人的，发出的是一连串的几个“哧”声，你听，就是这样的：“哧，哧，哧，哧哧哧……哧……”倒不像是哭，倒像是笑了。石老板这又玩得哪一出呢？朱拉还是进去了。朱拉进去时，看到的，是她的背。朱拉第一时间无法断定她到底是哭还是笑了。她正面对着一面墙，扬脸看着墙上的一幅画。朱拉这才知道她为什么抽泣（笑）了，一定是这幅画引起的。这幅画，是朱拉前几天打印出来的。打印机现在就放在床上，是四色彩打，正被一堆脏物所包围。在打印这张画之前，这台打印机已经好久没有打印了，因为没必要。朱拉起初以为它坏了，没想到打出的效果还是这么好——三层白色的衣服里包裹的圆润、饱满的屁股，层次清晰、若隐若现，美得让人窒息，让人眩晕。朱拉画了这么多屁股都没有打印，独独选中这一幅打印，主要是被屁股的原模特所吸引。原模特是谁呢？当然就是石老板了。朱拉打印出来，还有另外原因，就是也想看看效果，然后再认真修改。没想到挂起来就无心修改了，因为，它接近完美。本来朱拉想独自欣赏这个屁股，谁能想到屁股的原主人会来视察呢？谁能想到屁股的原主人真的会对号入座呢？

朱拉希望她不要背对他。

正如朱拉所想——她转过身来了。

转过身来的石老板，泪流满面了。

朱拉看到她泪流满面却张开大嘴在笑，就是表情包里那种笑哭的笑，突然的手足无措起来，几个意思？

“你把这背影……你是画背景还是画屁股？把我画得这么……这么丑啊！你这臭流氓臭流氓……啊——”她小声而急促地叫着，转身扑向了朱拉。

“干吗？”朱拉说。

石老板含混不清地说：“咬死你……咬死你咬死你咬死你……”

9

朱拉现在可以专心致志地在家画画了。他一画就是两天。两天来他都在画这幅画。严格地说，这只是一个造型，一张女人的侧脸，和她的一头超级短发。侧脸固然重要，短发却是重点。短发太短了，卷曲的，贴着头皮，有力度地卷着，如果不是女孩清秀的面相，仅从头发看，还以为这是个男人的造型呢。但这确实是女人的头发，而且如此逼真，如此有质感，如此有意味，头发谁都会画，能把头发画成这样有生命力和创造力的，还真不多见。这不仅源于那天石老板的造访，还源于她临出门时的一番话。她整理完衣衫后，说："知道为什么我把头发越剪越短吗？我不说你永远也想不到，哈，我还是……说……还是不说？"她当时正准备离开，照着镜子，又从随身的包里，拿出唇笔和眉笔，重新补了补妆，人便顿时鲜亮了起来。她说话时，表情是羞涩的，眼神是深情的，"问你呢？小狗吃的……算了，我天生就是卷发，可能我家上辈子有外国人的血统吧，反正家族里，每一代总有一个是卷发的。我都烦死这头发了，一点秩序都没有，活脱脱一堆乱稻草，一个大喜鹊窝，每次做头发，都要花很多时间把头发拉直，拉直，拉直。别人要烫成卷的，我却要拉成直的。现在好了，剪成了这个样子，爱怎么卷就怎么卷，头发，你自由啦！哈哈，我也自由啦……大画家，下次再来看你哈！"

朱拉没有说"再见"，他只是向她举了下手。

她出门后又推开门，说："忘了谢谢你了，让我看了你那么多画，无逻辑派，好啦，我也有目标啦，向你学习！你不是无逻辑派吗？我要搞个有逻辑派的。无逻辑派是你的，有逻辑派是我的。你让我大开眼界，我也要让你大开眼界。还有啊，展览的事，不许反悔啊！来，啵一个。”

“不反悔。”朱拉说，也给她来个飞吻，还想调侃说已经开眼界了。但还没容开口，看到她果断地把门带上了。

她人走了，气息还在。朱拉还在她遗留的气息里不能自拔。朱拉心情特别的复杂，特别的怀疑，特别的忐忑，特别的不踏实，还有特别的难过……为什么会特别的难过呢？朱拉谨慎地在屋里环视一圈，迟疑着向卧室（工作间）里探了探头，向工作台（大床上）看了看。如前所述，这是一张高端的双人床，是前租客的婚床，这张床一定承载过许多的欢乐，也承载过不快和冷战。到了他的手里，这张床便失去了床的功能，变成了他的工作台和收纳箱了。可谁能想到，就在刚才，又恢复了床的功能，至少是部分功能。朱拉看着床上的零乱，那飞翔的感觉又在心里重新飞翔了。

朱拉开始画画了。朱拉心里还想着床，想着床上发生的好事。确实，朱拉在这张床上睡过了，他内心里一直遵循的不睡别人床的原则，就这样在石老板的引诱下，被打破了。朱拉奇怪自己不是睡过别人的床了吗？不是也安然无恙吗？朱拉试图寻找着当时的感觉，他确实在寻找了，可他更想画画，不画画，如何能实现他的理想（拿钱多又不用上班）？便迅速坐到床上，打开电脑，勾画起来，很快，一幅画的草图就完成了。

接下来的两天，朱拉都在对这幅画不停地进行修改和补充。石老板留下的气息和痕迹还在，在他的画中，不断地浮起又不断地消散。消散时像过堂风，穿堂而过；浮起时又像沉郁的雾霾，挥之难去。这种感觉他想在画中呈现。他努力这样做了。他也感觉到画里的这种气息了。这真是一种奇怪的感觉，从未有过。同时，他也修正了自己的理想，钱多又不用上班，其实就是一种游手好闲或不劳而获的生活，游手好闲、不劳而获的躺平状态下的高质量生活，这个境界太高了，需要付出多大的前期努力和付出啊！

现实总是越过理想降落到他的生活中，画画依然是他的日常。但是，在家里画画的好处还是显现出来了，就是无所顾忌随心所欲。他可以在工作间的大床上画，也可以在客厅的沙发（那也是床）上画。工作间的大床，就是他的大画案了。还是在石老板造访的那天，她曾好奇地问："你就在这儿画画？睡觉怎么办？也在这儿睡？"朱拉当时是怎么回答的，忘了。他的回答，肯定不是"我从不睡别人的床"这样令她匪夷所思的话，就算鬼相信他的话，她也不相信。因为他此时就躺在这张床上和她勾连一体地在说话。他也不会说他睡在客厅的沙发上，不想说那是他带来的"床"。她应该知道，这种沙发奇特的构造，放下靠背就是床了。当然，石老板对客厅的沙发，也发出了惊叹声——她认出和她办公室的沙发同属一款了。她还不断地问怎么会这么巧？是新买的吗？是房东留下的吗？为什么是同一款？他含糊其词没作回答。这两天，石老板每天都会发几幅照片给他，那是她在他家里拍的，不是客厅的沙发，就是卧室的床，有时候，朱拉也凌乱了，因为在他心目中，客厅的沙发不是沙发，是床；卧室的床不是床，是画案；而且卧室也不是卧室，是工作间；客厅也不是客厅，是混合区域兼卧室。更让朱拉奇怪的是，她反复发这些照片是什么意思呢？决不会是为了炫耀她的摄影技术吧？为什么不一起发？莫非是为了不断地提醒他，在床上和沙发上发生过的事？

同样关心这张沙发的，还有吴小块。吴小块在两天前说出差了，说后天或大后天或大大后天就回来了。两天前说的后天，就是今天了，说的大后天就是明天了，说的大大后天就是后天了。可两天过去了，她还没有准确的信息。没有回来就安心出差呗，却一直关心起这张沙发来。吴小块倒是没把它当作沙发，一直把它当作床。吴小块在微信上跟他说："那张床真的没卖？"

"当然没有。"朱拉还怼道，"为什么要卖？你关心这个干什么？我就是要卖，也没人要啊！你买啊？"

没想到吴小块爽快地说："我要啊，我买啊，家里的沙发想换呢。你那张床，变成沙发也挺好的，跟我家里的布置很搭，你要是没扔也没卖，就留着用。要是想扔或者想卖，就归我了。怎么样？这桩买卖不错吧？"

"早说啊，直接搬到你家得了，害得我花了不少银子才搬过来。"

"我怎么有点不相信你的话呢？"吴小块随即又消除了疑虑，"那好吧，等我回去后再想想，大不了我再花钱从你家搬回来。"

"不怕我坐地起价？"

"怕呀。哈哈，先说个数来。"

朱拉没有说个数，他想再问问她多会儿回来。但他没问。他知道她去了很远的地方，不是在国内，是去西欧了，归来后要经停香港，所以回程不定。朱拉这两天画画，无逻辑派这个概念正在淡化，因为他所画的依据应该是有逻辑的——石老板的“有逻辑”论还是对他产生了一点影响。但此逻辑和彼逻辑应该不是一个概念。

吴小块又来消息了：“机票已经确定啦，北京时间明天凌晨六点起飞，十三个小时到达香港，直接转机去北京。我把行程和时间发你，你到机场接我下。还有，你发张你沙发的照片给我——就是你当床用的沙发——别害怕，我买张新床跟你换。”

“真要啊？”

“当然。”

朱拉顺手就把石老板发他的照片转发给吴小块了，不是一张，也不是两张，是三张。石老板的手机比他的手机好，拍出来的照片也好。

吴小块对他发的三张照片特别不满意：“什么呀什么呀，这是艺术照好不好？歪的斜的扭的，什么也看不出来呀。谁拍的？不像你手艺啊。重拍，平面的，正常拍就行了。”

重拍就重拍。朱拉不敢怠慢，他怕得罪了吴小块。再说，拍张照片，也太简单了，不过举手之劳。可朱拉的手机响了。朱拉以为是吴小块打来的，一看，不是，是石老板。石老板问他在哪里。这回朱拉多了个心眼，没说在家里，而是客气道：“老板你好，请指示。”

“在你门口……敢跟我装神弄鬼的，开门！”老板的回复总让朱拉出乎意料。

石老板精致的短发没有再短（再短就成秃子了），却比以往任何时候显得风韵妖娆，身体各部位都呈现极致之美。她甚至跟刚开门的朱拉嫣然一笑："是不是不想开门？"

"没……"朱拉摇一下头，"没有。"

"我在你电脑上操作下，用你的彩打，给我这幅作品提提意见。"石老板把包随手往客厅的某个地方一放，就和朱拉来到了工作间。石老板一眼就看到电脑屏幕上的画了，女人的头部侧影，就是朱拉画了两天的画，重点是头发——熠熠生辉而个性突出的卷发。石老板乐了："还没有卷成这样子吧？哈，夸张。不过你真有预测感，要不了多久，你再看到就这样子了。好看吧？好看吗？"

"好看。"朱拉心不在焉，因为他的手机不停地在振动，一准是吴小块在催他发照片了。

石老板已经坐到了床前，在电脑上操作着。

"我烧壶水去。"朱拉说。

"大暖男啊！"石老板不失时机地说，"我不喝水的。"

朱拉先拍了两张沙发的照片，还是去烧水了，然后，又不失时机地把照片发给了吴小块。

"喝茶还是喝咖啡？"朱拉问。

"说过不喝水的……快来看看啊，我的画！"石老板急不可待了。

朱拉已经听到打印机的打印声了。

"怎么样，我要把你的一百个屁股给凑齐了。"石老板并没有兑现自己的承诺，画一百张脸，而是画起了屁投。她诡异地笑着，从打印机上抽出打印好的画，脸色酡红地说，"考验你一下，能看懂吗？”

朱拉见过各种形式的绘画，先锋的，前卫的，现代的，传统的，保守的，那些无所不用其极的各种手法，他都吸纳、借鉴过。看到石老板的作品，他一眼就知道这幅画的奇妙之处了，即，把颜色涂在屁股上，再印到画纸上去。这种形式很早就有人玩了，但都不成功，追求的仅仅是某种特定的效果。而她的画，更没有玩彻底，又用笔进行了勾勒和处理，差了点意思。但，也应该算得上一幅成功的作品了，特别是在各种颜色的调配和运用中，充分呈现了屁股的层次感和立体感。

“原件呢？”朱拉问。

“原件在我办公室。”石老板挂着一脸艺术的微笑，轻言道，“看什么原件啊，现场再作一幅嘛。多作几幅，有得挑选啊，将来搞屁股的个展时，这幅可放头条。对啦，正想和你商讨呢，你说是印到画纸上好，还是印在画布上好？我看你床上有块旧床单，咱们现场合作一张，就印在床单上，嘻嘻……我要为艺术做一回牺牲啦！来，开始……”

朱拉把目光盯在老板送过来的屁股上，惊悚地说：“现在就尝试？”

10

按照约定的时间，朱拉在首都机场出站大厅顺利地接到了吴小块。

吴小块的行李简单，除了一个大行李箱，就是随身的一个拎包。甫一照面，朱拉都快认不出吴小块了，又憔悴又疲倦，甚至腰都有点虾了。这哪像出差归来啊，像从炼狱逃出来似的。朱拉心里一沉，心疼起这位姐姐了。他什么话也没说，拉过她的行李箱，又接过她的拎包，往机场出租车候车点走去。朱拉偶一回头，看到各种明明暗暗的灯影交错地映照在吴小块的身上，更显得她的轻飘和虚无。

吴小块也不说话，只顾走着。本来她是有话要说的，有太多的话要说，至少要先感谢他的接机。不知为什么，怕一开口，眼泪就会流下来，只好亦步亦趋地跟着朱拉。

“出去几天啦？也不吭一声嘛，我都不知道你出差去的是哪里啊？”出租车上的朱拉问。

“你哪里关心我啊……”

朱拉听出了吴小块话里的怨艾，心虚了一下。他怕吴小块知道他最近的秘密，他最近的确是有秘密的。他准备逮到合适的机会，再一点点公布他的秘密。他看吴小块的情绪不对，是不是已经觉察到了什么苗头？吴小块的情绪不对，不会是因为他和石老板的那个事吧？朱拉有点纠结了，他没话找话地说：“你怎么会看上我的沙发？”

“我改变主意了……”吴小块没有说下去，她哽咽一声，把后一句“不要你的破沙发”给生生地咽了回去。

“又不买啦？”

吴小块只是哽咽一声，没说出来。

朱拉看气氛不对，也没再继续说。

出租车驾驶员从后视镜里看了看他们俩，还以为这是一对闹别扭的小夫妻，便善解人意地关了车内灯，大家便同在暗影中了。虽然看不到各自的面目，但朱拉明显感觉到吴小块哽咽还在延续，还在散发出不安而悲悯的气息。

五十分钟后，车子穿过机场高速，驶进城市斑斓的街灯里，驶进了吴小块所住的阳光美苑 ，在别墅区门口停了下来。

以往，朱拉也曾送过吴小块回来，都是到别墅区门口为止，没进家门。这回朱拉拉着吴小块的行李箱，随着她一直往里走。朱拉知道吴小块住的是一幢中小型的别墅，她经常无意中说起这套房子，通过对她描述的多次的整合，朱拉大致知道她的别墅的格局了，别墅的局部为三层，一层是客厅、饭厅和厨房；二层是一间卧室、书房、衣帽间和一个阳台；三层是也是一间卧室和一个琴房，还有一个大露台。三层而外的空间是地下车库，总面积不到三百平方米，有一个十平方米左右的小花园。别墅虽然不大，设计却很合理、实用，同时又不失精致。早先，吴小块买这幢别墅时，房价还不像现在这么疯狂，搁到现在，吴小块无论如何是买不起了。吴小块曾经几次邀请朱拉来家里做客。朱拉都没来。后来朱拉想来时，吴小块又不邀请了。这次气氛有点怪怪的。吴小块没邀请，朱拉也没说不去，就这样，心照不宣的，朱拉随着吴小块来到了家里。

吴小块的家确实好。客厅太大了，客厅的侧门直通小花园，能看到花园不太明亮的地灯照耀下的绿树的影子，甚至一只猫从草地上轻灵地跑过的身姿也清晰可见。可能是进了家门的缘故吧，吴小块的心情好多了，她脸上露出了笑容，虽然笑容很浅，很淡，很装，也没有掩盖长途飞行的疲劳，但比起和朱拉刚一见面时，已经明朗多了——毕竟是回家了，再苦着你就是对客人的不友好了。

“要不要参观一下？”吴小块邀请道。

“太晚了，你早点休息吧。”朱拉也是真心话。

“简单看看吧，难得你能来。”吴小块已经换了居家的鞋子，在前边引着，边走边指着格局和摆设，说，“这是厨房、饭厅……这是花园，这是楼梯……上去看看吧，不用换鞋，反正要打扫的。”说话间，已经上了木质的楼梯，楼梯有轻微的震颤。到了二楼，女主人继续介绍道，“这是主卧，我的小狗窝，这是次卧——现在是我的茶室兼书房——也好久没用了……对了……唔……呃……我要买张沙发放在这里——从这里通往三楼——三楼还去吗？书房、琴房和露台。露台可漂亮了，不过我没有利用起来，养的花花草草全死掉了，没时间打理它们啊。三楼要去吗？”

“不了，下次参观吧。”朱拉说，他听出了吴小块没有说完的话，或潜藏的话，即她想在二楼次卧改造的茶室和书房里放一张沙发，原计划想买张床把他的沙发床换来的，不知为什么，吴小块不提这个话题了，就是说，她不要他的沙发了。朱拉不想揣测为什么，他现在想的就是赶快离开吴小块的家——吴小块从万里之外才回来，许多事情要处理，也特别需要休息，换衣服啊，洗澡啊……他怕打扰了她的休息。

“也好……我还要去邻居家看我的大白呢。”吴小块焦虑地笑道，“啊，大白也不知认不认我啦！”

大白，就是吴小块饲养的那只猫。朱拉也是只有耳闻而没有亲见。朱拉觉得吴小块真是自己累自己，宠物是那么好养的吗？自己都照顾不好，还照顾一只猫？多少宠物最后都在街头流浪了。刚才她家花园里不就有一只猫一闪而过？是不是大白还难说呢。而他现在住的北京像素，更是有无数只流浪猫，成群结队的流浪猫都快成灾了。但朱拉没有说，他的话肯定会伤着吴小块的。他虽然不懂动物保护主义者的心情（吴小块也不是动物保护主义者），但他也知道他们的执着。不过说到猫，朱拉也是要感谢它们的，他现在能到石老板的公司并能和她合作，也多亏了猫这个媒介，正是冥冥之中在猫的指引下，让他和石老板产生了纠葛，进而演绎成现在的关系。现在的关系是什么关系呢？说不明白的，合作关系似乎只是关系的一部分，还有那场暧昧。他在去机场接吴小块的时候，石老板还用微信告诉他，她又有新的构思了，当然是关于屁股的了，绝对是大手笔，要请朱拉看看。朱拉说今天不行，他要到机场接个朋友，明天再聊你的大手笔吧。石老板说你去你的，把钥匙留下来，放在某个地方我去找。朱拉撒了个谎说："已经在外边了。"这会儿，朱拉又收到石老板的微信了："在你家门口了，什么时候回来？"朱拉没有回复，而是对吴小块说："要不要我和你一起去接大白？"

"不用，有人等你了，赶紧走吧。"吴小块的声音幽幽的。

朱拉心里一惊，难道这就是女人的第六感？

11

离开吴小块家，已经是晚上九点了。这个点不晚不早，回到家如果不感到累的话，还可以继续作画。但他不能回家，石老板已经到他家门口了，已经在他家门口等着他了。他不能回。他回去会被她抓个正着，等于是自投罗网了。朱拉为什么有这种想法？是因为吴小块那幽幽的声音和悲伤的情绪感染了他？提醒了他？朱拉懒得去弄明白了。他可不能和石老板闹决裂，但他至少现在不想见石老板。就算石老板在他门口等他，就算石老板要打印画、讨论画，就算石老板以打印画、讨论画为名来做别的事，就算石老来打印画、讨论画的目的是真的，做别的事也是真的，他都不想见她了。

在像素的步行街上，灯光很亮，灯影很杂，噪声很响——大妈们在跳广场舞。朱拉决定不回家，就在步行街上闲转转吧。

阳光美苑和北京像素相隔只是一条草房西路，站在步行街上能看到阳光美苑高楼和高楼窗口里的灯光。朱拉当然望不见吴小块家的别墅了，他大致知道吴小块家的方位。朱拉一边走，一边还替吴小块担忧着。担忧什么呢？朱拉也没弄明白。朱拉觉得吴小块情绪不对，或许真是长途飞行太累了吧，也或许事情办得不顺吧？谁知道呢？往往返返中，吴小块疲惫的身影和憔悴的神情一直在朱拉的脑子里闪现，恍惚间，又会出现石老板快乐的笑脸。这是两张毫不相干的脸，在同一个空间同一个层面同一个意识里交替出现或叠加，朱拉感到怪异和变形，就像毕加索的画，总觉得哪里不对劲。

更让朱拉没想到的是，他想着如何给石老板发一条微信以期把她打发走时，吴小块的电话就到了。

吴小块几乎用崩溃的声音说：“出大事啦朱拉……大白丢啦！”

“什么丢啦？”由于吴小块过于激动，声音变调了，朱拉没听清她说什么。

“大白！”

“大白？”

“我家猫啊，大白猫，大白就是我家大白猫……你装什么装啊朱拉？你快过来啊，帮姐找大白啊……没有大白，我怎么活啊朱拉！”

朱拉听清了，原来是她当作宝贝的那只宠物猫走丢了。朱拉不是装，是他心里浮躁和不专心，可大白不是寄养在邻居家吗？怎么说丢就丢了呢？也许是邻居没有看好吧。朱拉再次想起她家花园里一闪而过的猫，朱拉透过吴小块家高大的玻璃门，看到花院里有一只猫，那不会是大白吧？不会的。朱拉马上就否定了，如果是大白，主人回来了，哪能不欢迎呢？哪能从花园里逃走呢？再说，花色也不对啊，那是一只野猫。朱拉知道吴小块太爱大白了，赶快安慰道：“也许大白出去走亲戚了，过阵子就回来了。”

朱拉在说这话时，联想到北京像素里的流浪猫的快乐生活，觉得它们活得也不错，有人饲食，还有选择地钻到轿车底下睡觉。

但吴小块显然不这样想，她几乎是声嘶力竭地说：“你傻呀？大白走什么亲戚啊？它哪有亲戚好走啊？你是它的亲戚啊？朱拉啊，大白就你这一个亲戚了，你快过来吧……帮帮我找找大白啊……啊，啊算了，都这会儿了，太晚了，来了也找不见了……只能，只能听天由命了……你呢？到家啦？”

“到家啦。”朱拉撒了个谎说。

“那你不用出来了。”

“不用担心大白，它会活得好好的。”朱拉安慰道，“早点休息，姐……明天，明天去帮你找大白啊……好吧？晚安啦！”

朱拉叫吴小块这么一闹，心里也不好受，没心情给石老板发微信了。但不发是不可能的了，石老板继续微他道：“你还回不回来？多久回来？”

“真回不去了，这边朋友有点事。”朱拉的逆反心理强烈作祟了，他异常淡定地说，“今晚不回了。对了，手机没电了，可能马上会自动关机。”

没等石老板回复，他就把手机关机了。

朱拉躲在一幢高楼下的绿化带的阴影里——这个地方可以看到他家那幢楼的电梯厅的出口，如果石老板从楼里出来了，他能看到她。这儿还能看到远远的另一幢楼，就是大圣文化公司的那幢楼。在十九楼的窗口，没有一个亮灯的，说明公司没有人加班，石老板有可能真的在他家门口守株待兔呢。果然，朱拉看到石老板从电梯厅出来了。朱拉不自觉地往暗影的深处躲了躲，怕被她看到。石老板没有四处看，她显然是生气了，挺胸收腹，华丽的长裙在她身上抖动、飘逸着。应该说，她的装扮很好看，也很性感，像极了故意穿着的晚装，否则她不会大胆地把胸部的面积露得那么大。但是，她走了几步之后，突然停住了，转身，仰头，朝楼上望去。朱拉下意识地蹲了下来，偷窥她的一举一动。朱拉发现，她在望他家的那个楼层。他家当然黑灯瞎火了。

12

朱拉回到家里，没有开灯，他怕石老板没有走，而是像他一样，躲在某个地方偷窥他家的窗户。所以朱拉摸着黑把客厅的沙发放下来。

沙发变成了一张床。朱拉在床上躺下了。他得清醒清醒。他不去想石老板，石老板的目的他都知道。他在想吴小块。吴小块今天的反常，总该有些蛛丝马迹可寻吧？是什么事呢？和自己有关还是无关？朱拉当然不愿意承认吴小块的反常和自己有关了。那只大白猫走失也不是时候。大白猫的走失，吴小块会很难受的。至于这张沙发，吴小块可能是真需要的，她突然改变主意，可能和他的心思一样吧，别人睡过的床，怎么能放在茶室里当沙发呢，茶室是高雅的地方，可以聚谈、小憩、喝茶，还可以品尝茶点……对呀，她还没吃晚饭吧？虽然飞机上也会供应些小吃，毕竟那不是正餐。朱拉对自己的大意和失误有点不能原谅。平时都是吴小块照顾他。吴小块需要他照顾时，却忽略了如此简单的事，吴小块会伤心的。朱拉第一次萌生了对不起吴小块的感觉。

朱拉试图改变自己的心情，便拿起手机，开了机。

朱拉以为手机里会充斥着石老板的怒斥或责问，打开一看，却什么也没有。看来石老板相信他是没电而自动关机了。朱拉在手机里随便地翻着，无意中发现了他发给吴小块的照片了，开始三张是石老板拍的，确实不是写实风格。后两张是他拍的，是专门为发给她看而拍的，照片能基本反映出沙发的概貌和品质，应该说，放在茶社还真合适，高贵、经典。但是且慢……天啦，照片远方的一个角上，就是沙发的靠背上，怎么会有一只包？一只女式的小包，考究的包，这不是石老板的包吗？没错，正是的。怎么会犯这么个低级的错误呢？沙发靠背上有一只女式的小包，而且是在吴小块的要求下现拍的，说明什么？先发的没有包，再发有包了，明显是来人了嘛。朱拉似乎知道吴小块生气的缘由了。但是，她一直以姐姐自居，不会因为沙发（床）上突然多了一个女人的包而吃醋吧？包上的商标很明显，朱拉想查一下这是什么包，该十分名贵吧？

“啪啪啪……”

有人敲门。

朱拉想到了石老板，是石老板又杀回来了。她果然躲在某个地方，果然在窥视他。以为不开灯就能躲得掉啊？朱拉头皮有点发麻。是祸躲不过，朱拉在不停的敲门声中开了门，没想到站在门口的是吴小块。

吴小块一头扎进朱拉的怀里让他始料未及。吴小块肩膀耸动着，虽然没有哭出声来，朱拉还是能切切实实感觉到她在哭，她在隐忍着，而且强力隐忍着，不让哭声响起来。朱拉搂搂她的肩，无从安慰，只是紧张得手足无措。吴小块不是石老板，他不能对她放肆，他能感受到吴小块身上的灼热和柔软，能感觉到她的战栗。

“……不就是，是一只猫嘛。”朱拉安慰道，“……明天我给你逮一只，我们像素别的没有，流浪猫太多了，白的黑的随你挑。”

吴小块突然决绝地离开朱拉，站在一边，任长发遮掩着半个脸。吴小块说：“怎么不开灯？开灯！”

还没等朱拉说话，吴小块就摸到了门边的开关。

屋里一下子如同白昼了。吴小块随手关门的同时，眼睛在屋里搜寻着，闪电一样放出锐利的穿透力很强的光芒。她在找什么？包？还是人？女人？吴小块当然什么都找不到了。但是朱拉是什么都明白了。

朱拉反应也够快，又是递面巾纸，又是拉她入座——他迅速让沙发还原成了沙发，还递给她一杯凉白开。

吴小块平静多了，她用面巾纸胡乱地在脸上收拾收拾，接过朱拉的水，小饮两小口，渐渐恢复了姐姐的身份。朱拉放心了，觉得再大的姐姐也是女人，也很脆弱，也需要安慰。还觉得吴小块真是不简单，他不过随口告诉她新居的住址，她居然就记住了，就毫无误差地找到了。朱拉看吴小块再次打量房间，便说：“贵了，面积这么小的小破房……幸亏你借的钱，猜猜房租是多少？”

朱拉见吴小块对租金不感兴趣，也学着吴小块的口气说：“我带你参观一下。”

“晓得了。”吴小块已经站了起来，“这是客厅，那间是卧室，把客厅当卧室用了，把沙发当床了，卧室成了工作间，床当成了工作台……你这点小伎俩，还瞒得过姐？”

“嘻嘻。”朱拉看吴小块恢复了常态，心里也踏实了，他不失时机地讨好道，“我明天去帮你找大白啊，顺便把这张沙发给你送过去。”

朱拉说完就后悔了，吴小块为什么不要他的沙发？不就是发现照片上有女人的小包？严格地说，那包就是一个手袋，大号的手袋，牌子他想起来了，是路易威登系列中最时尚的新款，价值两万九千多元。朱拉再次紧张了，这相当于提醒了吴小块，他不知道吴小块会用什么样的话来盘问他了，谈恋爱啦？女朋友哪里人啊？在哪里上班啊？用这么贵重的包，好有钱吧？看看照片？

还好，吴小块没问这些，她用惯常的口吻说：“一边去噢，你睡过的床，谁爱要？”

朱拉知道，这是给面子的话，虽然轻描淡写，一笔带过，也不失绵里藏针。特别是“你睡过的床”里的“你”字，发音怪怪的，仿佛不是单指他一个人。朱拉也不敢多说，就跟着吴小块的脚步，来到工作间（卧室）。工作间的大床上，因为吴小块的突然造访，朱拉没来得及收拾——本来也没有什么，除了床边的一台笔记本电脑，一台四色打印机，其他都是杂物，脏衣服、书籍、杂志、纸张、颜料、画笔、画框、罐装啤酒、矿泉水瓶，拖拖拉拉，交替叠加。在这堆杂物中，有一束头发特别惹眼。头发是烫染过的，不是几根，也不是几缕，而是一束，扎在一起的粗粗的一束，谁会丢一束头发在床上呢？朱拉起初心里也紧张了一下，心跳突然加快，以为是真实的头发，那可是他最怕的东西了。但在“嘭嘭”的几声剧烈的心跳后，旋即又心定了，哈，这不过是他的一幅画而已，自己画的画，真是健忘，该死该死该死，淡定淡定淡定。可朱拉看到吴小块的神色时，又不淡定了。

吴小块也惊悚地盯着那束头发，她脸色发青，眼神发光，嘴唇抽搐，仿佛遇到了不祥之物，但也是很快强忍了恐惧之情，微倾了腰，伸出胳膊，试图拨弄下那束头发——她果真做出了拨弄的动作了，虽然幅度很小。当她发觉拨弄的，不过是平面的一幅画时，她的惊恐之情瞬间消退了，嘴角出现了不屑的讥笑。没错，是不屑的讥笑。

吴小块拿起了那幅画。吴小块又发现不只是一幅，下面还有几幅。吴小块又伸出了另一只手，把画拖到了面前，叠放在那堆杂物上，一张一张地看——她现在已经是在完全放松地欣赏了。最上面一幅是那束烫染过的长发，下面依次是，齐肩的短发、齐耳的短发、三四寸的卷发、一寸卷发。应该说，这些画震住了吴小块，头发的长短无所谓，太逼真了，比真实的头发还像真的。但吴小块并没有把注意力全部集中在头发上，而是细细端详着作为配角的人的脸上。其实带有明显脸部轮廓的，只有一张，别的都是从后脑勺的角度呈现的。吴小块看着看着，嘴角渐渐绽开了一丝鬼魅的笑意，她稍稍仰起脖子，意味颇深地看着朱拉。

朱拉心里突然仓皇起来。

吴小块的笑里，大约有三分之一的嘲弄，有三分之一的鄙夷，有三分之一的委屈，还有一点儿是气愤。吴小块就这么看着他，就这么笑，缓慢地从自己肩上捞起绾成一束的长发，抹掉发卡，让长发披散到了肩上，仿佛在说，你不是怕头发吗？怕长发吗？不会只怕我的头发吧？看看，这就是姐的头发，看看，看看……

朱拉听到自己心里的声音了："姐……你的头发很美！"

13

四五个月之后，十月长假期间，在北京市朝阳区艺术馆展览大厅里，正在进行一场现代艺术展。朱拉和吴小块手挽手地走进了艺术馆。可能是假日期间吧，也可能才是展出的第三天吧，艺术馆的人不少，有年轻人，也有中老年人，更有带着孩子的年轻夫妇，他们都被从未见过的艺术形式震撼了——三个展厅的墙上，全是屁股！

“一百个屁股的瞬间。”吴小块轻声地念着展览前言的大字标题，“噗”地乐了，“这是哪儿的艺术家啊？口味好重啊，有点像你哦！石咪咪，哈哈哈，还是个美女画家啊，这名字亮了，石咪咪，应该是艺名吧，哈，厉害厉害！”

朱拉百感交集地支吾着，看一眼一幅幅重彩、夸张的屁股，有点不忍直视。这些画他太熟悉了，太熟悉了……可现在全成了石咪咪的作品了。

“幸亏听你的，要是听我的，咱们去国外度蜜月，就错过这场展览了——你一定喜欢这种前卫的艺术吧？”吴小块依然快乐地说，“你说，咱们以后生孩子，是像我这样做个金融家呢，还是像你这样做个大画家？还是做一个从事金融业的业余画家？”

朱拉思想走神了，没听清吴小块的话，同时，突然觉得身上的肉仿佛被人用利刃剜了一块去，心也跟着疼痛起来。朱拉不想看这个展览了。朱拉在没来之前，特别想看看这个展览，想看看一百个屁股的系列作品挂在豪华气派的展厅里是个什么样子。虽然这个展览，这些画的版权，已经和他无关了，就仿佛亲生儿子一出生就被别人抱了去一样，明知道儿子在哪里，也不敢去看望了，他怕看了会后悔。没想到后悔会来得这么快，这么突然。

“你出汗啦？”吴小块吃惊地看着朱拉，轻轻地挽住他的胳膊。朱拉也挽住了吴小块的手，两个人依偎着走出了展厅。

2018 年 8 月 31 日初稿于北京通广大厦

2018 年 9 月 16 日定稿于北京草房

跋

“北京追梦”故事我还会写下去

赵大河　陈武

赵大河：陈武兄，我想我们就从《青年文学》开始谈起吧，因为我们俩都和《青年文学》有很深的渊源。我记得我刚到《青年文学》当编辑，我的前任编辑赵兰振特意嘱咐我要关注一个叫陈武的作者。于是，我将你投给青年文学的稿子都找出来通读了一下，然后把稿子退还给你，还附了一封信。可以说我们的友谊是从退稿开始的。那时候我对你并不了解，但只要读了小说我就会对作者有个大致的判断，当然，这里是就文学才华而言。我虽然给你退稿，但我很看好你，事实证明我没看走眼，你后来就在《青年文学》一发而不可收了。

陈武：我对《青年文学》特别有好感，要从八十年代说起，我在某杂志上读到一部比较长的中篇小说，在这篇小说的末尾说明中，说是《青年文学》转过去的，小说是很好的小说，在《青年文学》发只是因为偏长了。我记不得那期杂志的原话，大致就是这么个意思。我那时候投稿，还很盲目，乱写，乱投，胆量很大，全国所有的杂志都投，有时候这家杂志退回来了，换个信封又投到另一家杂志，反正不要钱，还退稿。怕投重了，还弄个小本子专门记录。我的很多小说，就是在乱投中发表的，《东海》《山花》《鸭绿江》《延河》《天津文学》等许多杂志都是从自然来稿中发现我的小说的。我印象这么好的《青年文学》当然是我的投稿对象了。不过一直到2000年，我都没有在《青年文学》发表过小说。现在想来还挺惭愧的。大概是2001年吧，我收到一个大信封，就如你说的，是我历年来投给《青年文学》的中短篇小说，大概有七八篇吧，你给我写了封信，比较长的信，对我的小说进行了简单的分析，重点是，这些小说都有特点，但每一篇又都有让人遗憾的地方，介于能发表和不能发表之间。你的意见很重要。在认真琢磨之后，我又把新写的小说投给了你。然后，我在《青年文学》经你手就一连发表了多篇小说。

赵大河：我印象比较深的是，你的作品很受选刊欢迎，转载率很高，我发你的小说不说全部被转载，至少大部分都被转载过，我记得你的中篇小说《换一个地方》，写几个女孩子的故事，好像当时所有的小说类选刊都转载了，这方面你有过统计吗？

陈武：没有统计过。不过在《青年文学》发表的小说转载率确实很高。有许多小说，很多年后还有人记得。你编过我一个中篇小说叫《夏阳和多多的假日旅行》，你觉得不错，还怂恿我再写续编。不久前还有一个朋友跟我说到这篇小说中的情节，令他感触很深。有一个中篇小说《天边外》，南京作家储福金先生说过两三次，说很有诗意，像电影一样过目不忘。有一篇小说叫《腰子》，石一枫先生也对我说起过。你说的《换一个地方》，评论家丁帆先生还对其中没有写透的地方表示过遗憾，认为还可以再深入一些。这篇小说还得了紫金山文学奖。我没有具体算过《青年文学》发了我多少小说，大概有十篇左右吧。

赵大河：你是我沟通比较多的作家，所以对你的写作习惯也有所了解。如果我没记错的话，你那时在《苍梧晚报》当副刊编辑，报社的工作很繁忙，我奇怪你哪来的时间，写出那么多小说。你说你清晨写作，五点多起床，写两三个小时，然后去上班，每天如此，雷打不动。我很佩服你的自律。我想问问，你是如何做到的，靠激情，野心，还是其他?

陈武：说真话，都不是。我能够在早上写小说，是因为儿子。儿子上学，每天七点（高中时更早）到校，六点半之前就得出门，六点就得吃早饭，我也就只能在五点半起床，一边收拾早饭，一边想着等儿子上学后我写点什么。而我在晚报是上晚班的，上午不用到岗，可以在家编编稿子，下午四点到夜里十点值夜班，有时候早早干完活，签了付印就回家了。多年来就形成了早起写作的习惯，说自律，实际上是生活所迫。因为儿子上学后，我不大愿意再回去睡个回笼觉的，这时候，我就躲进我的书房写作了。等老婆吃完早饭去上班后，整个上午都是我一个人的，我可以安静地写几个小时。我的很多小说，就是这样写出来的。

赵大河：我们从认识到现在已经二十多年了，这是一个不短的时间，二十年间成长起来一大批作家，也有一批作家沉寂了下去，所谓写着写着就没了。二十年前，你很高产，二十年后，我又经常在杂志和选刊上看到你的小说，比如《人民文学》《十月》《中国作家》《小说选刊》《北京文学·中篇小说月报》等，你还是高产，你能保持如此之高的写作激情真的殊为不易。

陈武：这个话题有意思，不久前我在作家出版集团门口巧遇徐则臣先生，聊了几句。说到我的写作，我说有一段时间我天天忙于别的文字和选题策划什么的，最近两三年文化公司的图书出版遇到一些困难，事情越来越少，没什么可做的，又开始写小说了。徐则臣笑说，你这样说会被人打死的——没有事你才写小说。其实，写作对于我来说，年轻时是有理想有抱负的，也有野心的。要说现在一大把年纪还有写作的激情，主要还是太喜欢和迷恋文学了，脑子里天天有各种各样稀奇古怪的想法，世界这么大，人这么多，每天要发生多少事啊，不把它写下来太对不起这个好时代了。我现在看“80后”“90后”年轻作家写得那么好，我就会受到刺激，创作的冲动就源源不断了。

赵大河：我读过几篇你近期的小说，还写了一篇文章谈论你的小说，我很喜欢你的语言，干净、简洁、节制，这符合我的审美；再就是你的叙事，总是很有张力，也就是说，你很讲究叙事策略，能一直勾着人往下看；你在写一个小说时，首要考虑的是什么？或者说，你主要在哪方面用力？

陈武：这又是创作谈那个路数了，也是我最怕回答的问题了。写小说嘛，不就是写好玩的事？具体说到语言，可能是特别要注意的，小说就是由语言构成的，写小说就是写语言。我早就注意到了，凡是出色的作家，都有独特的语言体系，外国的不说了，虽然有各种各样的翻译问题，但还是能体察出来的，普鲁斯特、福克纳、海明威、川端康成，还有写《麦田里的守望者》那个家伙，包括玩南美爆炸的那几个人，哪一个不是有着自己独特的语言风格？国内的更不用说了，余华、苏童、马原、王小波、陈希我、莫言、汪曾祺、石一枫、孙甘露等这些作家，把他们的名字蒙起来，只要读读文字，就能基本判断出是谁写的。我自己没有独特的语言风格和语言体系，就努力做到口语化，干干净净明明白白吧，就是你所说的“干净、简洁、节制”吧。具体到一篇小说的写作，要考虑的，实际上就是一个结构的设置问题，一个故事有多种写法，如何切入，什么角度，什么视野，读者的期待是什么，是要认真考虑考虑的。既然语言上玩不出花活来，不能做到独树一帜，就在故事的结构和悬念设置上多用些心思吧。

赵大河：我还注意到你小说中的趣味性，即使看上去一本正经的叙事，也往往有能让人会心一笑的地方，可以说是不动声色地幽默，能如此自然而然做到这样写作的作家不多，如果是有意追求了又难免会留下痕迹。

陈武：我想这和个人气质和写作习性有关吧。自然而然的幽默和趣味更能让读者感同身受。我在阅读别人的作品时，往往也会喜欢这个路数的。趣味性和幽默感是天然的，有些人一直生活在一本正经中，连说话都是；有些人一开口，就让人觉得不正经。实际上那就是他的说话方式。所谓文如其人，我觉得是存在于一部分作家中的。小说中看起来的闲笔，实际上是最容易出彩的地方，所谓趣味性和幽默感，往往就出现在闲笔当中。写好了闲笔，这个小说就活了，就有点意思了。实际上，闲笔并不闲。我不太喜欢那些上来就要给你讲个道理的作品。打个不恰当的比方，你让一个傻瓜用一本正经的话做一场总统竞选的演讲，那是有意思的；让一个总统竞选者用一嘴傻瓜话来一场政治演讲，那也是有意思的。这就是小说的诡异之处。

赵大河：我在写你的那篇文章中说你擅长写“小”，小人物、小故事、小情调、小趣味、小悲欢，等等，我没和你交流过，不知你是否认可这种说法？借这个机会，我想听你谈谈你的看法，毕竟作家本人对自己的写作更有发言权。

陈武：我非常认同你的说法，生活在阶层的下层，接触的人和周遭的朋友都是下层人物，他们本身就很“小”，而他们的情感却丰富，小故事、小情调、小悲欢、小格局是他们的日常，也直接影响到他们的生活和人生走向。也正是这样的“小”才构成了他们的独特的人格和可亲可爱的魅力，这样的“小”，其实比许多所谓的“大”还要大。当然，“小”也可能有可笑和可悲的一面，总体上他们是中国社会的基本结构，哪怕是“大”人物，在情感上，在生活和认知中，也有很“小”的时候。实际上，无论谁，生活就是由许多“小”而构成的。

赵大河：我觉得你有些小说很适合改编成电影，最近，我把你发在《人民文学》上的《狂奔》推荐给一个制片朋友，我认为这个小说可以拍一个非常风格化、充满动感的电影，这位朋友也是这样认为的，但他对这类电影的商业前景看不清楚，还在犹豫。你期待自己的小说转化成影视吗？你自己认为哪篇小说最适合改编电影？

陈武：当然当然，我非常希望我的小说能改编成电影。除了这篇《狂奔》，我觉得《青海上》和《天边外》是有改编成电影的基础的。

赵大河：你在北京生活了十多年，我看到你一些小说写到北京生活，这和《青年文学》主导的“城市文学排行榜”正好切合，你能说说“城市文学排行榜”和这段北京生活对你写作的影响吗？

陈武：严格地说我不算是在北京生活，都是因为出版方面和写作方面的事在北京滞留一段时间，编书、策划、改稿子什么的。就是在滞留北京的时间里，北京生活对我影响也挺大的。我生活和活动的区域分布在北京的许多地方。北京的外来人口很多，有人说这波人是新北京人或北漂者，还有一部分是因村庄消失、农田被占用而被动地成为城市人的原郊区居民。他们对都市生活有着同老北京人不一样的体会，也就有着对北京不一样的情感和体会，他们都有一种飘浮感、游离感，有着对北京的隔膜和无奈，又迫切地希望被认同、被接纳，同时也都具备一种奋斗精神、奔跑精神和改变精神（我杜撰的词），都有着自己的“北京梦”。“北京追梦”，也就成为他们理想生活的一部分。这一期的小说《意见会改变》《像素》《三里屯的下午》等就是典型的“北京追梦”故事。值得欣赏的是，《青年文学》近年来搞得非常成功的城市文学排行榜，也给我的“北京追梦”的写作增强了信心。

赵大河：你说的北京追梦故事，很让人期待啊。关于城市文学，我也会想，何为城市文学？我没有考究过概念，也不知道是否有人下过定义，我是望文生义，认为写城市和城市中的生活和生存的文学都属于城市文学，姑且这样吧。提出城市文学，我想有其必然性。中国近二三十年城市化进程极快，人口越来越往城市集中，大城市膨胀得尤其迅速。这是时代的大变动，每个人都能感觉得到。改革开放之前，城乡泾渭分明，许多农民一辈子没进过城，现在大为不同，哪一个家庭都和城市联系紧密，因为年轻人都进城了，要么在城市打工，要么在城市定居，城市已不再只是城市人的城市，而是所有人的城市。这是中国历史上第一次城市人口超过农村人口。这个大变动如同一个洪流，在我们面前浩浩荡荡，如何能无视呢？今天的城市是个光怪陆离的大舞台，形形色色的人在上面演出各式各样的故事。城市，为写作者提供了肥沃的文学土壤，另外，文学写作者和读者也多数生活在城市中，所以城市文学的涌现是必然现象。你我的一些写城市人生存状态的小说，归类的话，都可以归入城市文学。但说实话，我对城市文学或者说城市文学的概念没有特别的偏好，不管是写，还是读，我都没有刻意区分过这是城市文学，还是非城市文学。

陈武：我原先并不喜欢这些概念性的东西，包括各种思潮、主义什么的，举一个明显的例子，就是“打工文学”，这简直让人不能容忍。什么叫打工？谁不是在打工？为什么一定要强行分成这么个畸形的三六九等？实际上，人人都是打工者。我觉得消费者协会挺好，提出的“人人都是消费者”的概念谁都能接受。后来看了那些所谓打工文学，原来，他们是这么界定的，就更不以为然了。但是，城市文学，我觉得有别于其他文学概念，并且一下子就让“打工文学”现了原形，所有与城市有关联的都属于城市文学范畴，它有着更为广阔而包容的情怀、温度、趣味和追求，反映的是人们心灵的多种感受和精神的不同趋势，同时也让所有人（包括打工文学提倡者所认定的打工者）都能接受。从这几次排行榜的作品题材和内容来看，这是至今认同度最高的文学概念。

赵大河：我知道你除了写小说，还写有大量的随笔，从你写作到现在，你大概写了多少小说、多少随笔和散文，这方面是一个什么比例？你更看重哪方面的写作，或者说，你在哪方面的写作花费的时间更多一些？

陈武：我出版了五六十种书，散文、随笔和小说的占比差不多，但实际上小说的总量比散文随笔要多四五倍。我更看重小说的写作，总字数有五百余万字，散文有一百余万字。我近几年，又写了四五本儿童小说。

赵大河：听说你明年一下子要推出六卷本的小说文集，我先向你表示祝贺！

2021 年 4 月 12 日